KB092163

다함

www.b-books.co.kr

신의
그늘

신의 그늘

초판 1쇄 찍음 2018년 4월 19일
초판 1쇄 펴냄 2018년 4월 26일

지은이 | 세계수
펴낸이 | 정 필
펴낸곳 | **(주)뿔미디어**

기획·편집 | 이영은
표지 디자인 | 우 물

출판등록 | 2002년 9월 11일 (제1081-1-132호)
주소 | 경기도 부천시 원미구 소향로 17, 303(두성프라자)
전화 | 032)651-6513 / 팩스 | 032)651-6094
E-mail | dahyangs@naver.com
블로그 | http://blog.naver.com/dahyangs
비북스 | http://b-books.co.kr

값 9,000원

ISBN 979-11-315-8973-1 03810

신의 그늘

세계수 장편 소설

DAHYANG ROMANCE STORY

목차

1
장

귀를 틀어막은 명서는 이리저리 몸을 뒤척였다. 이왕이면 오래 자야 덜 지루한 생활이라 중간에 잠이 깨면 곤욕이다.

"아, 진짜."

명서가 베개로 쓰는 둘둘 말은 천 쪼가리 끝을 이로 지근거렸다. 두런두런 말소리에 왔다 갔다 발소리에, 평소 같으면 눈 한번 질끈 감았다 뜨면 사라졌을 소음이 반 시진째라 안 일어나고는 못 견딜 판이었다.

안 자고 만다, 내가. 발딱 몸을 일으킨 명서가 어둠 속을 더듬었다. 익숙한 동작으로 물이 담긴 주발을 찾아 들이켜고 입가에 흐른 물방울은 손등으로 쓱 닦아 냈다.

천장에 매달리다시피 한 쪽창으로 실낱같은 빛과 바람 한 주먹이 들어왔다. 명서의 고개가 저절로 창을 향했다. 다른 건 참을 만해도 환한 해를 맘껏 쬐지 못하는 건 좀 서운했다.

나풀거리는 햇빛이 눈부셨던 어린 날은 이제 꿈만 같았다. 명서는 치렁치렁한 머리카락을 손가락에 빙빙 감았다. 피부보다 흰 빛깔의 머리카락이 어둠 속에서 환히 빛났다.

명서에게 희고 깨끗하다는 건 숙명인 동시에 저주였다. 티끌하나 없는 피부와 은색으로 보이는 머리카락, 그리고 회색에 가까운 눈동자까지.

"그래도 나 정도면······."

괜찮은 팔자지.

그렇다고 믿는 편이 여러모로 좋다. 명서는 방금 전의 침울함을 싹 걷어 낸 듯 씩씩하게 웃었다.

그나저나 참말 이상하긴 하다. 저, 소음 말이다. 끝없는 것으로도 모자라 점점 가까워지고 있었다. 거처는 출입이 엄격히 제한된 곳이었다. 식사와 잔심부름을 도맡아 하던 말 못 하는 어린 계집종과 이따금 상태를 확인하러 들르는 늙은 의원이 여기서 본 얼굴의 전부였다. 그나마도 제대로 말 한마디 나누지 못하였고 말이다.

"아······."

때가 된 모양이다. 답을 찾은 명서가 아끼던 베개를 끌어안고 섰다. 곧 낯선 여인이 모습을 드러냈다. 붉은 옷이 잘 어울리는 몹시 서늘한 느낌의 미인이었다. 단정함과 차분함이 습인 듯 시선 하나, 손짓 하나에서도 기품이 느껴졌다.

"가져가고픈 게 있으면 챙기도록 해. 먹고 싶은 게 있으면 말하고."

"단주님은 이만 가 보세요. 씻기고 치장하는 것까지 제가 다 알아서 할 터이니."

"부탁해, 유모."

수(水) 상단의 단주 뒤에서 인자한 낯의 중년 여인이 모습을 드러냈다. 단주가 먼저 돌아가고 명서는 짐을 챙겨 좁고 습한 복도를 걸어 나갔다. 반항도 없고 울음도 없었다. 오래전부터 각오했던 만큼 명서의 눈빛은 초연했다.

가져갈 짐이라고는 천 뭉치가 전부다. 명서는 유모라는 여인을 따라 타박타박 잘도 걸었다. 뒤돌아보아도 그곳이 고향은 아니라 아쉽거나 미련이 남을 리 없었다. 명서는 앞을 향해 걸으며 가만히 눈을 감았다.

"저런, 눈이 부신가요? 잠깐만요."

어떻게 알았는지 중년 여인이 걸음을 멈추고 창에 긴 유자를 드리우려 했다. 명서가 눈을 반짝 뜨며 고개를 도리도리 저었다.

"두셔요. 또 한참은 못 볼지 모르잖아요."

명서는 유모와 눈이 마주치자 해맑게 웃어 보였다. 환한 햇살 아래 은색 머리카락을 휘날리는 희고 투명한 모습은 그 자체로 순수했다.

명서의 목욕과 단장이 끝나자 유모는 다반을 들고 옆방 문을 두드렸다. 단주인 사로가 날카로운 눈을 치켜떴다. 분명 기다리라고 지시를 내렸던 터였다.

"무슨 일이지?"

사로의 음성이 차가웠으나 방으로 들어선 유모는 태연했다. 그녀는 흩어진 의자를 바로 하고 먹다 남은 다과를 가지런히 정리했다.

"단 음식을 줄이셔야 한다니까요. 머리가 아프면 창을 열어 공기를 바꾸고 잠시 눈을 감고 쉬도록 하셔야지 달콤한 것만 찾으시면……. 아이고, 이 접시는 어째 또 이가 나갔네요. 귀한 것이라고 조심히 다뤄 달라 말씀드렸는데."

이어지는 잔소리가 멈출 것 같지 않아 사로가 자리에서 일어났다. 정 많고 눈물 많은 유모는 친모와 다름없었다. 늘 냉정하고 차분한 태도를 유지하는 사로지만 그녀 앞에서만은 예외였다.

"왜?"

사로가 묻자 유모가 끙 하고 입술을 사려물었다. 따스한 마음 잃지 마시라 당부하면서도 사내들보다 더 철저하고 완벽하게 상단을 이끄는 사로를 자랑스러워하는 그녀였다. 하니 말하기 쉽지 않은 일이라 함은 두 가지의 간극이 있는 문제일 터, 사로가 다시 입을 열었다.

"그녀가 가엾어?"

"그것이…… 물론 아가씨가 거두지 않았다면 진즉에 험한 꼴을 당했을 테지만…… 그래도 뭔가…… 그 맑은 사람 탓은 암 것도 없는데…… 어린 나이에 참……."

"이형(異形)이란 그렇지."

온기 없는 대답에 유모가 천천히 고개를 끄덕였다. 물끄러미 그녀를 바라보던 사로가 손등을 다독이며 혼잣말처럼 중얼거렸다.

"고통이 길지는 않을 거야."

비록 운 나쁘게 사신(四神) 가운데 가장 성질이 포악한 흑(黑)에 바쳐질 운명이라도, 죽음보다 못한 삶을 사는 다른 이형들과 비교하면 나쁘지만은 않을 것이다. 사로는 명서의 희고 말간 모든 것을 떠올렸다.

이형이 나타나는 까닭은 알 수 없었다. 유전이나 병과 달리 예측되지 않는 순간과 공간에 신분 여하를 막론하고 불쑥, 재앙처럼 들이닥쳤기 때문이다. 그렇게 순백의 모습으로 태어나는 것은 여아뿐이었다. 훗날 신관들이 이형을 사방신의 제물로 삼아야 한다는 주장에 힘을 실어 준 이유기도 했다. 세상의 균열 위에 터를 잡은 네 명의 신이 모두 남성의 모습이었던 것이다.

한 줌의 신력도 없이 단지 신과 가까운 모습으로 태어난 이형은 저주와 농락의 대상이었다. 어려서는 신체 일부를 먹으면 무병장수한다고 하여 사냥당하는 것이 일쑤였고, 자라서는 진귀한 물건처럼 팔려 다녔다.

이러한 사정이다 보니 스물이 넘지 않으면서 인간의 손이 닿지 않아 순결한 상태의 이형을 찾는 것은 몹시 어려운 일이었다. 의식을 담당하는 순번이 오면 가장 먼저 준비하는 것이 그 부분이었다. 곧 스물이 된다는 명서는 거기 딱 맞았다.

제물식이 열리는 것은 백 년에 한 번, 사신이 차례로, 수 상단을 포함한 관리자 세 가문이 번갈아 준비하도록 되어 있다. 이번 일을 맡은 사로 역시 조건에 맞는 이형을 찾기 위해 삼 년 전부터 힘을 써 겨우 다섯 달 전에야 명서를 찾아낼 수 있었다.

유모는 말없이 다시 찻물을 끓였다. 옥빛 도자기 입구에서 뽀얀 연기가 피어올랐다. 정성스럽게 내린 차를 건네받은 사로가 쟁반 위에 그것을 도로 올려놓았다.

"차라도 한 잔 가져다줘."

사로는 유모의 쟁반 위에 다식까지 챙겨 올려 주었다. 어쨌거나 따스한 차 한 잔으로 뭔가 달래질 수 있다면 좋을 것이다.

공물에 찻잎도 넣어야겠어. 속말을 하며 천천히 잔을 비운 사로가 두 손을 맞잡았다.

사방이 눈부시게 환했다. 길게 넝쿨진 푸른 잎들마저 빛에 나부껴 투명했다. 바닥을 구르는 돌, 먼지를 일으키는 모래, 흩어지는 구름 한 조각까지 희고 깨끗한 공간. 그 가운데 온통 검은색의 사내가 우두커니 서 있었다.

길게 나부끼는 흑발과 사납고 또렷한 검은 눈동자, 탄탄한 몸을 휘감은 장식 없는 옷조차 새까맸다. 유일하게 입술만이 새빨갛게 도드라져 위압적인 동시에 퇴폐적인 느낌을 주었다. 세상의 균열을 막는 네 명의 신 중 가장 늦게 깨어난 그의 이름은 휴(携)였다.

느릿하게 걸을 때마다 빛이 파르르 떨며 사라지고 묵직하고 까만 어둠이 돋아났다. 그의 손가락이 번져 가는 빛을 툭 쳐 올렸다. 서늘하고 무심한 눈에 조각나는 빛이 점점이 비쳤다. 휴의 입술이 삐딱하게 말려 올라갔다.

하여간 성가시지. 어둠에서 나고 자란 신은 혀를 날름거려 빛의 부스러기를 삼켰다. 주변을 파닥거리는 빛보다 더 성가신 것은 영역 밖에 모여 있는 산 것들이었다. 그것들은 함부로 공허와 어둠, 공포나 절망 따위로 그를 명명해 두려워하는 주제에 잘도 찾아왔다. 거기다 질리지도 않고 동족을 산 제물로 바치다니, 흉측하고 저질스러운 것들이 아닐 수 없다.

휴는 경계 밖의 것들을 향해 혀를 끌끌 찼다. 손짓 하나면 어둑하게 피워 낸 살기로 단숨에 끝장내 버릴 수 있을 테지만 현(絃) 우는 소리가 맹약을 일깨웠다.

'지켜라.'

태어나는 순간 숨과 함께 삼켜진 짤막한 명은 무섭도록 절대적이라 따르지 않을 수 없었다.

휴는 손톱으로 어둠과 빛의 경계를 찢어 냈다. 갑작스럽게 나타난 그를 보고 모두 소스라치게 놀랐다. 그들 중 제사장의 표식을 가진 자를 찾아낸 휴가 느릿하게 그쪽으로 향했다. 걸음에 맞추어 빛이 바스라지고 그를 호위하듯 아스라이 어둠이 몰려들었다.

어둠은 짙고 아득했으며 그만큼 두렵고 매혹적이었다. 독버섯처럼 찬란하면서도 위험한 기운에 노출된 이들이 차례로 의식을 잃고 쓰러졌다. 이윽고 휴가 제단 앞에 섰을 때, 깨어 있는 것은 가까스로 버티고 선 수 상단의 단주, 사로가 유일했다.

"……."

문득 휴의 까맣고 날카로운 눈동자가 소리 없이 움직였다. 그의 시선은 하얀 천으로 꽁꽁 싸맨 무언가에 멈추었다. 깨어 있는 산 것이 하나 더 있었다. 손가락 하나에도 못 미치는 신력이지만 평범한 인간은 견디지 못할 힘을 개방해 둔 상태였다. 사신을 모시는 세 가문의 가주라면 어떻게든 참아 내겠지만 그도 아닌 주제에…….

호기심과 불쾌함이 뒤섞인 채, 휴가 엄지와 검지를 가볍게 비볐다. 손톱만큼의 힘을 더 보였을 뿐인데 쓰러진 인간들이 괴로운 듯 꿈틀거리고 사로마저 휘청거렸다. 그런데도 하얀 천의 그것은 멀뚱멀뚱 서서 고개만 갸웃거리고 있었다.

휴가 손바닥을 펼쳐 부려진 빛을 가득 움켜쥐고 허공에 뿌렸다. 촤아악. 공기가 갈라지는 소리가 스산스러웠다. 빛은 검처럼 날카롭게 하얀 천을 잘라 내고 단숨에 그 속에 든 것을 휴에게 내보였다.

흰 천이 사라졌음에도 그것은 여전히 새하얀 모습이었다. 순백의 색 위에 깃든 어둠처럼 말간 회색의 눈동자가 그를 응시했다. 두려움 한 점 없이 곧은 눈이었다. 그러다 눈이 마주치자 건방지게도 생긋 웃으며 인사를 했다.

"처음 뵙겠습니다."

순간 무언가 덜컥거렸다. 휴는 온통 하얀 소녀 뒤로 파스라진 제단의 귀퉁이를 응시했다. 오랜만에 느껴 보는 희열은 잔인한 생존 본능과 직결되었다.

부서지는 것이 이쪽인지 그쪽인지 시험해 보는 것도 재밌겠지. 묘한 미소가 휴의 입가에 걸렸다.

"따라와."

요란하게 차려진 제물들은 순식간에 휴가 펼친 어둠 속으로 잠겨 들었고 작은 인간은 눈치 빠르게 사로를 살폈다. 그녀가 짧게 고개를 끄덕이자 안심한 듯 바로 몸을 돌려 따라 걸어왔다.

곧 어둠과 빛의 경계가 다시 섰다. 인간은 빛으로 가득 찬 숲을 걸으며 나직하게 탄성을 내질렀다. 휴는 무시하고 발을 굴러 우거진 나무길을 열었다. 푸르게 뚝뚝 떨어지는 녹음 아래 말갛게 고여 흐르는 냇물을 발견한 인간은 아까보다 더 크게 감탄했다.

"멋지네요."

"곧 죽을 것을 알면서 용케도 떠드는군."

높낮이 변화가 없는 말투로 내뱉은 휴가 무감한 얼굴로 뒤를 돌아보았다. 작은 인간이 또 한차례 배시시 웃었다.

"제가 눈치가 좀 없나 봅니다. 그래서 혼절도 아니했나? 아무튼 그래도 보이는 게 죄다 어여쁘고 좋은 걸 어떡하겠습니까."

그러나 계집의 눈동자는 말과 달리 마냥 가볍지 않았다. 휴는 또 울렁거리는 속을 꾹 누르며 새빨간 입꼬리를 당겼다.

"그도 잠시일 테니. 눈요기 마쳤으면 예서 씻어라."

"아침나절 내내 욕통에 잠겨 있었는걸요."

항의에도 아랑곳 않고 그만 따르라는 뜻으로 휴가 눈을 부라렸다. 마지못해 품에 꼭 안았던 보퉁이를 내린 인간이 옷고름 하나 잡고 바르작거리며 그를 올려다보았다.

"이렇게 깨끗한데 뭣 하러 귀찮…… 으악!"

그 말을 들은 휴가 그대로 자그마한 목덜미를 낚아채 물속에 던져 넣었다. 졸지에 차가운 물에 젖은 작은 것이 푸덕거렸다.

"여기는 너희들이 말하는 신의 영역이다. 인간의 냄새를 좋아하는 별스러운 것들이 많지. 씻어 내지 않는다면 곤란한 건 네 쪽일 게다."

말을 마친 휴는 뒤돌아섰다. 볼 것도 없고 보고 싶지도 않지만 보기가 싫어서였다. 허여멀건 작은 것의 알몸 따위 털끝만큼도 관심이 없다.

그래 놓고 충동적으로 여기까지 끌고 와 버렸다. 그 부분에서 스스로도 납득할 만한 이유는 떠오르지 않았다.

휴는 귀를 바짝 세우고 돌진하는 요상한 생물을 탁 밟아 납작하게 만들었다. 역시 씻는 것만으로는 부족한 모양이다.

그도 처음 보는 독특한 이형에게선 지나치게 달콤하고 위험한 냄새가 풍겼다. 신력이라고는 눈을 씻고 찾아봐도 없는 주제의 계집에게서 신의 숲과 흡사한 향이 났다. 산과 들, 바다와 강, 바람과 소리, 불과 물이 담겨 그립게도 또는 간절하게도 만드는 그런.

주제넘은 인간이군. 휴가 불쾌함을 담아 미간을 구겼다. 제힘에도 계집이 혼절치 않은 이유도 어느 정도 납득이 갔다. 축약하자면 감히 저 계집이 자신과 파장이 맞는 셈이다. 미약한 주제에 신의 힘을 자연스럽게 받아들이니 어긋나 깨어지지 않는 것이었다.

다른 이형들이 껍데기만 신에 가까운 것과 비교하자면 몹시 드문 일이었다. 그 흔치 않은 예를 들어 이형이란 것들이 신의 균열을 막아 준다고들 떠들어 댔다.

퍽이나. 휴는 삐뚜름하게 올라간 입술로 웃었다. 저것을 그대로 두면 신을 탐하는 삿된 것들에 의해 여린 살이 갈가리 찢기고 뼈마저 씹혀 사라지고 말 터였다.

필시 재밌을 것이다. 희고 보드라운 살갗이 피에 물들고 맹랑한 눈동자가 공포와 절망으로 물드는 것을 상상하는 것만으로도 심장이 제법 빠르게 뛰었다. 휴는 잇새를 드러내며 짐승처럼 얕게 숨을 뱉었다.

아니, 그것보다 조금 더 오래 즐길 수 있는 편이 좋겠다. 그래야 무료와 공허를 짧게라도 잊을 수 있을 거다. 휴는 냉랭한 얼굴로 고개를 끄덕였다. 결심이 선 이상 저 작은 인간 계집에게 표식을 남겨야 했다.

"계집."

"명서요."

목욕을 마친 명서가 물이 뚝뚝 흐르는 채로 앞에 와 섰다. 휴는 눈만 움직여 제 공간에 있는 낯선 인간을 바라보았다. 굴리면 소리라도 날 것처럼 맑은 눈동자가 똑바로 그를 마주했으나 아까처럼 웃지는 않았다. 제법 오래 둘의 시선이 맞닿았다.

"뭐든, 일단……."

휴는 명서의 좁은 어깨를 짚었다. 그의 손이 닿은 곳부터 빠르게 물이 말라 금세 옷이 말끔해졌다. 거리가 좁아지자 명서라는 인간 계집에게서 선선한 물의 향이 났다. 그것은 그 요상한 눈동자만큼이나 말갛고 다정했다.

"드시게요?"

명서가 그를 보며 겁 하나 먹지 않고 그리 물었다. 기가 막힌 휴가 짧게 실소했다. 그런 운명일 거라고 설명을 들었을 테고 정황상 믿지 않을 수도 없겠지만, 어딘가 모르게 억울하고 기분이 나빴다. 덕분에 고약한 심보가 어김없이 발동됐다.

"여태 순순히 따라온 것이 이제야 억울하고 겁이 나? 이형을 먹어야 사신의 변이를 막을 수 있다더군. 인간들이 그 때문에 눈길만 닿아도 죽어 버리는 이형을 지치지도 않고 제단에 올리는 거라지. 시험을 해 보고 싶어도 살아서 여기 들어온 것이 있었어야 말이다. 네가 처음이니 신선할 때 먹고 효과를 확인해 볼 참이다만."

"그렇지요. 그러시겠지요."

순순히 고개를 끄덕거린 명서가 손바닥을 맞대고 빌다시피 말했다.

"그런데요. 하루만 시간을 주시면 아니 되겠습니까. 말씀드리지만 절대 도망 안 가요. 갈 곳도 없고. 그냥…… 하루만 아무 눈치 안 보고 지내보고 싶어서요. 안 들어주셔도 할 수 없지만 들어주시면 은혜는 평생 잊지 않겠습니다."

안 가는 게 아니라 못 가는 게 맞다. 인간이 신의 경계를 멋대로 넘을 수 없으니까. 거기다 하루, 고작 하루의 삶을 벌겠다고 비굴한 표정을 짓는 걸 보니 기분이 뒤틀렸다. 휴는 아름답기 그지없는 빨간 입술을 열었다.

"싫다."

"역시."

즉각 뇌까린 명서가 더 조르지 않고 주변을 쓰윽 둘러보았다. 가능한 많은 것을 담으려는 듯 눈동자가 쉼 없이 굴렀다. 휴가 부러 어깨에 올린 손에 힘을 더하자 눈을 꼭 감았다가 뜨며 아까처럼 또 씽긋 웃었다.

"자, 준비됐어요."

나름의 비장한 각오에 하마터면 비웃음이 터져 나올 뻔했다. 애써 평소와 같은 표정을 한 휴가 정말 식욕이 돋은 것처럼 혀로 입술을 핥았다. 명서가 마른침을 꿀꺽 삼켰다.

휴는 부러질 것같이 가는 목덜미를 쓸고 허연 뺨도 툭툭 쳤다. 긴장한 것인지 명서의 어깨가 한껏 굳어졌다.

사납게 치켜떴던 휴의 눈동자가 슬쩍 아래로 움직였다. 울거나 소리치거나 떠밀고 도망치는 상황을 상상했는데 조금도 미동이 없었다. 휴는 목소리를 낮게 깔고 위협하듯 속삭였다.

"살려 달라고 애원해 보지 그래."

"싫습니다. 그래 봤자 입맛만 돋우겠죠."

딱 부러지게 말한 명서가 도전적으로 휴를 올려다보았다. 휴가 냉랭히 시선을 맞춘 채 비식 웃었다.

"네가 정말 체념했다고 믿게 만들어 뭔가를 노리고 싶었다면 말이다."

그의 손이 명서의 가슴 앞섶으로 불쑥 들어갔다. 소스라치게 놀라 펄쩍 뛰어오른 명서가 손마디 두 개 정도 크기의 단도를 떨어트렸다. 앙다문 입술로 노려보는 눈매가 제법 매서웠다.

생긴 건 심심한 주제에 반응이 꽤 재미있단 말이지. 휴는 천연덕스럽게 목덜미와 입술을 건드리다 핏줄이 다 들여다보이는 명서의 손목을 살짝 핥았다.

"으악! 그래요. 이렇게 죽기는 싫습니다. 아무치도 않게 죽는 거 못 한다고요."

바르작거리다 엉덩방아까지 찧은 명서의 손목은 여전히 휴의 손아귀에 있었다. 그는 여유롭게 그러나 냉정하게 명서를 내려다보았다.

"설치지 마라. 심사가 뒤틀리면 너는 물론, 널 여기로 보낸 인간들까지 멸해 버릴 테니."

"그래 버렸으면 좋겠지만! 그러고 싶지만…… 정말 그러실 것 같으니까…… 하아."

반항을 멈춘 명서의 손목을 휴가 지그시 깨물었다. 통증 때문인지 두려움 때문인지 명서는 실눈을 뜬 채로 입술만 달싹거렸다. 하얀 살결 위로 스며 나온 빨간 핏방울이 요사스러울 정도로 탐스러웠다.

그래 봤자 인간, 허여멀건 생김새처럼 피 맛도 딱 그러리라 생각했는데, 웬걸……. 휴의 눈동자가 세로로 좁아졌다. 속을 뒤트는 역한 냄새라고는 없었다. 그저 한없이 달고 강렬해 온몸에 전율이 흘렀다.

휴의 눈에 광채가 돌았다. 살의와 환희, 갈망과 독점욕이 뒤섞여 소름 돋게 윤이 났다. 이대로 작은 인간 계집을 들이마셔 버리고 싶었다. 그러라고 제게 보내진 존재다. 망설일 필요 따위 없었다.

"씨이, 빨아 먹지 말고 한 번에, 한 번에 좀 해치우시라고요!"

그때 명서가 머리통으로 힘껏 그의 가슴을 들이받았다. 비로소 휴의 눈동자가 원래대로 돌아왔다. 그는 손목을 감싸고 다시 털썩 바닥에 주저앉는 명서를 응시했다. 성깔을 부려 댄 것치고는 안색이 파리했다.

"아니면 아껴 뒀다 다음에 자시든가요. 꼭 식량이 아니래도 쓸모가 많거든요, 저. 손도 빠르고 눈치가 없는 편도 아닙니다."

능청스럽게 말하고 웃는 명서의 낯이 파리했다. 제법 많은 피를 흘렸을 거다. 휴는 입술에 남은 온기를 삐딱하게 내려 보다 공중에 무언가를 써서 숨결을 불어넣었다.

"그 말 증명할 기회를 주지. 표식을 남겼으니 영역 안에서 함부로 덤비는 것들은 없을 것이다."

"우와아아아! 살려 주시는 겁니까? 진짜? 참말? 아니 의심하는 것이 아니라……. 무조건 고맙습니다! 보기와 달리 세상 둘도 없이 은혜롭고 자비로운 분이셨군요. 저요, 무엇을 시키셔도 죽기 살기로 열심히 하겠습니다."

놀란 얼굴로 히죽거리다 비명까지 지르며 펄쩍 뛰어오르는 모습이 딱 '개' 같았다. 휴는 부산스러운 명서에게서 멀어져 옷깃의

먼지를 탁탁 털어 냈다. 처음부터 이럴 작정이었다는 건 말하지 않기로 했다.

먹다니, 인간을. 말도 안 된다. 물론 아주 잠깐 자신도 처음 느끼는 충동이 들었던 것은 사실이지만. 어쨌거나 확인할 것이 있어 영역 안에 들였고 무료를 조금 달랠 수도 있을 것 같아 흥미로웠다. 그러다 만약 질리고 성가셔진다면…….

휴는 입술 꼬리를 비틀어 올렸다. 칠흑 같은 머리카락이 날아오르며 섬섬히 고운 그림자를 만들어 냈다.

2
장

분주하다. 정신 사납다. 시끄럽다. 느닷없이 웃는다. 감상을 끝
낸 휴는 턱을 괸 채로 명서를 바라보았다.

숲에 두고 왔어야 해. 후회해도 늦었다. 제집인 양 자리 잡고
쓸고 닦고 부산을 떨고 있는 명서를 보노라니 심심치는 않았다.
기실 처소까지 발 들이게 할 작정은 아니었다. 하여 명서가 부르
면 달려올 거리 운운할 때만 해도 콧방귀를 뀌었으나 훌쩍거리는
콧소리와 딱딱 부딪치는 이 소리가 몹시도 거슬렸다.

물에 빠지고 피를 빨리고, 저 보잘것없이 작고 약한 인간에게
는 제법 치명적일 수도 있겠다 싶었다. 일단 이 밤은 아량을 베풀
자 했다.

허락이 떨어지자 조르르 달려와 해실거리는 꼴이 꼭 두어 달
된 강아지 딱 그 양이었다. 그리고 보니 꼬리가 축 처진 댕그랗고

커다란 눈도 그렇고 부스스하게 날리는 머리카락도 '개' 맞았다.

"참, 뭐라 부르면 되겠습니까?"

분주하게 움직이던 명서가 생글거리며 물었다. 도통 이쪽에서 입을 열 생각이 없어 보였던지 명서가 죽 말을 이어 갔다.

"주인님? 가주님? 신님? 어둠님? 흐음, 아니면 스승님? 오오, 이거 괜찮네요."

"처지를 똑바로 알아라. 넌 언제 죽게 될지 모를 내 소유물이고 난 네게 뭔가를 가르쳐 줄 마음 따위 없거늘."

"압니다, 알아요. 그래도 부를 말이 있어야 대화가 쉽지 않겠습니까. 혹시 누군가에게 소개하더라도 절 비상식량이라고 하는 것보다 제자다, 그러시는 편이 격조 있어 보이고……."

"하아."

지금 고작 인간 따위가 신의 품위를 염려한단 말인가. 휴는 딱딱하게 고개를 내저었다. 하지만 더는 반대하지 않았다. 상상하고 싶지는 않으나 저 인간의 말마따나 존재 자체를 설명해야 할 때가 올 수도 있었다.

연람을 떠올린 휴는 거칠게 머리카락을 쓸어 올렸다. 사신 가운데 하나이자 가장 연장자인 그는 여러모로 짜증 나고 성가셨다.

"그런데요."

또 묻는다. 휴가 날카롭게 쏘아보자 잠시 움찔거리는가 싶던 명서가 또 반짝 웃었다.

"왜 아니 나가시고?"

"내 처소니라."

"아니 그러니까 방으로 돌아가셔서 편히……."

말이 끝나기도 전에 침상에 길게 누운 휴가 성가신 듯 손을 휘 저었다.

"설마 이곳이 구중궁궐이라도 된다 생각했던 것이냐. 잘 곳은 이뿐이니 싫다면 나가거라."

비로소 상황을 납득한 듯 명서가 얌전히 고개를 끄덕였다. 휴 는 명서가 나무 바닥 언저리에 자리를 잡자 입김으로 온 집 안의 등불을 껐다. 그러면서 툭 침금을 발로 차 던졌다. 불을 끄는 순 간 공간을 열어 낮에 받은 제물 중에 대충 골라낸 거였다.

마침 머리통에 맞았는지 '어이구' 하는 작은 소리가 들리더니 이내 '고맙습니다'를 뇌까린다. 덩치가 조그만 탓에 소리도 작은 가, 아니면 기운이 없어 쓰러……. 벌떡 일어난 휴가 손가락을 튕 기자 일순 집 안의 온 등불이 켜졌다.

"어?"

영문을 몰라 고개를 갸웃거리는 명서를 향해 휴는 아까의 공간 에서 집어낸 먹을거리를 잔뜩 쏟아 냈다. 명서가 눈을 동그랗게 뜨다가 그대로 늘어트리며 맑게 웃었다.

"우와, 이걸 다 저 주시는 겁니까? 그렇다면 사양 않고 잘 먹 겠습니다. 그런데 스승님은 아니 드세요?"

처음부터 느꼈던 거지만 저 계집의 웃는 낯이 싫다. 두려운 것, 추운 것, 불편한 것, 배고픈 것, 뭐 하나 제대로 불평 않는 주제에 속없이 잘도 웃어 대는 게 거슬렸다.

휴는 불쾌함을 숨기지 않고 인상을 찌푸렸다. 명서가 더는 묻지 않고 그가 준 음식을 주섬주섬 챙겨 들었다. 달칵이며 열린 문 사이로 바람이 스며들었다. 휴는 신경질적으로 등불을 꺼트리고 억지 잠을 청했다.

휴가 말한 표식 어쩌고가 거짓은 아닌 모양이었다. 명서는 저 만치서 저를 뚫어질듯 쳐다보는 무시무시한 형상의 이름 모를 것 을 피해 앉아 육포 한 조각을 우물거렸다.

달이 그득한 뜰에 나오니 시꺼멓고 괴이한 것이 주변을 빙빙 맴돌았다. 덩치가 크고 생김이 몹시 날카롭다는 것만 빼면 큰 개 같기도 했다. 다행히 그것은 손이 닿지도 않을 만큼 먼 거리에서 지켜보기만 할 뿐 결코 다가오지는 못했다.

명서는 손목에서 빛나는 선명한 잇자국을 물끄러미 들여다보았 다.

"어쨌거나 살아 있으니까."

무턱대고 싱긋 웃었다. 그렇게 해 두면 일단 울지는 않게 된다. 이건 오랜 시간 쫓기고 뺏기고 협박당하며 생긴 버릇 가운데 하 나였다.

이형으로 태어나 자랐어도 어린 시절의 명서는 또래와 다르지 않았다. 하지만 어머니를 잃고서부터 포기와 체념에 어느 정도 익 숙해져 버렸다.

곡식 한 줌 뿌려 멀건 풀죽을 쑤어 먹어도, 시도 때도 없이 거처를 옮겨야 할 때도, 어머니와 함께라면 아니 서럽고 아니 외로 웠다. 그러나 혼자가 되어 도망치고 붙들리고 다시 도망치는 가운 데 마음은 점차 바싹 말라 갔다.

기름진 얼굴의 부자에게 팔려 겁탈을 당할 뻔한 적도 있었고, 굶어 기절한 저를 거두는 척하다 팔다리를 자르려는 사람들을 피 해 달아난 일도 허다했다. 잡아다 물건처럼 전시해 두고 값을 흥 정하는 노예상의 손아귀에 떨어졌을 때는 마음에 맺히는 것이 그 저 슬픔이라 왜 사나 싶었다.

어머니가 파랗게 질린 입술을 힘겹게 열어 남긴 유언이 아니었 다면 몇백 번이고 삶을 놓았을 것이다.

'살아 다오, 행복하게……. 내 아가.'

당신께서는 저를 낳고 한시도 편히 사시지 못하였으면서 네가 있어 지극히 행복했다는 말씀을 남기셨다.

그러니 이 목숨 어찌 헛되이 할까. 명서는 노예상이 하루 한 번 철창 안으로 던져 주는 주먹밥을 두 손으로 움켜쥐고 모래알 같 은 것을 꾸역꾸역 씹어 삼켰더랬다.

그리고 결심하였다. 여전히 슬프고 억울하고 아프지만 그래도 웃겠다. 행복해지는 법은 모르지만 눈물 대신 웃기로, 마음에 고 인 감정은 내뱉고 순간에 충실하기로 결심했다. 그때부터 방긋거 리며 잘도 웃었다. 제물로 수 상단에 팔려 가면서도 이제 더 나쁠 일은 없다고 웃어 버렸다.

정말이지 더 나빠질 일도 없지. 명서는 입술을 늘인 채로 손목을 쓱 쓰다듬었다. 그리고 맛나 보이는 음식 몇 가지를 골라 저만치 가져다 놓았다. 이름 모를 것에게 저 말고 이것이나 실컷 먹으라는 뜻이었다. 음식을 준 스승님도 그래 주면 고맙겠고.

"다행이다. 그렇지요?"

명서의 눈길이 밤하늘로 향했다.

사람이 죽어서 하늘로 올라간다는 말이 진짜라면 어머니도 저 어딘가에서 지켜보고 계시리라. 희게 나부끼는 머리카락을 다부지게 움켜쥔 명서가 자리에서 발딱 일어났다. 그러고는 인사라도 하듯 하늘 높이 손을 치켜들었다가 이내 어둠 속을 되짚어갔다. 등불 하나 없는데도 걸음이 단정했다. 오랜 시간 캄캄한 곳에 갇혀 지냈다 보니 어둠이 그리 불편치는 않아진 것이다.

"뭐든 쓸모가 있네, 있어."

명서가 혼자 신나게 맞장구를 치고 방으로 들어섰다. 침상이 제 알던 것보다 배는 큰데 스승이란 남정네가 참말 길쭉하기도 하다. 게다가 생기기는 또 얼마나 잘생겼는지. 살다 살다 이렇게 무지막지하게 수려한 얼굴은 처음이었다.

명서는 어둠을 방패 삼아 휴의 잠든 얼굴을 이리저리 살펴보았다. 부른 배로 무릎 끌어안고 눈 호강을 하고 있으니 절로 흐뭇한 미소가 지어졌다. 이런저런 일은 많았지만 금일 밤은 꿈에도 눈이 훤할 것 같았다.

새 침금은 비단이라 손끝만 스쳐도 좌르륵 윤이 났다. 베개도 어찌나 보드랍고 폭신한지 구름 같았다. 그럼에도 명서는 꾀죄죄

한 보따리를 풀어 둘둘 말린 천으로 만든 제 베개를 꺼냈다. 돌아가신 어머니가 지어 주신 옷으로 만든 것이었다. 낡아서 바스락거릴 지경이지만 그 하나면 마음이 평안했다.

얼마 지나지 않아 명서가 고른 숨소리를 내며 잠이 들었다. 동시에 어둠 속에서 몸을 일으켜 세운 휴가 머리카락을 거칠게 쓸어 올렸다. 한쪽은 세상 편히 잠들고 또 다른 한쪽은 전에 없이 잠을 설치는 밤인 모양이다.

새벽빛이 촘촘할 무렵 명서는 폭신한 이불 사이로 손만 쭉 뻗어 기지개를 폈다. 몸은 아직 노곤한데 어스름한 빛 때문인지 정신이 깨어 버렸다.

여전히 눈은 꼭 감은 명서가 이제부터 예서 살아야 한다고 되뇌었다. 딱히 비장할 건 없었다. 고민하고 걱정한다고 나아질 것 없지 않은가. 다만 낯설음은 어찌할 도리가 없었다.

그래도 살아는진다. 좌우지간 일단 스승님께 쓸모를 인정받아야 명줄만큼은 살 테지만.

명서는 이불 안에서 깜박깜박 눈을 떴다 감았다.

"으다다다."

개미 소리만 하기는 해도 나름 필살의 기합을 담아 이불을 걷어차 날리고 일어났다. 그러다 후다닥 이불을 주워 들고 공손히 허리를 숙였다.

"일, 일어나셨어요?"

"아니 잤다."

"아, 불면증."

툭 하고 내뱉은 명서가 바로 제 입술을 손바닥으로 소리 나게 쳤다. 공연히 아는 체를 한 모양이다. 그림처럼 아름다운 사내가 서릿발 같은 눈으로 건너다보는데 머리칼이 다 쭈뼛거릴 지경이었다.

"너처럼 무디질 못할 뿐."

"그러시구나."

명서는 잠자코 대답하며 들키지 않게 입을 삐쭉거렸다. 그러게 누가 한방에서 자자고 했나. 과년한 처자의 혼삿길이 걱정이지 손짓 하나면 사람 애간장 녹이는 건 일도 아닐 것 같은 양반이 무슨.

그사이 미끈한 어깨의 절반을 드러낸 그가 코앞까지 다가왔다. 휴가 빤히 보자 명서는 떨떠름한 표정으로 웃어 보였다.

"이부자리는 곧 정리를 마칠 참이고…… 그렇지! 아침 준비를 할까요? 아니면 마당 쓸기? 뭐 시키실 일이 있어 그리 보시는 거라면 콕 집어 말씀을 좀……."

"쓸데없는 짓 말고 필요한 것이 있으면 써 두도록 해라."

휴가 매끈한 종이 한 장을 손등으로 쳐 냈다.

"우왓! 감사합니다."

이번에는 아까와 달리 환한 웃음이었다. 종이를 갈무리한 명서는 고개를 꾸벅 숙여 보이고 날다람쥐처럼 재빠르게 창을 열어 환기를 하고 이부자리를 정돈했다. 그사이 휴가 사라지자 흥얼흥얼 콧노래까지 불렀다.

"이래저래 해도 상냥한 분이시구나."

더불어 덜컥 심장이 내려앉을 만큼 아름답기도 하고 말이다. 물론 그래 봤자 그림의 떡이지만. 명서는 제 설렘이 우스운 듯 키득거렸다. 평탄치 않은 삶을 살면서 욕심이 얼마나 괴로운 것인지 잘 알고 있었다.

대충 방 소제를 하고 나서던 명서가 걸음을 멈추고 숨소리마저 낮췄다. 크고 너른 나무 그늘 아래 비스듬히 누운 휴를 발견한 것이다. 요사스럽게 예쁜 것은 고사하고 정말 밤새 잠을 설쳤구나 싶어 미안해졌다.

명서는 살금살금 방으로 돌아가 얇은 이불 하나를 챙겨 나무로 갔다. 그러고는 뒤꿈치를 들고 조용히 휴의 얼굴에 비치는 해를 가려 주었다. 목덜미를 간질이는 햇빛은 부드럽고도 따사로웠다. 명서는 푸르게 흩날리는 잎사귀를 조심스럽게 쫓았다.

굽이친 빛과 녹음, 드문드문한 빛 가운데서 휴는 끔찍할 정도로 아름다웠다. 명서는 감탄 또 감탄하며 입맛을 다셨다. 배 속이 찌르르하면서 속이 헛헛해졌다.

밥때가 되어서인가. 괜히 민망해진 명서는 시선을 돌리고 가림 막 한 팔을 조금 더 높이 올렸다.

보드라운 천이 바람에 부풀어 날개처럼 휘날렸다. 명서의 하얀 얼굴에 홍조가 피어올랐다. 열심히 파닥이면 그대로 날아오를 것도 같았던 것이다.

"인간은 날지 못해."

그때 현실을 일깨우는 낮고 딱딱한 음성이 들려왔다. 명서는 팔을 내리지 않고 고개를 돌려 휴를 보았다.

"압니다. 그러시는 스승님은요?"

"못 할 것이 있겠느냐, 이 내가. 왜, 부러우냐?"

"예. 솔직히 말하자면 좀 재수가 없다고 할까요. 생긴 것도 현혹될 만큼 미려해, 못 하는 것 없어, 거기다 세상 모두가 떠받들어."

"쯧쯧 버릇없기는. 그래도 대책 없이 솔직하다는 점만은 인정하마."

휴가 까만 눈만 굴려 명서를 응시했다. 비아냥거리고는 있지만 불쾌해 보이지는 않았다. 명서는 그쯤에서 대거리를 멈추기로 했다. 딱 한마디만 더 하고.

"질투가 난 것은 맞지만 그렇다고 스승님이 마냥 부럽지는 않습니다."

더 말해 보라는 듯 턱을 까딱이는 휴를 향해 명서가 생긋 웃어 보였다.

"그 연유는 차차 말씀드릴 것입니다. 뭔가 제게 궁금한 것이 있으셔야 살려도 주고 가르쳐도 주실 것 아닙니까."

머리 굴리는 티가 날 바에야 숨김없이 드러내는 게 낫지 싶었다. 명서가 그리 말하자 휴가 관자놀이를 꾹 누르며 일어났다.

"너는……."

그때서야 가림막을 거둔 명서가 푸른 하늘을 향해 고개를 젖혔다. 딴청을 피우려는 게 아니라 정말로 깜짝 놀랄 만큼 하늘빛이 고왔다.

"여기처럼 예쁘고 맑은 하늘은 본 적이 없습니다."

아침 볕 아래 도망치지 않고 선 것은 여섯 해 만에 처음이었다. 그걸 알 리 없는 스승이고 다른 이유가 있어 살려 둔 것마저도 짐작은 하는데, 이런 풍경을 다시 볼 수 있게 된 것에만은 순수하게 감사했다.

명서는 벌써 저만치 가 버린 휴의 너른 등을 바라보았다. 그는 저와 달리 다 가진 존재였다. 그럼에도 한쪽 어깨에 위태롭게 걸린 옷자락이 눈에 밟히고 요사스럽게 휘날리는 검은 머리카락이 어딘가 모르게 쓸쓸하여 가슴이 따끔하였다.

"스승님! 같이 가요."

명서는 부러 더 밝은 목소리로 휴를 불렀다. 잠시 돌아만 보았을 뿐 멈추지 않고 걸어가는 사내, 명서는 가림막으로 썼던 얇은 이불을 길게 늘어뜨려 나풀거리며 달려갔다. 흩날리는 머리카락 뒤로 해가 반짝반짝 굽이치고 있었다.

불의 속성을 가진 연람은 사신들 가운데 외모를 가꾸고 치장하는 것을 가장 즐기는 사내였다. 여자들이 쓰는 장신구도 마다치 않았고 색감이 화려하고 자수가 독특한 옷만 걸쳤다. 말투는 상냥하고 나긋했으며 손짓이나 행동 하나하나가 고혹미의 절정이었다.

그러나 타고난 성질만은 딱 불, 그대로라 한번 화가 치밀어 오르게 되면 걷잡을 수 없어 주변 모든 것을 활활 태우다 못해 재로 만들어 버렸다. 때문에 다른 신들은 그를 '미치광이 공주'라고 불렀다.

그 미치광이 공주와 가장 반대인 것이 휴였다. 본래 메마르고 차가운 데다 직설적인 말도 서슴지 않아 매번 부딪치곤 했다. 그런데도 돌아다니기 좋아하는 연람이 가장 많이 들르는 곳이 휴의 영역이었다.

연람은 여느 때처럼 흉측하고 괴이한 문양으로 검게 늘어진 휴의 경계를 노려보았다. 아무튼지 무신경하고 미심(迷心)이라고는 없는 녀석. 혀를 찬 연람이 방문을 알리는 종을 쳤다. 아무것도 없던 허공에 영롱한 소리가 울리고 순식간에 검고 사악한 기운이 응집해 그를 감쌌다.

"짜증스럽게 굴지 말고 문 열어. 이 칙칙한 곳에 오는 이가 나 말고 또 누가 있다고."

문으로 안내하는 수증기를 야멸차게 떨쳐 낸 연람이 결 고운 머리카락을 손등으로 쓸어 넘겼다. 귀에 건 오색찬란한 귀걸이가 차랑차랑 소리를 내었다. 그에 기분이 풀린 연람이 허리에 찬 술병을 은근히 데웠다. 휴를 보자마자 술이나 마실 생각이었다.

"뭘 하고……."

있느라 잔도 챙겨 놓지 않았느냐고 말하려는 찰나였다. 연람은 입술을 앙다물고 속눈썹이 길게 드리워진 눈을 깜박거렸다. 허여멀겋게 생긴 인간이 오동나무 쟁반을 든 채로 그를 바라보고 있었다.

"어서 오…… 안녕하세요. 명서라고 합니다. 금번 제물식 때부터 이곳에서 스승님을 모시게 되었습니다."

연람은 이형이 분명한 명서와 맞은편에 태연히 앉아 술병을 빼앗아 가는 휴를 번갈아 보았다. 그러다 묘한 눈빛으로 돌연 화사한 미소를 지었다.

"그래, 그래. 네가……. 헌데 이 강파른 녀석이 무엇을 가르쳐 준다던?"

"시끄럽다."

"정해진 것은 없지만 뭐라도 가르쳐 주시면 고맙게 배우려고요."

살벌하게 대꾸하는 휴와 달리 명서는 생긋 웃으며 두 사람 앞에 잔을 놓았다. 휴가 매섭게 그런 명서를 바라보았고 연람은 흥미가 동해 턱을 괴고 물었다.

"인간, 이름이 뭐라고?"

"명서요."

"똘똘하네."

휴와 자신을 앞두고 조금도 주눅 드는 기색이 없었다. 일단 그것이 마음에 들었다. 연람은 곱게 기른 손톱으로 잔의 주둥이를 훑어 내렸다. 명서는 주섬주섬 나머지 그릇을 탁자 위에 내려놓고 있었다.

"그런 이야기는 종종 들었습니다. 딱히 써먹을 데는 없었지만."

"호오. 말 재미도 있고."

"과찬이십니다."

"몇 살……."

말이 끝나기도 전에 휴가 끼어들었다. 손끝으로 행동의 주어를 딱 구분 지어 짚어 냈다.

"넌 닥치고 넌 가 봐."

그 말에 쟁반을 챙겨 든 명서가 꾸벅 인사를 건넸다.

"그럼, 이만."

"원, 하고 다니는 꼴만큼 성질도 흉포해서는. 그래, 명서야 앞으로 우리 자주 보자꾸나."

손까지 흔들어 명서를 배웅한 연람은 저를 보는 까만 눈동자를 마주했다. 연람은 예쁘게 볼우물을 지었다.

"파장이 맞는 게로구나, 명서는 신과. 알겠지만 이형 중에 그런 존재는 천 년에 한 번 나올까 말까야. 아무튼 그래서 잡아먹으려고 거뒀구나? 신과 파장이 같은 이형을 먹으면 균열이 막아진다는 시답잖은 말, 네 녀석이 가장 비웃었으면서."

"어찌하든 알 바 아닐 텐데."

무시무시할 정도로 건조한 휴의 대답에 연람이 입술을 삐죽 내밀었다. 단칼에 잘라 말 붙일 여지도 주지 않을 줄은 알았다만 예서 포기하면 연람이 아니었다.

"그럼 그냥 나 줘. 진지하게 한번 먹어 볼까 했었거든. 요즘 들어 피부도 거칠고 목소리도 산뜻하지 못한 것이……. 난 상냥해서 저 귀여운 아이를 아프게는 안 죽일 거야."

"내 제자라 하였다."

"그걸 믿으라?"

연람이 어이없다는 얼굴을 했다. 식신마저 곁에 두질 못하는 저 성질머리에 제자라니. 그의 물음에 휴가 느긋하게 턱을 까딱거렸다. 그러다 돌연 딱딱해진 눈으로 경고하듯 읊조렸다.

"연람, 함부로 굴지 마. 네놈이 아무리 탐내도 그 아이는 내 것이야."

그 말에 처음으로 연람의 눈동자가 불쾌감을 담아 이지러졌다. 연람은 매끄럽고 촉촉한 입술을 살짝 오므렸다.

"그렇지, 공물이었으니까. 마침 네 차례였고."

적당히 둥글려 수긍하는 척했으나 속에 담긴 가시는 감추지 않았다.

연람이 그러거나 말거나 휴는 술만 연거푸 비워 내고 있었다. 약이 오른 연람이 탁자를 태워 버렸지만 휴가 눈 하나 깜짝 않고 잔과 접시를 들어 올렸다. 명서가 안주 삼아 가져온 열매가 접시 위에 덩그러니 남아 있었다. 작고 새빨간 버찌 몇 알이었다. 급한 대로 뒷마당에서 주웠던 모양이다.

연람은 꽃대를 꺾어 작은 탁자를 만들고 휴에게서 잔과 접시를 가로채 올렸다. 그가 길게 기른 손톱으로 버찌의 부드러운 속살을 짓이겼다.

"인간들 말이야. 동족을 팔아 무사 안녕을 빌다니 참으로 저속하고 뻔뻔해. 그것도 평소에는 같은 사람으로 취급도 안 하던 이 형을. 불쌍한 명서, 그 험한 곳을 벗어나 끌려온 것이 이곳이라니. 얼마나 무서웠을까. 박복하기도 하지. 쯧쯧. 만에 하나 선택할 수 있었다면 어떤 인간이 어둠의 신을 택하겠어. 가엾네, 가엾어."

은근한 목소리로 부추기고는 머리 손질하는 체하던 연람이 일자로 굳게 다물린 휴의 입술을 보았다. 얄밉도록 예쁘고 강인한 선이 언제나처럼 부럽고 또 밉고 그랬다. 그가 제 말에 신경이나 쓸까마는 실컷 비꼬고 나니 속은 후련했다.

천에 하나, 만에 하나 휴가 흔들려 준다면 더할 나위 없이 즐거울 것 같다. 항상 불안해하며 확인하고 싶어 하는 자신과 달리 그는 도통 들노는 법이 없었다. 그런 휴의 생이 요동질 치고 혼란스러워 발버둥 치고 괴로워한다면 그만한 구경거리가 또 있을까.

연람은 흐뭇한 미소를 짓고 작은 불꽃을 틔워 사방에 둥둥 날려 보냈다.

휴는 설거지통에 허여멀건 손을 담그고 이상한 가락을 흥얼거리는 명서를 물끄러미 보았다. 고작 웅크리고 앉아 구정물에 허드렛일하면서 목소리며 표정이 죄다 참 해맑았다.

겁이라. 둔감한 편은 아닌데 저 아이가 제게 그런 감정을 품지는 않았다 확신했다. 그게 흥미로워 첫 시선을 던졌었고.

그러니까 연람의 말 따위 헛소리였다는 걸 안다. 아는데 마음 한구석이 모가 난 듯 불편했다. 보기보다 요령 좋고 어리석지 않은 계집이 별 저항도 없이 모든 상황을 받아들인 이유가 불현듯 궁금해졌다.

"왜?"

그리만 물었는데 명서가 살짝 이쪽을 보다 말고 생긋 웃었다. 그러고는 부지런히 손을 움직이며 야무지게 답했다.

"귀찮아도 지금 해 둬야 내일이 편하지요. 도와주실 참이세요? 그러면 환영이고요."

대뜸 자리를 내주며 웃는 녀석 덕분에 휴는 떨떠름한 표정으로 그 곁에 섰다. 막상 아무것도 시작하지 않은 채였지만 말이다. 명서는 그런 휴를 보고도 싫은 기색 하나 없이 말갛게 웃으며 물었다.

"끼니때마다 먹어야 하고 치워야 하니 종종 귀찮을 때도 있지만, 그래도 이런 일 꽤 즐거운데…… 신은 어떤가요? 부족한 것 없는 삶은 그 자체로 완성되어 행복한가요?"

가벼이 던진 물음을 듣고 휴의 표정이 삭막하게 굳었다. 쉬이 대답하지 못함으로 답을 대신했다. 명서가 재빠르게 손에 물기를 털고 꾸벅 고개를 숙였다.

"제가 너무 들떠 그만……. 주제넘었다면 죄송……."

휴는 말이 끝나기도 전에 명서의 턱을 거칠게 들어 올렸다. 모졌을 삶에도 때 하나 남지 않은 말간 눈동자가 그를 응시했다. 뱃속 깊이 뭔가가 우그르르 몰려들어 잔인하게 뒤틀렸다.

"말 같지도 않게 스승과 제자라 하였느냐. 그래, 받아들이마."

"예?"

뭔가 엄청난 꾸중을 예상하였던지 명서가 어리둥절한 표정으로 그를 보았다.

휴는 언제나처럼 제게서 돋아나 서늘하게 일렁이는 검은 그림자를 거둬들이지 않았다. 그것이 명서의 발목 주변을 어지러이 노닐었다. 흠칫거리던 계집이 가만가만 그림자와 그를 번갈아 보았다. 이번에도 겁을 먹기는커녕 빙그레 웃어 보였다.

휴가 입술을 뒤틀었다. 응당 절망하고 망가져야 할 것이 마냥 싱그럽고 씩씩했다. 그건 제가 가지지 못한 것이라 흥미로웠지만 더불어 짜증스러웠다. 고작 이따위 존재가 균열을 막아 주지 않을까 기대하는 연람, 그리고 제 안의 숨은 감정이 가소로웠다.

지금껏 어찌 지탱해 살았는지 모르지만 어둠과 파괴의 신인 제 곁에서 더는 그리 살진 못할 것이다. 다른 모든 산 것과 마찬가지로……

그래, 결국 뼈저리게 깨우치게 될 것이다. 저 작은 인간도 또 저도 모다 부질없는 조각이라는 것을 말이다. 언젠가 계집이 죽음을 애원하게 된다면…… 순순히 목숨 거둬 줄 아량은 베풀어야겠지. 휴가 새빨간 입술을 당겨 미소를 지었다.

경계 안의 오랜 공기가 천천히 변하고 있었다.

3
장

집을 짓기로 했다. 스승인 휴에게 부탁할 생각은 하지도 않았다. 제 일이고 제 살 집이라 구상도 재료를 모으는 것도 서툰 도끼질도 전부 스스로 했다.

　명서는 까이고 상처투성이인 손으로 이마를 훔쳤다. 땀방울이 송골송골 맺혀도 기분만은 좋아서 콧노래가 절로 나왔다.

　휴가 느닷없이 제자로 인정했을 때는 정신이 하나도 없었다. 좋기는 한데 뭔가 께름칙한 기분도 들었다. 웃고 계셔도 눈빛이 너무 살벌해 마냥 기뻐해도 괜찮을까 싶었다.

　뭐, 우선은 살아갈 날을 번 셈이니 좋은 일이라 생각기로 했다. 그리고 나니 자연 잠자리를 해결해야겠다는 생각으로 이어졌다. 몇 달, 몇 년, 운이 좋으면 평생 저도 그렇지만 스승님께 불편을 드릴 수는 없었다.

집을 짓고 나면 밭도 좀 일궈 볼까 했다. 공물이 얼마나 많은지는 모르지만 언제까지고 스승님께 받아먹는 것도 염치가 없었다.

움직이기 편한 옷도 새로 몇 벌 지을까 했으나 바느질 솜씨가 영 젬병이라 아까운 천만 버리지 싶었다. 결국 보따리에서 낡은 옷한 벌 꺼내 단을 내리고 이어 붙여 일할 때 입는 의복을 마련했다.

명서는 색 바랜 소매를 쓱 걷어붙이고 다시 도끼질을 시작했다. 말씀은 제자로 받아 주시겠다고 해도 아직 뭔가를 요구하거나 가르치려 하지 않으니 마음 한편이 내내 불편했다.

"그런데 뭘 가르쳐 주시려나?"

휙 하고 검은 바람을 일으켜 사라지는 뒷모습이 얼음처럼 차가워 묻지도 못했더랬다. 다행히 다른 할 일은 차고 넘쳐 상념은 짧았다.

명서는 비뚜름하게 잘린 나무를 든 채로 고개를 쳐들었다. 뭐래도 하늘이 맑고 공기가 상쾌했다. 또다시 근본 없는 가락이 술술 나왔다. 명서는 아무래도 일자가 될 성싶지 않은 기둥에 매달려서 노래를 이어 갔다.

솜씨도 없고 힘도 없어 일에는 좀처럼 진척이 없었으나 열중만은 제대로 하였다. 덕분에 빗줄기 내리는 소리도 한참 후에나 알아챘다. 명서는 흠뻑 젖은 어깨를 웅크리며 나뭇더미 앞에 주저앉았다.

"집은 무슨……. 동굴이나 찾을까."

말은 그리하면서 금세 기운차게 일어나 하던 일을 계속했다. 비가 좀 잠잠해지나 싶었는데 이번에는 바람이었다. 세상천지 그렇게 사납고 강한 바람은 처음이었다. 명서는 반쯤 드러누우면서까지 잡고 있던 마지막 기둥이 와르르 무너지는 것을 속절없이 보았다.

"하아."

탄식하고 머리를 감싼 명서가 돌연 웃음을 터뜨렸다. 한참을 웃다가 사레가 들려 기침까지 해 댔다.

"엄니, 이런 건 정말 꼭 닮았다. 그치?"

처녀 적 예쁘고 야무지고, 못하는 일 없다고 칭찬이 자자했던 어머니였다. 그런 어머니가 저를 가지고서부터 무엇 하나 녹록하지 않았음을 알고 있었다. 지지리 운이 없어 마른자리에서 넘어지기 일쑤고 그러다 하나 남은 장작이 저만치 날아가고, 용케 피했다 싶으면 쌀알은 찾아보기 힘든 독이 깨지곤 했었다. 그런데도 어머니의 파삭해진 얼굴에는 늘 웃음이 고여 있었다. 그 모든 것에 까닭 없이 슬프고 주눅 드는 저를 두고 언제나 환히 웃어 주셨다.

'더 좋은 일이 있으려나 보다.'

그러고는 한 톨의 의심도 없이 말씀하셨다. 그러면 신기하게 힘이 났다. 가끔은 정말로 더 좋은 일도 생겼더랬다.

명서는 흠뻑 젖어 바들바들 떨리는 몸으로 진흙 바닥에 구르는 나무를 일으켜 세웠다. 가시에 찔려 피도 나고 흙이 얼굴이며 온몸에 묻어 너저분했지만 마음만은 느긋했다. 겨우 수습을 하고 다시 기둥을 세우는데 또 바람이 세차게 불어왔다. 기둥을 껴안은 명서가 고래고래 소리쳤다.

"젠장! 망할! 미친 날씨! 그래도 내가 포기하나 봐라!"

그러자 거짓말처럼 바람이 딱 멎었다. 명서는 숨이 턱까지 차서 할딱대면서도 끝까지 기둥을 부여안고 있었다.

"어, 스승님."

명서는 갑자기 제 앞에 나타난 휴를 향해 반색했다. 원래도 칠흑 같기는 하지만 오늘따라 유난히 그의 눈빛이 어두웠다. 제 앞에 닥친 일도 만만치 않지만 명서는 일단 스승을 향해 움직였다.

"참으로 갑작스러운 비바람이었지요."

그 때문에 신인 휴가 곤란할 일은 없다는 것을 알지만 걱정은 자연스러웠다. 명서는 베일 것처럼 날카로운 콧대 너머로 한들거리는 해를 멍하게 보았다. 조금 전의 폭풍이 거짓말인 것처럼 기막히게 아름다운 풍경이었다.

"태평하구나. 네 그토록 애쓰던 것을 일순간에 망쳐 버린 자 앞에서."

"엇, 스승님께서?"

따르던 걸음이 저절로 느려졌다. 휴가 무심하고도 서늘한 눈으로 명서를 내려다보았다. 그러나 다음 순간 그의 눈동자가 흠칫거렸다.

"그럼 비와 바람도 다루시는 거구나. 그건 다른 분들의 능력인 줄로만 알았는데."

그러면서 명서는 산뜻하게 웃었다. 뒤이어 나뭇더미를 응시하고 공손히 물러섰다.

"저 흉측한 꼴 좀 보십시오. 전 다시 가서 일을 마무리해야겠습니다. 언제라도 제가 필요하시면 부르셔요."

"정녕 어리석은 것이냐, 그런 척 구는 것이냐?"

"제가요? 아닙니다. 죽이는 것보다야 괴롭히는 쪽이 낫다고 생각한 것뿐이지요. 절 탐탁지 않아 하신 것쯤은 알고 있었는걸요. 게다가 절 좋아하는 사람이 없는 세상에서 여태 살았고요. 그러니까 이런 상황 익숙합니다. 자랑은 아니지만."

히죽거리는 표정으로 답한 명서가 꾸벅 고개를 숙이고 나뭇더미 앞으로 달려갔다. 한참이나 느껴지던 휴의 시선이 사라지고서야 명서는 꽉 쥔 주먹에 힘을 풀었다.

"그렇다고 상처받지 않는 건 또 아니지만."

입술을 앙다물어도 뭔가 눈가로 찔끔거리며 새어 나오는 것 같았다. 명서는 고개를 있는 힘껏 저었다. 이틀 내리 나무에 묶여 돌팔매질당한 적도 있었고, 불로 얼굴을 지지겠다며 등불을 뺨에 바짝 붙여 협박했던 사람도 있었다. 그런데 뭐 이런 사소한 냉대쯤이야.

그래도 기껏 제자가 됐다고 들떴었는데…….

명서는 실없는 웃음으로 마음을 달랬다. 손의 상처가 유난히 아리고 쓰렸다.

불쾌감이 최고조에 이르렀다. 근 오백 년간 이토록 더럽고 추악한 기분은 느껴 본 일 없었다. 휴는 시꺼멓게 응집되는 연기를 짓이기고 아귀처럼 입 벌린 피 구덩이를 사정없이 짓밟았다. 그 안의 온갖 어둡고 절망적인 것들이 가루로 흩날렸다.

휴는 그보다 짙고 황폐한 어둠의 나락에서 태어났다. 캄캄하고 삭막한 공간에서 다른 무엇보다 새까맣고 가파르게 날카로워 스스로 나락을 뚫고 밖으로 걸어 나왔다. 그리고 태초의 존재에게 이름과 사명을 받아 신이 되었다.

그 뒤로 고민할 겨를 없이 신으로 살았다. 그냥 살아졌다. 행복이나 기쁨 따위의 자잘한 감정을 느낀 적도 그럴 필요도 못 느꼈다. 불완전한 존재일 수 없는 신이라 겪지 못한 감정을 상관치 않았다.

그런데 이형으로 태어나 자란 명서가 그 얄팍한 변명을 뚫었다. 선선한 질문을 던졌을 때 제 가슴 깊숙이에 숨은 여리고 약해 빠진 무언가가 몹시도 선명하게 느껴졌다. 역린이라도 들킨 것마냥 소름이 돋았다.

거슬리는 것은 간단히 죽여 버리면 될 일이다. 헌데 무엇을 기대하고 무엇을 주저하는가. 오로지 인간 계집을 괴롭히고자 하는 아까의 제 유치한 짓거리는 또 뭐고. 그중에서 기실 가장 짜증스러운 것은 스스로였다.

꽉 붙은 입술 사이로 욕지기가 새어 나왔다. 휴는 입술을 일그러뜨리며 검게 늘어선 어둠으로 가득 찬 공간을 되짚었다.

아까의 숲으로 돌아오니 아직도 명서는 비에 젖은 그대로 집 같지도 않은 형상 앞에서 용을 쓰고 있었다. 기둥의 반절도 되지 않는 명서의 자그마한 몸에서 더운 김이 나왔다.

"가자."

휴의 목소리가 엄중했다. 명서의 팔목은 마른 가지만큼이나 가느다랬다. 한 줌에 잡히고도 남는 헐거움에 가슴 안이 탁 치받아 올랐다. 휴는 미간을 찌푸리며 잡은 손에 힘을 주어 끌었다.

속절없이 딸려오던 명서가 뒤를 돌아보았다.

"집……."

"사과할 마음은 없지만 못 쓰게 만든 책임은 지마."

휴는 긴 설명 대신 단숨에 머리카락 몇 올을 뽑아 식신을 만들어 냈다. 도끼나 망치 따위의 모양으로 투박하게 생긴 것들이 민첩하게 움직였다. 명서가 탄성을 내질렀으나 못 들은 척 가던 길을 재촉했다.

휴는 끝없이 푸른 숲 가운데 덩그러니 있는 자신의 처소 앞에서 걸음을 멈췄다.

"벗어라."

"에? 왜 갑자기 또요? 인간의 체향은 표식으로 사라졌다 하시지 않았습니까."

"둘을 세마. 이후로는 기다려 주지 않는다."

"과정이야 어쨌든 거처를 만들게 도와주신 일 감사합니다. 그렇다고 막무가내로 이리하시는 것은…… 아악! 놔! 놔요!"

명서가 고집을 부리자 휴는 망설임 없이 돌려세워 어깨부터 허리까지 단숨에 상의를 찢어 냈다.

벌어진 앞섶을 필사적으로 가리던 명서가 맹렬하게 그의 가슴팍을 들이받았다. 씩씩거리는 채로 몇 번이나 온 힘을 다해 달려들었다.

쿵 들이받는 소리가 날 지경인데도 휴의 표정은 무심하기만 했다. 성가신 벌레라도 잡은 것처럼 명서의 좁은 어깨를 꾹 눌러 행동만 가벼이 저지했다.

"거둔 이상 책임을 지려는 것이다. 서둘러 갈아입지 않으면 신열에 시달리다 온몸이 터져 죽고 말 거다."

"신열?"

"아무리 내 표식을 남겼다곤 하지만 거르지 않은 신의 비는 인간에게 위험해. 단순한 고뿔과는 다르다."

"애초에 그걸 퍼부은 사람이 누구…… 하아, 알겠습니다. 알았으니까 앞으로는 뭐든 제대로 설명 좀 해 주세요. 아니면 여러 가지로…… 오해한단 말입니다."

겨우 수긍한 것인지 명서가 그의 옷에 팔을 꿰었다. 공간에서 꺼내어 주려 했으나 가까이 보니 상태가 좋지 못해 체온이 스민 제 것을 입게 했다. 계집이 워낙 작아 그의 옷이 치렁치렁 땅끝까지 닿을 듯했다. 그것을 조심스럽게 거머쥔 명서가 곤란한 얼굴로 중얼거렸다.

"잘 모르겠습니다. 스승님이 좋은 분인지 나쁜 분인지……. 뭐, 결국 저 좋을 대로 생각하기야 하겠지만."

어둠의 정기를 조금 잘라 구슬처럼 뭉치던 휴가 힐끔 명서를 보았다. 안색이 파리했다. 손바닥 안의 구슬이 차오르길 기다리자면 조금 시간이 걸릴 것이다. 그리고 저것은…….

휴는 아까처럼 망설이지 않고 명서를 당겨 안았다. 동그래진 눈 안에 까맣게 흩날리는 자신의 머리카락이 나비쳤다.

"입술. 신단."

불만이라던 설명은 이만하면 된 것인가. 휴는 손바닥 위의 구슬을 입으로 옮겨 그대로 고개를 숙였다. 하얀 뺨을 온통 붉게 물들인 명서가 그를 저지하려는 듯 버둥거렸으나 두 팔을 한 손에 휘어잡고 그대로 입술을 갈랐다.

지난번 핏방울보다 입술이 더욱 달고 위험했다. 일순 머리가 어지럽고 온몸의 감각이 곤두섰다. 낯설음은 두렵고도 자극적이라 휴는 혀 위에 올린 신단을 명서의 목구멍 깊숙이 밀어 넣고도 한참 입술을 떼지 않았다.

명서가 뭐라 말을 하려는지 힘껏 달싹이자 혀가 부딪쳐 왔다. 가만히 관망하던 휴의 눈동자가 사납게 빛났다. 등골을 타고 찌르르 번지는 것이 무엇이건 당장 집어삼켜야 할 것만 같았다.

휴는 탐욕스럽게 명서의 여린 입 안을 헤집었다. 과즙을 마시듯 붉은 속살을 탐하고 치아를 모조리 훑어 혀를 옴짝달싹 못 하게 얽어맸다. 명서의 숨 한 줌조차 모조리 들이마셔야 갈증이 풀리지 싶었다.

컥컥 숨 막히는 소리를 내던 명서가 그의 입술 언저리를 깨물었다. 입 안에 비릿한 피 맛이 번지자 광기 어렸던 휴의 눈동자가 차츰 원래대로 돌아갔다.

"하아, 하아. 무슨 짓……."

명서는 거친 숨을 몰아쉬고 있었다. 큰 눈에는 차마 흐르지 못한 눈물을 단 채였다.

피가 뚝뚝 흐르는 입술을 혀로 핥아 낸 휴가 명서를 건너다보았다. 빠르게 돌아 오는 이성 사이로 아직 희미하게 욕망이 꿈틀거렸다. 그래서 더 건조하고 서늘한 얼굴로 입을 열었다.

"신단의 즉각적인 효과를 위해 입술로 직접 옮기겠다고 설명하였다."

분명 입술이라든가 신단이라는 단어를 언급했다. 물론 그 이상은 전혀 예상치 못한 행동이었지만.

휴는 말을 마치기 무섭게 돌아섰다. 아직 스스로도 그 충동의 근원을 모르는데 이보다 더 설명해 줄 수 있을 리가 없었다.

그때 풀썩 뭔가 쓰러지는 소리가 들렸다. 휴는 간신히 바닥에 고꾸라지는 명서의 머리를 받았다. 조금 전과 비교도 되지 않을 정도로 체온이 높고 안색이 나빴다.

휴는 명서를 안고 침소로 향하며 저도 모르게 혀를 찼다. 놀랄 정도로 가벼운 인간의 무게는 불안마저 주었다. 신열은 아닐 것이다. 신단을 그런 식으로 욱여넣었으니 효과 없을래야 없을 수 없었다. 그런데도 이리 열이 오르고 정신을 잃었다는 것은……

짐작이 가지 않아 침상에 누이고 물끄러미 보기만 했다. 명서는 신음 소리 하나 내지 않으면서도 몸을 잔뜩 웅크린 채로 부르르 떨고 있었다. 지나치게 큰 그의 옷 사이로 자그마한 손이 파드닥거렸다.

휴가 문득 그 손끝을 집어 올리듯 잡았다. 부유하던 명서의 손가락이 그에게 닿으며 꼭 오므려졌다. 심장 어딘가를 꿰뚫고 지나

가는 낯설음에 휴가 명서의 손을 떨쳐 냈다.

한심해.

아무 기운 없이 침상 위로 떨어진 손을 보자 스스로를 향한 불쾌감이 더욱 진해졌다. 휴는 못마땅한 기색을 지우고 밖으로 나갔다.

질색인 녀석이지만 이럴 때 도움이 될 만한 건 역시 연람이었다. 휴는 깊이 숨을 들이마신 후, 나뭇잎 하나를 따서 공중에 띄웠다. 검고 자욱한 공간이 수면처럼 열리고 그 위로 잎이 둥둥 뜨다 조용히 휘말려 들어갔다.

"그 아이 날 주려고?"

어지간히 급히 온 모양인지 평소 연람답지 않게 머리카락이 부스스했다. 휴는 팔짱을 낀 채로 고개를 가로저었다. 연람이 실망과 안도가 뒤섞인 눈으로 바짝 다가섰다.

"그렇다면 고고하신 휴 님이 어찌 날 불렀을까?"

"아파."

"네가? 농 같지도 않은 소릴."

"인간 계집."

휴는 간결하게 답하고 제 처소로 눈길을 돌렸다.

"명서 말이야? 뭐, 예상 가능한 신열이라면 날 불러들일 일은 없었을 테고……."

연람이 움직이자 꽃잎이 활짝 열리고 나비가 춤추듯 그의 주변을 날았다. 휴는 답해 주지 않고 명서가 있는 곳으로 그를 안내했다.

"죽나?"

"흠, 더러는 그러기도 하겠지. 인간은 약하고 그중 이형은 특히나. 그나저나 재미있는 녀석이네. 신열은 무사히 비켜 간 것 같은데 인간들이 걸리는 고뿔에 걸리다니 말이야."

고뿔, 고뿔인가. 휴는 미간을 짚으며 축 처진 명서를 일별했다. 그사이 연람이 명서의 이마에 물수건을 올렸다. 그러다 의미심장하게 웃었다.

"길 가다 주운 돌멩이 취급 하더니 조금은 신경 쓰는 모양이야."

연람이 명서가 입고 있는 그의 옷을 가리켰다. 휴가 무표정하게 물었다.

"약은?"

"인간들의 약을 구하면 되겠지. 그건 알아서 할 테니 넌 내게 빚을 졌다는 사실이나 잊지 마."

예쁘게 웃어 보인 연람이 불꽃이 일렁거리는 바람을 타고 사라졌다.

휴는 침상 하나만 있는 공간을 바라보다 낮에 만든 식신에게 명을 내렸다. 망치와 도끼 모양의 식신들이 지시 사항을 따르는 동안, 휴는 명서의 이마에 올린 수건을 새것으로 바꿨다. 대야나 수건을 본뜬 식신을 만들어 수발을 들게 할까도 싶었지만 불필요한 것을 늘리고 싶지 않았다. 밤은 그리 길지 않고 기껏해야 수건 정도니…….

　계집이 아픈 것은 제 탓일 게다. 저와 얽히며 짧은 시간 엄청난 일을 겪었다. 의지하거나 믿을 곳 없이 어둠의 신을 홀로 상대하는 건 결코 녹록한 일이 아닐 것이다. 거기다 그 신이 까닭 없는 광기와 충동에 시달리고 있으니.

　휴는 세상천지 혼자일 작은 인간을 차갑게 바라보았다.

　"너 또한 나 같을까."

　그의 새빨간 입술이 묘하게 말려 올라갔다. 미미하게 고개를 주억거렸다.

　수긍이 간다. 그래서 꼴 보기 싫고, 그러면서 완벽하게 내치지 못하는 이유 정도는 되겠다. 눈앞의 인간 계집은 자신과 놀랍도록 닮은 구석이 있다. 하지만 또 완벽하게 달랐다.

　길고 아름다운 손톱이 잠든 명서의 뺨을 쓸어내렸다. 얼마나 여리고 약한지 금세 붉은 줄이 선명하게 갔다. 조금만 더 힘을 가해도 찢어져 버릴 것이다.

　"내 어떠한지 모르겠다고 하였지. 답해 주마, 제자야. 나는 완벽히 어둠에 속하는 자이니라."

　휴는 스산하게 웃으며 희다 못해 은빛이 흐르는 명서의 머리카락을 쓸어내렸다.

4
장

연람은 귓가에 달랑거리는 청옥과 산호를 이은 귀걸이를 만지
작거렸다. 휴 녀석에게 확실히 빚을 지우기 위함이라고는 하지만
슬슬 만사가 귀찮아지려는 참이었다. 원래가 쉽게 달아오르고 그
보다 더 빨리 식는 성품의 그였다.

제 것도 아닌 묘한 이형 하나 뭐 대수라고. 연람은 촉촉한 입술
사이로 풀피리를 불었다. 장난감은 망가지기 마련이고 고쳐 쓰는 법
모르는 그들에게는 버리면 그뿐이었다. 휴가 장난감 하나에 눈 반짝
이는 광경은 꽤 신기해 봐 줄 만했지만 더는 열의가 생기지 않았다.

"이만 돌아가 볼까."

팔을 쭉 뻗어 기지개를 편 연람은 연한 보랏빛 옷자락을 말끔
하게 폈다. 돌아가면 산자락에 널린 풀색 말고 하늘빛이 넉넉히
섞인 녹빛으로 새 옷을 만들어 입어야겠다. 꽃들이 화사한 이맘때

는 도리어 그런 색이 눈에 띄고 어여뻤다.

"수 가문의 사로라 합니다."

부러 만들어 놓은 경계의 공터를 허물려는 찰나, 낯선 목소리가 들려왔다. 연람이 천천히 목소리의 주인을 살폈다.

신이라도 함부로 인간 세상에 드나들 수 없었다. 기력이 약한 인간들은 신력에 직접 노출되면 까무러치거나 죽기 일쑤다. 때문에 중간자의 역할을 하는 세 가문이 존재하는 것이었다.

그들은 신력에 대한 면역이 강했고 미력하나마 그 힘을 사용할 수도 있었다. 세 가문이 사신들의 자잘한 부름을 거절하지 못하는 이유기도 했다. 그런고로 연람은 이번 제물식을 주관한 수 상단의 가주에게 약을 구해 오라며 식신을 보냈더랬다.

"많이 자랐구나."

연람이 사로에게 친근하게 웃어 보였다. 이 아이, 아니 이제는 여인인가. 이름까지는 기억하지 못했으나 얼굴만은 알고 있었다. 연람은 차분하고 단정한 자태의 사로를 빤히 보았다.

"저를 기억하실 줄은 몰랐습니다."

목소리도 모습처럼 늘씬하고 단아했다. 연람은 두 손을 턱에 괴며 답했다.

"난 예쁜 것은 썩 아끼고 좋아하거든."

"말씀하신 약 가져왔습니다."

"어머, 그렇게 우리 추억을 단칼에 자르기야? 그런 냉랭한 점도 멋지지만."

능청스럽게 구는 연람과 달리 사로의 표정은 서늘하기만 했다.

연람은 재미나다는 듯 웃으며 긴 머리카락을 넘겼다.

"인간이란 놀라워. 그 어린아이가 이렇게나 아리따운 여인이 되다니."

"약은 이것으로 충분하겠지만 가능하면 이형의 상태를 직접 확인하고 싶습니다. 여태 살아 있는 경우는 처음이라 저희들도 관심을 가지고 있습니다. 지금까지는 이형들이 제물식이 끝나기도 전에 신의 힘을 버티지 못하고 죽어 버렸으니까요."

연람의 달콤한 칭찬에도 아랑곳 않은 사로가 단조롭게 말했다. 연신 웃던 연람이 고개를 끄덕였다.

"좋아. 난 차갑지만 예쁜 네가 마음에 들거든. 데려가 줄게. 대신……."

아무리 세 가문의 가주라 해도 신의 경계 안에서 표식 없이 돌아다니는 것은 위험했다. 일단 제가 불러왔고 또 제 마음대로 들이는 것이니 표식은 이쪽이 해 두는 게 맞았다.

연람이 쓰윽 얼굴을 들이밀자 사로가 자연스럽게 한 발짝 물러섰다. 그런 사로를 보며 연람이 짓궂게 입술을 톡톡 쳤다.

"표식을 남겨야겠지. 단, 난 몸 어딘가를 물어뜯는 야만적인 행위는 질색이라서 말이야."

"알겠습니다. 하십시오."

한 걸음 물러섰던 것이 무색하게 바짝 다가선 사로가 무덤덤한 얼굴로 연람을 바라보았다. 잠시 커졌던 연람의 눈동자가 원래대로 돌아갔다. 그는 선정적인 미소를 달고 사로의 목을 부드럽게 휘감아 안았다.

"저런, 첫 입맞춤을 이리 쓰게 되어 어쩌누?"

"신경 쓰지 마십시오. 딱히 소중하게 아껴 둔 것은 아닙니다."

딱딱하고 침착한 사로의 말투가 재밌어서 연람은 또 키득거리며 웃었다. 정말 별거 아니라는 듯 멀겋게 보는 시선도 즐거웠다.

연람은 새초롬하게 다물린 사로의 입술에 살포시 제 것을 겹쳤다. 가까이 보니 사로의 피부는 유난히 투명했다. 눈동자와 머리카락의 색도 꽤 연한 편이었다.

"된 것 같습니다."

눈을 뜨고 있던 사로가 손목에 돋아난 표식을 보고 즉각 멀어졌다. 연람은 아직 체온이 남은 입술을 가만히 더듬었다.

"뭐야. 나랑 입 맞추는 게 싫어?"

"조금 전의 행위에 구태여 좋고 말고의 의미를 부여해야 합니까?"

가져온 약 꾸러미를 챙겨 든 사로의 대꾸에 연람은 배를 움켜쥐고 웃어 버렸다. 그사이 사로는 경계의 숲을 앞장서 걸어갔다. 한 번도 와 보지 않은 신의 숲이 무서울 만도 한데 마치 집 앞뜰을 걷듯이 고요하고 담담한 걸음이었다.

연람은 사로의 곧고 바른 등을 보며 의미심장한 미소를 지었다. 태초의 존재가 알아먹지 못할 말을 남기긴 했어도 그게 영 거짓은 아닌 모양이다. 균열을 메울 이형으로 네 명의 신을 통제해 보겠다니…….

극단적이고 비뚤어진 성격이 딱 휴와 닮았다니까. 물론 자신도 태초의 조각을 가진 존재기는 했지만 말이다.

"같이 가, 사로."

연람이 달고 끈적끈적한 목소리로 사로를 불렀다. 이름이 불리자 잠시 뒤돌아보기는 했으나 사로는 변함없이 앞만 보고 걸었다.

그 차고 시린 모습이 좋아서 연람은 또 매혹적으로 입술을 말아 올렸다.

열이 오르면 끙끙 앓는 소리를 내고 떨어지면 온몸이 조각난 것처럼 떨어 댔다. 휴는 몸을 동그랗게 말고 이불자락을 머리부터 발끝까지 뒤집어쓴 명서를 툭 손끝으로 쳤다. 이불 안에서부터의 떨림이 고스란히 전해졌다.

잠시 손과 둘둘 말린 이불을 번갈아 보던 휴가 사납게 미간을 찌푸렸다. 그는 이불을 벗겨 던지고 속에 든 자그마한 인간을 덥석 품에 안았다.

낯선 느낌에 바르작거리던 것도 잠시, 명서가 온기에 매달려 휴의 품으로 파고들었다. 차가운 두 팔로 그의 허리를 꽉 껴안고 몸 전체를 힘껏 밀착해 왔다.

모든 것이 여리고 부드러워 순식간에 부러질 것만 같았다. 휴는 가볍게 한숨을 내쉬며 팔을 내려 명서의 등을 끌어안았다. 은빛 머리카락은 여전히 자잘하게 물결치고 숨소리 또한 고르지 못해 위태로웠으나 조금씩 체온이 정상을 찾았다.

그깟 열 좀 오르락내리락했다고 입술이 마르고 갈라져 엉망이었다. 약해 빠진 것이라고 속으로 혀를 차는데 계집의 입술 사이로 무슨 소리가 새어 나왔다.

"어머니……."

자세히 듣지 않으면 알아들을 수 없는 작은 목소리였다. 그런데 용케 알아챘고 듣고 나서는 묘한 기분이 들었다. 휴는 끝내 울지 않았으나 잠겨 버린 명서의 목소리를 다시 한번 쫓아갔다.

"엄마······."

상실이려나. 작은 계집의 더 자그마한 목소리에 가득 스며 있는 것 말이다. 휴는 조금 더 힘주어 명서를 안았다.

신은 모체에 잉태되지 않고 태어난 존재라 어머니라는 명칭만 알고 있을 뿐이었다. 하여 지금 품에 안은 계집의 감정 따위에 공감대 같은 게 있을 리 없다. 다만, 아주 희미하게 가슴 안에 무언가가 또 딸각거렸다. 스스로도 제 안에 있다는 걸 몰랐을 만큼 침침한 구석에서 작게만 딸각.

그런 낯설음에 도취된 것이겠지. 너무 오래 멈춰 있었으니까 말이다. 휴는 심장 부근을 흘낏 바라보았다. 눈물을 참느라 짓이겨진 입술의 명서가 빼곡하게 눈에 담겼다.

아무 감정을 내비치지 않는 눈으로 천천히 명서의 은빛 머리카락 끝을 들어 올렸다. 부드러운 은실들이 금세 손가락 사이로 흘러내렸다.

"차라리 울려 버릴 걸 그랬군."

휴는 제 품에서 천천히 진정되어 가는 명서를 향해 낮게 한숨을 내쉬었다.

톡톡, 상념을 깬 것은 조심스러운 손기척이었다. 휴가 보지도 않고 고개를 끄덕이자 주홍빛의 새 한 마리가 타박타박 걸어왔다. 연람의 식신답게 화려하기 그지없었다.

휴가 목에 걸린 주머니를 잡자 새는 반딧불로 화해 사라졌다. 단정한 회색 주머니 안에는 서너 가지의 약과 복용법이 쓰여 있었다. 휴는 병에 든 것을 꺼내다 말고 손을 멈추었다.

이상하다. 연람 녀석이 생색 한 번 내지 않고 약을 건네줄 리 없었다. 그가 캐묻거나 억지를 쓰더라도 신력 부림은 하지 말자 결심까지 했었다. 그런데 조용해도 너무 조용해 도리어 수상했다.

썩 개운치는 않으나 이상 신경 쓰고 싶지는 않았다. 어쨌거나 제가 받아들인 인간부터 살펴야 했다. 휴는 단숨에 약을 들이마셨다. 현 상태로는 계집 스스로 약을 먹을 수 있을 리 없었다.

꺾일 듯 가느다란 목덜미를 받쳐 올린 휴는 그대로 명서의 입술을 찾았다. 명서가 쿨럭이며 기침하자 탐탁지 않은 얼굴로 마른 등을 쓸어내렸다. 아직 남은 약 때문인지 입 안이 썼다. 휴는 명서의 속도에 맞추어 조금씩 약을 흘려 넣어 주었다.

"약이다. 뱉지 말고 삼켜."

뒤늦게 명서가 행동에 앞서 일러 주라던 것이 떠올라 퉁명스럽게 내뱉었다. 휴는 인내심을 가지고 약을 전부 먹인 후, 힘없이 축 늘어진 명서를 다시 자리에 누였다. 추운지 명서가 옅게 몸을 떨었지만 이번에는 아까와 달리 그에게 안겨 들지 않았다.

멀뚱히 그런 명서를 보던 휴가 몸을 일으키다 말고 좁은 어깨를 잡아 제 쪽으로 돌렸다. 파리한 안색이 여전해 조용히 죽어 버리기라도 할 것 같아 어쩔 수가 없다고, 생기 없는 얼굴이 성가시게 눈에 밟혀 어차피 자지 못할 밤이라고. 휴는 자그마한 인간을 끌어안고 속으로 변명을 늘어놓았다.

새까맣게 몰려온 어둠을 뚫고 달이 유난히 빛나는 밤이었다.

휴의 눈초리가 매서워졌다. 고작 이틀밖에 지나지 않았다. 그런데 저 작은 인간은 정신을 잃고 앓아누웠던 것이 무색하게 움직이고 있었다. 하얗게 튼 입술도 핼쑥한 얼굴도 그대로인데 뭐가 좋다고 싱글벙글하기까지 한다.

약이 좋았는지 원래부터 회복력이 뛰어난 건지 모르겠지만 명서는 정확히 하루를 꼬박 앓고는 그대로 자리를 털고 일어났다. 그러고는 저 야단이다.

억지로 잠자리에 데려다 놓을까 하였으나 거기쯤에서 다시 무심하자 했다. 저 작고 보드라운 것을 더 오래 끌어안았다가는 제 안의 뭔가가 못 버티지 싶었다. 그러니까 그게 대체 무엇이기에…….

휴의 못마땅한 눈빛이 방금 전까지 명서가 안겨 있던 제 팔 언저리로 향했다. 이제는 그 이틀 꼬박 저 계집을 품고 있던 스스로가 도무지 이해가 되지 않았다.

"스승님, 기침하셨습니까."

주섬주섬 겉옷을 꿰고 찻물을 데우던 명서가 그를 바라보았다. 창백한 안색에도 웃음만은 맑아서 조금 기분이 나아졌다. 휴는 가벼이 고개를 끄덕이며 턱짓을 했다.

"저, 그 숲에서 정신을 잃은 것이지요? 입맛…… 아니, 그 신단을 먹고서요. 아무래도 몸이 허해진 모양입니다. 여태 살면서 고뿔 걸린 일이 한 손에 꼽는데 하필이면…….”

다가온 명서에게서 제 향이 진하게 났다. 나쁘지 않다. 휴는 손
바닥보다 훨씬 작을 것 같은 계집의 얼굴을 보았다.

그를 따라 비뚜름하게 움직이는 눈동자가 순순했다. 그러다 휴
의 손이 다가오자 순간 움찔하며 뒷걸음을 쳤다.

“밤새 내 품에 안겨 있었다는 게 이제야 떠오르는 모양이구나.”

“그…… 그걸 포함해서 여러 가지로 부끄럽기도 하고 복잡하
기도 하네요. 하하.”

어색한 표정의 명서가 물러서면 물러서는 대로 휴는 거리를 좁
혀 갔다. 그러고는 몹시 심술궂은 미소로 명서의 동그란 이마를
무성의하게 짚었다.

“열을 재려던 것뿐이다. 뭔가 달리 바라는 것이라도?”

“아, 아니요. 아닙니다. 그럴 리가요.”

천연덕스럽게 옷매무새를 가다듬던 휴가 제 소매를 살포시 잡
는 명서를 흘깃 보았다.

“고맙습니다. 진심이에요. 덕분에 이번에도 살았습니다.”

명서의 동그란 눈동자가 반으로 휘어졌다. 그 말에 거짓이 없다는
건 잠시만 봐도 알겠다. 휴는 저도 모르게 피식 웃으며 돌아섰다.

스승이 사라지자 명서는 자리에 주저앉아 버렸다.

“웃으셨어. 왜 웃지? 무슨 뜻이람? 역시 안 믿으시나. 아니면

정신 잃은 동안 내가 또 뭔 짓을 한 건가? 그분을 끌어안고 잠자고 있던 것만 해도 미쳐 버릴 지경인데…….”

은빛 머리카락을 엉망진창으로 만들었지만 머릿속은 점점 더 복잡해졌다.

휴가 자신을 달가워하지 않는 것은 알고 있었고, 까닭 없이 고깝게 보고 거슬려 하는 게 억울하기는 해도 한편으로는 이해도 됐다. 갑자기 들이닥친 성가신 존재를 편안히 받아 주기는 어려운 일이었다. 거기다 그는 신이었다. 홀로 고고해도 아무런 부족이 없을, 신 말이다.

그래서 스승의 심술 혹은 변덕에도 크게 절망하거나 슬프지 않았다. 받아들여지지 않는다는 것에 익숙한 덕분이라면 덕분이었다.

숨죽여 살아도 사는 것이 중요하다면 그것으로 족하다고 생각했다. 헌데 조용히 살지는 못하겠다. 명서는 아직도 세차게 뛰는 제 가슴을 더듬거렸다. 꾹 누르기도 하고 문지르기도 해 봤지만 영 효과가 없었다.

“아니, 아무리 신단이라도 처녀한테 느닷없이 입을 맞추고 말이야. 간병이라지만 그렇게 꼭 끌어안고 잠들어 있으면 어쩌자는 거람. 얼굴은 좀 잘생겼어. 아, 정말이지……. 내 존재 자체를 반기지 않는 상대한테 이리 설레면 어쩌하라고. 괴롭히고 미워하는 거 뻔히 알면서 나도 참…….”

변태라는 말을 가까스로 삼켰다. 명서는 데워진 물을 너른 대야에 부었다. 며칠 씻지 못했다는 핑계로 살갗이 빨개지도록 북북 문질러 닦았다.

그러고 보니 눈을 떴을 때 휴의 탄탄한 가슴이 가장 먼저 들어

왔더랬다. 헐거워진 앞섶 사이로 요사스럽게도 매끈한……

"악."

맞다, 변태. 명서는 따뜻한 물속에 얼굴을 잠기게 했다.

겨우 세수를 마치고 나오니 침상 위에 아무렇게나 놓인 옷 몇 벌이 보였다. 그 위에 착 달라 앉아 있던 실패와 바늘 모양의 식신이 천천히 명서에게로 다가왔다.

"어, 치수?"

말을 하지 못하는 식신들이 분주히 주변을 기웃거리자 명서가 의미를 알아채고 물었다. 식신이 높이 튕겼다 내려갔다. 뜻을 알아주니 기쁜 모양이었다.

명서는 식신들이 일하기 좋게 양팔을 벌리고 고개를 정면으로 했다. 처음에는 무섭기도 했지만 자꾸 보니 꼬물거리며 열심히 움직이는 모습이 귀여웠다.

"갈아입을 옷이 필요했는데 어찌 알고 나타났을까? 그런데 이건 어디서 난 거니? 음…… 여기 금표가 붙어 있다. 수 상단, 공물로 받은 스승님의 옷이구나. 그럼 이걸 스승님께서 내게?"

고개를 끄덕이듯 오르락내리락하는 실과 바늘을 보고 명서가 난감한 얼굴을 했다. 정말이지 알다가도 모를 남자였다.

명서는 여태 가져 본 일 없는 아늑하고 아름다운 방을 둘러보았다. 휴에게는 참 많은 것을 받고만 있었다. 정작 그는 물건만 주려던 것일 텐데 정에 굶주리고 외롭던 마음은 온기를 찾아 뒤지고는 의미를 부여했다.

이런 제 마음이 스승께는 참으로 뻔뻔하고 부담스러워질 날이 올 것이다.

"안 되겠다. 아무래도 정확히 하고 넘어가야겠어."

야무지게 입술을 다문 명서가 문을 열자 실과 바늘이 다급히 앞을 막았다. 겁이라도 먹은 것처럼 정신 사납게 바르르거렸다.

명서가 아차 하는 얼굴로 다시 팔을 벌렸다. 제 소임을 다하지 못한 식신을 스승이 어찌할지 능히 짐작이 갔다.

그런데 그걸 알고도 저는 왜 이 모양인지. 식신이 옷가지를 완벽하게 고치는 동안 명서의 고민은 계속됐다.

얼마나 유능한 식신인지 일경도 안 되어 옷 세 벌의 수선이 끝났다. 명서는 고맙다 인사하고 그 가운데 하나로 갈아입었다. 원래 휴의 것이었다고 생각하니 뭔가 부끄러운 생각이 들어 여밈을 더욱 단단히 했다.

오동나무로 만든 미닫이문을 연 명서가 그 자리에 얼어붙었다. 분명 제가 머물다 나온 곳은 스승인 휴의 침소였으나 앓기 전과는 생경한 풍경이 눈앞에 펼쳐졌다.

그의 거처는 숲을 떠받치듯 선 끝을 알 수 없이 커다란 나무의 중간 가지 위로 옮겨져 있었다. 가지와 나뭇잎으로 만든 복도 중간중간 울새 둥지가 보이고 꽃가지가 덤불을 이루어 우거져 있었다.

길지 않은 공간 너머로 비뚜름하게 톱질된 기둥 몇이 보였다. 제가 만들다 만 것이었다.

안으로 들어서자 깨끗하고 아늑한 침상이 보이고 각종 세간이 보기 좋게 채워져 있었다. 나무테를 따라 점점 낮아지는 벽 앞은 각양각색의 구슬로 장식되어 있었다. 저마다의 빛으로 반짝이는 그것들이 반대편 벽과 천장에 반원의 무지개를 만들어 냈다. 명서는 감탄하며 꽃잎을 넣어 만든 나무 문의 옥빛 고리를 잡았다.

문 뒤로는 평범한 나무 계단이 이어졌다. 차분차분 따라 걸으니 갈림길이 보이고 그중 하나를 택하자 천장이 원형으로 뚫린 동굴이 나왔다. 동굴 안은 몹시 환하고 따스했는데 가운데 김이 모락모락 나는 연못이 있었다.

그리고 거기에 휴가 나른한 얼굴로 잠겨 있었다.

명서는 불벼락이라도 맞은 듯 튀어 올랐다가 그대로 슬슬 움직여 퇴로를 확보했다. 다행히 스승님은 잠든 듯했다. 몰래 빠져나가 모른 척하면 될 일이다.

아까의 결심은 오간 데 없이 자리를 피할 궁리를 하느라 휴가 물 밖으로 손가락을 내미는 것도 못 보았다.

딱. 휴가 손가락을 튕기자 명서의 몸이 주욱 달려가 연못 바로 앞에 멈췄다.

"무엇을 짚고 넘어가겠다는 거지?"

휴는 여전히 연못에 몸을 담근 채였다. 그가 두 팔을 벌려 기대자 물방울이 목덜미를 타고 뇌쇄적으로 흘러내렸다.

명서는 저도 모르게 꿀꺽 마른침을 삼켰다. 겨우 정신을 수습해 휴가 말한 것을 짐작했다.

"아, 식신이 들으면 스승께서도 아시게 되는 거군요. 그거라면 그러니까…… 제 어떤 우려와 예감에 대해 여쭈려고 했어요. 그런데 어차피 스승님께서는 개의치 않으셨을 거라는 생각이 이제야 듭니다. 공연히 소란을 피워 죄송해요. 그럼 편히."

딱 부러지고 냉랭한 휴의 말에 용기와 포부는 순식간에 사라졌다. 이리저리 말을 둘러대며 당황하던 명서는 꾸벅 인사를 하고 돌아섰다.

겨우 두어 걸음 옮기는데 귀에 착착 감기는 나지막하고 매혹적인 저음이 귓가를 울렸다.

"말해."

동굴 안이라서일까. 유독 휴의 목소리가 소름 돋게 아름다웠다. 명서는 그대로 얼굴을 돌려 그를 보았다. 매끈한 턱을 타고 내리는 한 방울의 물마저 어찌나 요사스러운지, 스승이 새삼 인간이 아니라는 것이 실감 났다.

이런 분께 내가 어쩌자고 참말. 명서는 저도 모르는 사이 생긋 웃었다. 그렇게 얼버무리고 슬쩍 자리를 피할 심산이었다.

"정말 별것 아니어서……."

"말하여라."

유혹하듯 조금 더 낮고 짙은 목소리가 귓가를 파고들었다. 명서는 두 팔을 교차했다.

그래, 어차피 결심했던 일 아닌가. 바닥까지 내려앉은 용기를 억지로 끌어 올려 목청을 돋우었다. 덕분에 뭔가 딱딱한 구문 따위를 외우는 꼴이 되어 버렸다.

"자랑은 아니지만 저는 단순합니다. 처음 여기로 데려와 주신 일, 약을 구해 주신 일, 밤새 간호해 주신 일, 거처를 지어 주시고 먹을 것과 옷을 내어 주신 일……. 동정이라는 걸 알면서도 자꾸 설렙니다. 누군가 제게 다정하게 대해 주는 일이 오랜만이라 언감

생심 되지도 않는 상상도 하게 되고요."

"그러니 초지일관 괴롭혀 달라?"

"그런 것이 아니고…… 이대로라면 필시 스승님을 좋아하게 될 거라는 말씀입니다. 동정과 호의를 구분 못 하는 바보처럼 굴어서 여러모로 곤란하게 되실 거예요. 그럴 바에는 차라리 저 혼자 숲에 살면서 가끔만……."

"허튼소리 말고 가서 잠이나 자거라."

날카로운 휴의 대답에 명서는 입을 삐끔거리다 다시 고개를 숙였다.

동굴을 나선 명서는 잠시 두 눈을 질끈 감았다 뜨고는 앞만 보고 걸었다. 갈림길로 돌아와 숲으로 이어지는 문을 열었을 때도 머릿속은 여전히 복잡했다.

명서는 걸음 닿는 대로 숲을 누비며 푸른 공기를 만끽했다. 새 거처가 마련된 연리지는 중앙에 위치해 있고 그 주변으로 크고 작은 원 모양의 숲이 휘감겨 있었다. 표식 후에 휴의 영역 안에서 두려울 것은 없었다.

우거진 숲에는 드문드문 어둠 고인 곳이 있었는데 거기마다 전에 명서를 위협했던 괴이한 것들이 숨어 있었다. 그때와 달리 딱히 공격할 태세를 보이지 않아 명서도 무난히 지나쳤다. 그런데 그늘마다 그것들이 쫓아왔다. 모른 척하던 명서가 갑자기 고개를 돌리자 시꺼먼 형상들이 후다닥 흩어졌다.

"이거 보이지. 나 먹으면 너희들 스승님께 혼나."

아마도.

명서는 은근히 겁을 주며 손사래를 쳤다. 움찔하는가 싶던 녀석들이 또 슬쩍 뒤로 따라붙는 게 느껴졌다.

"아, 진짜! 왜들 그래. 배고파서 그래?"

신의 숲에서 배곯는 일은 없을 테지만 지난번 나눠 준 음식이 입에 맞았을지도 모르겠다. 명서는 곤란한 얼굴로 아무것도 없는 제 상태를 확인시켜 주었다.

"그래 봤자 금일은 빈 주머니야."

든 것이 없음을 보여 주었는데도 그것들은 사라지지 않고 곁을 맴돌았다. 그제야 명서는 주저앉아 가장 가까이 있는 어둠 조각에 손을 뻗었다.

"설마, 그냥 친해지고 싶었던 거야? 먹지도 못하게 됐고 줄 것도 없는 나와?"

시꺼먼 것들이 동시에 이글거리는 눈을 끔벅거렸다. 정말 그런 모양이다. 명서는 다정한 손길로 그것들의 머리통을 차례로 쓰다듬었다.

"아…… 미안, 오해했어."

뭔가 이득을 주고받고. 그래야만 성립하는 관계부터 떠올린 자신이 부끄러웠다. 명서는 캄캄한 그래서 도리어 순박한 형체들에게 진심으로 머리를 숙였다.

그러고 보니 스승께서도 그 비슷한 오해를 할지도 모르겠다 싶었다. 그는 무감한데 저 혼자 오해하고 떠들어 대다 도망친 꼴이니까.

바보같이 군 건 겁이 나서였다. 스승이 아니라 자신에 대해서 말이다. 소중하고 절대적인 것을 잃어 보았다. 그 상실감을 두 번 겪을 자신이 없어 누군가를 좋아하는 일 따위 꿈꿔 보지 않았다.

그런데 가슴이 뛰었다. 누군가와 함께 눈을 맞추며 이야기 나누고, 별스럽지 않은 일과를 보내고 해를 쬐고 숲을 거닐고…….
평범한 일상은 이형인 명서에게는 오히려 드물어 그것을 함께하는 휴가 더더욱 특별해질 수밖에 없다.

그 시간이 길어질수록 걷잡을 수 없이 마음은 자라고야 말 거다. 알 수 있었다. 확신했다. 하지만 스승에게는 제 존재가 그저 가벼운 흥밋거리, 못 미더운 소문의 확인쯤에 그칠 것 또한 알았다.

해서 상처받을 것이 뻔하다면 도망쳐야겠다고, 그래야 울지 않고 웃을 거라고 생각했다. 변명했고 에둘렀고 선을 그으려 했다. 흔들고 소중해지고 차갑고 또 가까운 휴가 곁에서 특별해지는 것을 흘려 넘길 자신이 없었다.

무서웠다. 자신이 살아남는 것 외에 더한 것을 바라게 되면 휴에게도 부담은 아닐까. 하여 절 싫어하시면 어떻게 하나 그것부터 살폈다.

이리 치이고 저리 치여 살면서 눈치만 늘었나 보다. 순 계산하고 재고. 감정에 솔직해지기는커녕 상처받지 않을 궁리, 미움받지 않을 궁리만 하고 있었다. 한심하고 우스꽝스럽다.

"멍청이."

명서는 가차 없이 스스로에게 내뱉고 머리를 감싸 쥐었다. 비겁했다, 너무.

좋아한다는 말도 아니고 좋아하게 될까 봐 미리 경계하겠다니. 곱씹을수록 겁쟁이 같고 어리석어 미칠 것 같았다.

"멍청이."

"어?"

아까의 제 말을 똑같이 내뱉으며 휴가 모습을 드러냈다. 어둠 속에서도 확연한 아름다움은 여전했다. 명서는 후다닥 달아나는 시꺼먼 것들을 따라 저도 몰래 뒷걸음질을 쳤다.

"분명 잠이나 자라 했거늘."

못마땅한 기색이긴 해도 화가 난 것 같지는 않았다. 명서는 안도하며 크게 고개를 끄덕여 보였다. 코앞까지 다가온 휴의 눈동자가 검은 밤처럼 깊어서 빨려 들 것 같았다. 치명적이고 고혹적인 신에게서는 물과 밤, 숲의 향기가 뒤엉켜 났다.

"지, 지금 당장 가려고요."

"남은 말은?"

"……."

"허면 언제까지나 멍청이로 남겠군. 상관은 없다만."

휴의 말이 끝나자 명서가 고개를 번쩍 들어 올렸다. 그러니까 제 변명을 들어 주려고 예까지 부러 걸음 하셨다는 말씀인가?

"혹여 제가 번뇌에 사로잡혀 있을 것을 알고 찾아 주신 겁니까?"

"감히 착각하기에 알려 주러 온 것이다. 거둔 이상 살려 두려던 것뿐 네게 베푼 것들에 일말의 감정도 깃들어 있지 않다. 하찮고 약해 빠진 인간의 감정놀음이야 네 알아서 할 일이고 거처로나 돌아가거라. 멍청이처럼 또 고뿔에 걸리지 말고."

지독하게 냉랭하고 오만한 말투였다. 말을 마친 그가 명서에게 두꺼운 외투를 던져 주었다. 명서는 그것을 받은 채 어둠의 신을 빤히 보았다.

"스승님……."

"성가신 것."

휴가 명서를 지나쳐 갔다. 명서는 숲 곳곳에 흩어져 정화되는 어둠들을 이끌고 사라지는 휴를 보며 혼잣말을 했다.

"다정하게 굴지 마시라니까."

그 말투나 표정처럼 메마르고 차갑기만 한 분이었다면 좋았을 텐데. 그랬다면 부나방처럼 불인 줄 알고 달려드는 어리석음은 범치 않았을 것이다. 고개 돌려 보지 않으면 그뿐일 것을 계속 눈으로 좇고, 또 좇고 그렇게 결국……

명서의 입술이 애달픈 미소를 지었다. 제 시답잖은 걱정과 앞서 나간 경계에도 불구하고 이미 사로잡혔을지도 모르겠다.

"그래, 뭐 어때. 어차피 신경도 안 쓰실 것을. 그러니 스승님, 좋아하게 돼 버려서 집요하게 따라다니고 성가시게 곁을 맴돌아도 탓하지 마셔요."

피할 수 없이 시작된다면 고뿔처럼 한바탕 앓고 수그러들기를 바라면 된다. 명서는 힘차게 걸음 옮기며 마음을 정했다.

"전 분명 말씀드렸습니다."

마지막 말은 너무 뻔뻔했나 싶은 걱정도 들었지만 명서는 혀를 내밀었다가 넣으며 미간을 찡긋거렸다.

턱없이 높은 하늘에 닿을 리 없는 별은 감히 바라지 않아야 심신이 편타. 그럼에도 못된 구석보다 다정한 면면이 눈에 들어와 버리니, 보기만 하자. 딱 바라보기만.

마음이 마음대로 되는 것은 아니지만 쓸데없는 욕심을 부리지 않으면 스승님을 곤란하게 할 일은 없을 게다. 욕심부리지 않기,

그것만은 자신 있지 않은가. 홀로 고개를 주억거린 명서가 어둠이 내려앉은 숲을 향해 나아갔다.

연리지가 보일 무렵, 발밑으로 선홍빛 불꽃이 나풀거렸다. 명서는 일렁일렁 예쁘게도 피었다 지는 불꽃 끝에 익숙한 모습을 발견했다. 연람이었다.

힘의 과시가 분명한 불꽃 너울이 탐스럽게 주인을 감싸고 있었다. 명서가 자연스럽게 예를 갖추었다.

"오셨어요."

"호되게 앓은 것치고 얼굴이 많이 상하진 않았네. 약이 잘 들어 다행이야."

즐거운 일이라도 있는지 연람이 평소보다 짙은 미소를 머금어 보였다.

"그 고뿔 약 연람 님이 구해 주신 거로군요. 감사드립니다."

명서의 말에 연람이 기다렸다는 듯 비켜서며 뒤편의 인영을 소개했다.

"정확히는 휴가 시키고 사로가 가져왔지만 중간에서 내 꽤 힘 썼지."

연람이 사로라 칭한 여인은 명서도 아는 얼굴이었다. 명서는 저도 모르게 한 걸음 앞으로 나갔다.

"수 상단 단주님?"

친분이랄 것은 없어도 안면이 있어 반가웠다. 명서가 그리 대하자 사로도 차분히 고개를 끄덕거렸다.

"이리 살아 다시 보게 될 줄은 몰랐습니다."

솔직한 명서의 말을 듣고 연람이 웃음을 터뜨렸다. 그런 사내를 일별한 사로가 단정한 말투로 대꾸했다.

"그렇군요."

"말씀 편히 하세요."

갓 스물이 된 명서 쪽이 사로보다 대여섯은 어렸다.

듣고 있던 사로가 작게 고개를 끄덕였다. 지난번에도 생각했지만 사로는 참 예쁜 사람이다. 늘씬한 키도 그렇고 차분한 눈매도 그렇고 저와 달리 완숙한 여인의 느낌이랄까.

거기다 실은 따뜻한 사람이란 거 알고 있다. 마지막에 보내 준 차도 좋았고 제단 앞에서의 미안하단 말도 기억하고 있었다. 냉정하고 엄격하지만 매정치는 못한 부분이 스승님과 닮았다.

"그나저나 약 때문에 예까지 오신 것이에요?"

명서가 웃자 사로도 한결 밝은 표정으로 마주 보았다.

"그것도 있고, 네게 묻고 싶은 것도 있어서."

"스승님이 아니고 제게요?"

사로가 그렇다고 답하자 명서가 고개를 갸웃거렸다. 암만해도 그녀가 궁금해할 법한 게 떠오르지 않았다.

"어차피 휴가 제대로 답해 줄 리도 없지 않느냐. 자, 이야기가 길어질 듯하니 자리를 옮기자. 술은 역시 과실주로 할까?"

연람이 끼어들어 순식간에 판이 커지자 사로가 딱 잘라 거절했다.

"여기서도 충분합니다. 그저 몇 가지 확인만 하면 되는 것을요."

"쯧. 수호 가문의 후계자가 신과 함께 하는 주연을 마다해서 쓰나."

"명이라면 따르지요."

사로가 긴말 않고 마음을 바꾸자 연람은 신이 나서 앞장섰다.

명서는 사로와 함께 그 뒤를 따랐다. 얼마쯤 갔을까. 연람에게는 들리지 않을 작은 목소리로 사로가 주의를 주었다.

"신이 보이는 당장의 관심과 호의를 너무 믿지 마. 널 제물로 바친 내가 할 말은 아니지만, 그들은 변덕스럽고 지나치게 강해. 인간의 외형을 하고 있지만 결코 인간일 수가 없지. 언제든 외면하고 쉽게 잊어. 대용품은 얼마든지 있으니까. 나도 그런 처지고."

연람의 동태를 살피는 사로의 표정은 여전했지만 문득 마주친 눈동자가 따끔할 정도로 진솔했다. 아마, 진짜로 걱정을 해 준 것일 테다. 명서는 부드러운 미소를 지었다.

"맞아요. 그런데 스승님 아닌 다른 누가 손 내밀어도 덥석 잡을 만큼 정에 굶주려 있진 않았어요, 저. 설령 상처받는다고 해도 그 또한 제가 선택한 것이니 감당할 각오도 서 있고요."

"나와 다르게…… 넌 용감하구나."

"설마요. 그냥 뻔뻔한 거지요."

농 섞인 명서의 말에 두 사람이 동시에 웃었다. 앞서 걷던 연람이 몸을 돌려 그녀들을 쳐다보았다.

"뭐야? 왜 웃어?"

"연람 님이 엉뚱한 방향으로 가셔서요. 금번에 숲 중앙 연리지로 처소를 옮기셨어요. 저 길로 꺾어지면 바로 나올 거예요."

자연스럽게 말을 이은 명서가 커다란 자두나무를 가리켰다. 얌전히 따르던 연람이 할 말이 있는 듯 눈을 반짝거렸지만 명서가 또 먼저였다.

"사내를 보고 이런 표현을 하는 게 어떤지 모르지만 연람 님은 정말 예쁜 것 같아요. 치장도 잘하시고."

빈말이 아니었다. 화려하게 흩날리는 옷자락과 윤기 반지르르한 머리카락의 연람에게는 곱다는 감탄이 절로 나왔다.

"그러니 눈뜨자마자 면경부터 찾으시지."

대화에 관심 없어 하던 사로가 불쑥 끼어들었다. 연람이 입술을 틀어막고 낄낄대는 동안 사로가 황급히 말을 덧붙여 동의를 구했다.

"본, 본 것이…… 아니라 짐작하기로 그렇지 않을까 해서."

"확실히 가꾸려면 부지런해야겠지요."

어딘가 모르게 사로의 태도가 어색했지만 명서는 적당히 대꾸했다. 겨우 웃음을 가라앉힌 연람이 손을 내젓자 그림자로 숨었던 시꺼먼 형상들이 쭈욱 달려 나왔다. 연람이 당장에 불길 속으로 그것들을 던져 넣으려는 것을 명서가 만류했다.

"저기…… 표식이 있다면 해는 끼치지 않아요."

"제게도 있으니 상관없겠군요."

사로가 팔에 있는 연람의 표식을 가벼이 흔들자 불은 잦아들고 풀려난 것들이 순식간에 도망쳤다. 연람이 퉁명스럽게 말했다.

"그래, 신의 권속을 뜻하는 표식이니 무엇도 섣불리 건드릴 수 없지. 그걸 남긴 신 자신이라면 모를까."

뜻 모를 말을 내뱉은 연람이 빗살무늬가 새겨진 손잡이를 당겼다. 곧 차르르 맑은 종소리가 울려 퍼졌다. 동시에 연람의 주홍색 너울과 극명하게 대비되는 검고 탁한 그림자들이 방문객을 에워쌌다.

그림자가 움직이자 구불구불한 복도와 수많은 사잇길이 단숨에 지나쳐 가고 느른하게 늘어진 나뭇잎과 가시덩굴로 우거진 크고 검은 공간이 나타났다.

명서는 넋이 나간 사람처럼 입을 벌렸다. 좀 전에 봤을 때도 분명 없던 곳이었다. 제 거처 바로 옆으로 비스듬히 이어진 나무 계단이 보였다.

검고 희고, 검고 희고, 계단 하나를 내려설 때마다 보이는 풍경이 달랐다. 얼마간 내려가자 이번에는 오르막. 연람이 거추장스러운 머리카락을 질끈 묶고 컴컴한 공간을 노려보았다.

"비뚤어진 놈. 기껏 찾아온 이들에게 고약하게 굴어 뭐 득 된다고."

말 끝나기 무섭게 연람이 딛고 선 계단이 산산조각 났다. 연람은 끙 하고 앓는 소리를 내며 뒤를 돌아보고 일렀다.

"서두르자. 저 성질머리라면 여기다 홍수를 일으킬지도 몰라."

밀도 높고 축축했던 공기가 걷히고 발 아래로 푸른 잎사귀가 밟혔다. 검고 무거운 몇 겹의 휘장을 차례로 걷자 비로소 나비 날개처럼 얇고 투명한 장막 너머의 인영이 보였다.

언제나처럼 지독하게 기려한 모습이었으나 명서는 외면하듯 푹 고개를 숙였다. 어째서인지 아름다운 신의 모습이 가시처럼 심장에 박혀 홧홧하게 열이 나며 따가웠던 것이다.

5
장

명서를 가운데 두고 이야기는 늦은 밤까지 이어졌다. 말수가 많은 것으로는 단연 연람이었다. 그가 자리만 내주고 전혀 대화에 끼려 들지 않는 휴에게 말을 걸고 농을 던져 분위기를 부드럽게 만들고 있었다.

하지만 그런 노력 따위 상관없다는 듯, 휴는 사로에게는 눈길 한 번 주지 않고 연람의 지껄임은 철저히 무시했다.

사방의 소리와 기척을 외면해도 저 작고 부산스러운 인간 계집만은 성가시다. 휴는 명서를 노려보았다.

계집이 제게 거리를 두고 멀어지려는 순간 치밀었던 짜증을 기억한다. 분명 네 마음대로 하라고, 죽거나 말거나 내 무슨 상관이라고 해야 했는데 붙잡고자 하는 생각만 들었더랬다.

저따위 약해 빠진 인간 계집 따위 살려 둬서 뭐 하겠다고. 휴는 천천히 술잔을 집어 올렸다.

못난 얼굴로 배시시 웃는 꼴이 기가 차다. 머리카락을 긁적이며 속닥이는 꼴은 어떻고. 취기가 올라 두 뺨은 벌겋고 입술을 제대로 다물지도 못하는 저것을 왜 낮의 저는 기어코 따라갔을까.

숲에서 인간 계집을 찾기까지의 그 복잡하고 초조했던 기분은 그저 변덕이리. 어쨌거나 여태 보지 못한 맹랑하고 괴상한 인간이니까.

"제가 괴상해요?"

그때 명서의 목소리가 또렷하게 귓가를 파고들었다. 명서는 연람의 말에 반문하며 억울한 표정을 하고 있었다.

"그럼 신과 접촉해서 살아남은 이형이 어디 흔한 줄 아느냐."

"그야 어째서 스승님과 접촉하고도 무사했는지는 잘 모르겠어요. 그래도 단순히 괴상해서는 아닐걸요. 아니겠죠? 모르는 새 혹시 제가 세상을 뒤흔들 엄청난 미인이라 하늘에서 특별히 기회를…… 일 리는 없는데……. 역시 괴상해서였을까요?"

"하하. 명서 너는 역시 재미나단 말이야. 애석하게도 네 미모에 관한 자평은 부정할 말이 떠오르지 않는다만, 이형 중에 드물게 신과 파장이 완벽하게 맞는 존재들이 있지. 그걸 이야기 좋아하는 인간들은 이리 부르더구나."

"신의 균열을 막는 존재."

연람이 하려던 말을 사로가 대신 했다. 덤덤한 사로의 얼굴을 힐끔 본 연람이 단숨에 술을 쭉 마시고 말을 덧붙였다.

"혹은 파멸로 이끌 존재일지도."

필요 이상으로 음산한 표정을 짓던 연람이 잔을 채우다 말고 키득거렸다. 사로는 어이없다는 듯 어깨를 들었다 내렸으나 그가 채워 주는 술을 마다하지는 않았다.

그들의 반대편에 앉은 휴는 무심한 얼굴로 꽃잎이 든 술잔을 이리저리 돌렸다. 달콤한 향이 코끝을 간질였다. 빛깔도 곱고 꽃까지 더해 몹시 부드럽고 순한 듯해도 연람이 가져온 과실주는 무척 독한 술이었다. 사나운 호랑이도 쓰러트려 버린다고 했다.

휴의 시선이 다시 명서를 찾았다. 태평한 얼굴로 연거푸 홀짝홀짝 잘도 마셔 댄다.

"헤헤."

눈을 마주친 계집이 실없이 웃었다. 휴는 미간을 좁히는 동시에 입을 열었다.

"너희는 그만 돌아가."

연람과 수 상단의 단주에게 하는 말이었다. 연람이 아쉬운 티를 내었으나 단주는 즉각 일어나 움직였다. 눈치가 빠른 여자였다.

"감사했습니다."

방을 나서기 전 사로의 눈길이 명서에게 닿았다. 휴는 그대로 손목을 까딱거렸다. 신경 끄고 가 보란 소리였다. 단주와 연람이 사라진 방에는 그와 명서만이 남았다.

"어라, 다들 어디 가셨…… 딸꾹."

어느새 꾸벅꾸벅 졸고 있던 명서가 화들짝 놀라 주변을 둘러보았다. 딸꾹질이 요란해 말도 잇지 못하는 계집이 그를 보고 또 배시시 웃었다. 휴는 못마땅한 기색으로 명서의 잔을 잡아챘다.

"왜요. 딱 한 잔만…… 딸꾹…… 한 잔 더 마시렵니다."

고집스럽게 잔을 거머쥔 명서가 휴의 코앞까지 딸려 왔다. 살며시 맞닿은 손이 뜨거웠다. 숨에서 달짝지근한 향이 났다.

"죽을 작정이라면."

"딸꾹. 그, 그렇게 많이 마신 것 같진 않은데. 뭐, 조금 취한 것 같긴 합니다. 술자리는 처음이라…… 헤헤. 술도 처음이구나. 그런데요. 이거 좋다. 머릿속도 뜨끈해지고 뭔가 몸이 홧홧해지는 게……."

명서가 돌연 두 팔을 괴고 그를 보았다. 구슬처럼 말간 눈동자가 달빛처럼 선연했다. 창백하기까지 하던 뺨이 붉게 젖어 싱그러웠다. 취기를 털듯 고개를 몇 번 흔든 명서가 자못 진지한 표정으로 말을 이었다.

"스승님. 제가 낮에 드린 말씀이요. 제가 좋아…… 오해……."

비틀거리지 않으려고 안간힘을 쓰는 꼬락서니가 우스웠다. 휴는 고꾸라지려는 명서를 거칠게 잡아 세웠다. 은빛 머리카락이 사방으로 휘날렸다. 찰나의 눈 맞춤에 명서가 또 한 번 환하게 웃었다.

"그나저나 참 잘도 생기셨네요. 헤헤. 그니까 제가 하고 싶은 말은…… 살아남는 게 중요하긴 하지만 절대 그럴 목적으로 수작 부린 거 아니라고요. 낮에 했던 고백이요. 좋아하게 될…… 아니 좋아해요. 저요, 스승님 좋아해요! 그렇지만 상대 안 해……."

말을 채 끝내지도 않은 명서가 느릿하게 눈을 감았다 떴다. 초점 없이 멍한 눈이 바닥으로 향하며 온몸이 축 늘어졌다. 휴가 그런 명서를 우악스럽게 안아 올렸다. 그는 그대로 천장 뚫린 동굴 안의 온천으로 가 명서를 떨어트렸다.

"으아아아악!"

단번에 정신이 든 명서가 비명을 내질렀다. 휴는 소매 끝에 살짝 묻은 물방울을 털어 내며 돌아섰다.

"정신 차려."

"에이, 너무하신다."

피식 웃은 명서가 별이 쏟아지는 천장을 올려다보며 눈을 깜박였다. 말간 회색 눈동자가 무겁고 깊었다. 거기 담긴 의미를 헤아리려던 휴는 시선을 거두지 못하고 있었다.

곧 명서가 목 끝까지 물에 잠겨 들었다. 그대로 걸음 돌려 나오는데 아주 작게 중얼거리는 혼잣말이 휴의 귓가를 파고들었다.

"내가요. 짐승처럼 덫에도 잡혀 보고 화살에 맞은 채로 질질 끌려도 다녀 봤는데요. 안 울었어요. 울기 싫더라. 울면 지는 것 같아서 더 막 웃고 그랬어요. 그런데요. 여기 와서는 자꾸 느슨해져요. 눈물샘도 마음도 자꾸만 그래서…… 그래서 그런 거니까 스승님은 신경 안 쓰셔도 돼요. 이제 살 만하니까 남들 하는 건 다 해 보고 싶었나……. 헤헤."

마지막 웃음소리가 맑아 괜히 신경이 곤두섰다. 휴는 울퉁불퉁한 동굴 벽의 끝에 이르러 흘낏 명서를 보았다. 무에 좋다고 억지로 생글거리고 있을까. 휴의 눈빛이 어둡게 일그러졌다.

밖으로 나오자마자 휴는 웃자란 나뭇가지를 으스러트렸다. 매달려 있던 어둠 부스러기들이 투투툭 터지는 소리가 났다. 밤은 어둠의 시간이라 정화되지 않아 혼탁한 삿된 것들이 설쳐 댔다.

그의 숲은 공간 자체가 결계이자 장치인지라 두면 자연히 순해지기 마련이지만 간혹 어둠의 나락에 있는 것들처럼 복종치 않고 끝내 말썽을 일으키는 것들이 있었다. 평소라면 여흥거리처럼 잘 자라게 두었다가 가지고 놀 듯 죽였을 테지만 지금은 인간 계집이 있었다.

"가지가지 하는군."

휴는 검은 머리카락을 흩트리며 몰려드는 것들을 잡아 찢었다. 주변이 조용해지자 그가 돌연 동굴로 몸을 돌렸다.

성가셨다. 이대로 잠자리에 들면 또 다른 삿된 것들이 동굴로 침범할지도 모를 일이었다. 거긴 얼빠지고 먹음직한 인간 계집이 있으니까 말이다. 그러니 차라리 원흉을 건져다 방에 던져 놓고 편히 자고 싶었다. 그 이유뿐이었다.

유려한 모양새의 층계를 내려가 동굴로 통하는 문을 열 때까지 휴의 얼굴은 딱딱하게 굳어 있었다. 신경질적으로 문을 열고 들어서는데 뿌연 김을 내뿜는 못 안에 누운 명서가 보였다. 흠뻑 젖은 채로 얼마나 있었던 건지 손가락이 퉁퉁 불어 있었다.

휴는 미간을 찌푸리면서도 명서를 단번에 안아 올렸다. 이내 옷이 축축해져 불쾌했으나 던져 버릴 수는 없는 노릇이라 참기로 했다.

번거로운 계집. 또다시 고뿔이라도 걸리면 여러모로 귀찮았다. 결국 휴는 명서를 침상까지 옮긴 후, 실과 바늘로 만든 식신을 시켜 옷까지 갈아입혔다.

미동도 않고 누운 명서를 물끄러미 보던 휴가 손바닥으로 이마를 짚었다. 삿된 것들에게 하듯 조금만 힘을 주면 이 작은 머리통은 산산조각이 날 것이다. 붉은 피가 사방으로 낭자하고 여린 살점이 방 안 곳곳을 어지럽힐 것이다.

허면 더는 시끄럽지도 성가시지도 않겠지. 휴가 갈증이 나는 사람처럼 입술을 핥았다. 치솟은 살의가 거짓말처럼 사라진 건 이마와 맞닿은 제 손바닥에서 열감을 감지하고서였다.

휴가 매섭게 미간을 찌푸리며 명서를 향해 고개를 숙였다. 그의 손이 가느다란 목덜미를 짚었다. 술 때문이었는지 목욕 때문이었는지 체온이 다소 높아 손끝이 물드는 것 같았다.

다음으로 숨소리를 확인했다. 규칙적이고 안정적이라 염려할 것은 없었다. 거기까지 살핀 휴가 밀쳐 내듯 명서에게서 떨어졌다.

벌어진 입술 사이로 달큰한 향이 풍겼다. 온통 희고 환한 머리카락과 살결은 달빛에 뿌옇게 빛났다. 무언가가 또 속에서 요동쳤다. 휴의 눈동자가 가느다래졌다.

불쾌하고 낯선 감각은 생경해 호기심이 들었다. 그래, 어디까지 새로울까. 관조하며 웃은 그가 자리를 뜨려 할 때였다. 잠결에 뒤척이던 명서가 그의 손을 툭 건드렸다.

온기를 찾는지 더듬거리는 손길이 간절하기까지 했다. 휴는 냉담한 얼굴로 침상에 걸터앉았다. 겨우 손가락 하나 거머쥔 명서가 행복한 낯으로 잠든 모습이 눈에 가득 찼다.

불행하고 남루한 인간, 어찌 웃느냐. 그토록 티 없이 환하게.

신인 나는 아직 캄캄해 무엇 하나 만족스럽지 못하거늘.

부러운 건지 부숴 버리고 싶은 건지 명확지 않으나 이 하나만은 알겠다. 자신은 명서라는 계집에게서 답을 찾고 있었다. 그게 뭔지도 모르면서 말이다.

휴는 모로 누워 명서의 뺨을 무성의하게 톡톡 건드렸다.

"감히."

눈을 감았으나 빛이 환해 자꾸만 가슴이 수런거렸다. 휴는 커다란 손을 펼쳐 눈을 막았다.

'좋아해요.'

이번에는 수없이 반복되는 잔상이 어둡고 고독한 신의 밤을 파고들었다.

단주의 집무실에 앉은 사로는 여느 때와 다름없었다. 자리를 비웠던 탓에 해야 할 일이 산더미였고 종일 매달려 겨우 끝이 보였다.

이쪽 일을 마치는 대로 수호 가문들과 만날 약속을 잡아야 했다. 새로 거래를 튼 상단 쪽에 보낼 공문도 챙겨야 하고, 제물식을 준비하느라 수고한 이들에게 작게나마 연회도 열어 줘야 했다.

숨 쉴 틈 없이 분주하다는 것에 새삼 반감은 없었다. 다만……. 끝에 작은 비취를 단 사로의 붓이 문득 멈추었다. 사로는 긴 속눈썹을 드리워 붉은 흔적이 남은 손등을 보았다.

연람과 보낸 밤이 생생하게 떠올랐다. 조금 높은 체온, 꽃 같은 향기, 부드럽지만 대범한 입술과 손길, 그리고 귓가를 파고들던 달고 농염한 목소리.

그들의 첫 밤이자, 아마도 마지막 밤이겠지.

"더 바라면 아니 될 일이야."

평소의 담담한 말투였으나 사로의 손끝이 살짝 떨리고 있었다. 신인 그에게 그 밤은 그저 여흥이고 찰나일 테니 미련 가지는 일은 없어야 했다. 추억으로만 간직하고…….

"아가씨, 약을 가져왔습니다."

유모의 목소리가 상념을 깨웠다. 사로는 단정한 모습으로 돌아가 유모에게서 다반을 건네받았다. 대나무 쟁반에는 잘 우린 차 한 잔과 항상 먹어 오던 약이 놓여 있었다.

"빠트리지 않고 드셨지요?"

사로가 한입에 환을 털어 넣자 물 잔에 맺힌 물기를 닦아 건네던 유모가 물었다. 신의 숲에서 예정보다 하루 늦게 돌아온 그녀를 보고 유모가 가장 먼저 한 말도 그것이었다.

"여분으로 이틀 치 더 챙겨 준 건 유모잖아. 덕분에 거르지 않았다고 이미 답했고."

"아시겠지만 하루라도 약을 거르면 지병 때문에 큰일 나셔요. 무슨 일이 있어도…… 설령 신들과 만나러 가신다고 해도 약만은 꼭…… 아니, 그럴수록 반드시 약은 챙겨 드셔야 해요. 아가씨, 이 유모가 죽고 나서도 절대로 약만은……."

"알았으니까 그 죽는단 소리는 그만해."

평소에도 잔걱정 많은 유모였지만 금일은 좀 달랐다. 사로는 주름진 여인의 손을 가만히 다독였다.

"그만큼 중한 일이니까요. 정말이지 이 유모, 아씨의 혼기가 늦어지는 것도 그러하고 걱정거리가 어디 한둘입니까. 이러다 제명에 못 살지요."

다행히 원래의 표정으로 돌아온 유모가 슬쩍 비단으로 감싼 간주지 두어 개를 품에서 꺼냈다.

"약이야 제가 챙겨 드리면 될 것이나, 신랑감은 좀 보셔야지요."

유모는 사로의 손에다 두루마리를 내려놓았다. 슬그머니 시선을 피했으나 이번만큼은 쉽게 물러서지 않겠다는 결연한 눈빛의 유모가 재촉해 왔다.

"길 가문의 차남인 녹우 도련님은 나이는 어려도 사내답고 용맹하기로 유명하고…… 안도 장군 댁 장자인 현 님은 그 외모며 성품이 훌륭하여……."

이어지는 유모의 길고도 자세한 설명은 바쁘다는 핑계로 겨우 잘랐다. 차마 혼인할 마음은 여전히 없으며 얼마 전 첫 꽃잠을 자 버렸다는 소리는 하지 못했다.

작게 한숨을 내쉰 사로는 다시금 붓을 들고 밀린 일을 시작했다.

같은 시각, 연람은 부루퉁한 얼굴로 다리를 꼬았다 풀었다가를 반복했다. 사로 때문이었다. 휴의 새 거처에서 이야기를 마치고 나온 밤, 사로는 곧장 돌아가겠다고 했다. 너무 담담하고 산뜻하게, 마치 전날 그와의 뜨겁던 밤은 아무 일 아니라는 듯.

그에 어쩐지 기분이 상해 붙잡지 않았다.

그 뒤로 줄곧 이 상태였다. 머리가 멍하다가 가득 차다가 이제는 아플 지경이었다. 연람은 깊게 파인 목 여밈 끝에 달린 비취를 까닭 없이 노려보았다. 차분하고 단정한 비취는 사로를 떠올리게 했다.

"인간이야."

그 말대로 사로는 인간, 수명은 고작 백 년 후계자로서 부여받은 신력을 감안해도 그보다 조금 더 살 뿐 신인 자신과 비교할 것이 못 된다.

애초에 신을 섬기는 세 가문의 후계자와 특별한 관계가 되는 것 자체가 말이 안 된다. 그들의 탐욕이나 이기를 뻔히 알고 있잖은가.

색욕이라면 얼마든지 해소할 곳이 있었다. 식신도 있고 인간을 홀릴 수도 있다. 그 편이 간결하고 깔끔했다.

그러니까 사로에 관한 것은 깨끗하게 정리하는 게 맞았다.

그래, 복잡한 것은 질색이다. 편하고 즐겁고 아름다우면 그뿐. 연람은 비취 장식을 단숨에 뜯어냈다.

연리지 주변을 비질하던 명서의 손길이 딱 멈추었다. 아까부터 정신 사납게 쏟아지는 꽃비도 그렇고 말짱하던 연못이 뜨끈해진 것도 그렇고…… 고개도 돌리지 않고 원인 될 법한 남자를 불렀다.

"연람 님 오셨어요."

"오, 눈치가 빠르구나."

연람이 커다란 자두나무에 거꾸로 매달려 고개를 내밀었다. 창창한 싸리로 만든 비를 옆에 세워 둔 명서가 옷자락에 묻은 나뭇잎을 털며 대꾸했다.

"늘 요란하게 등장하시니까요."

"그 쪽이 예쁘잖아."

대답한 연람이 공기처럼 가볍게 옆자리로 내려앉았다. 허리춤에서부터 길게 이어진 색색의 고운 천과 구슬들이 나비 날개처럼 팔락거렸다.

명서는 그의 발치에 구르는 색 고운 자두들을 주워 치마에 쓱 문질러 닦았다.

"드세요."

"뉘 댁 제자인지 참말 공손도 하지."

자두를 받아 든 연람이 넉살 좋게 농치며 웃었다. 지나치게 화사하고 유혹적인 미소였지만 명서는 눈 하나 깜박이지 않고 시큼달큼한 자두를 베어 물었다.

"내 요염함이 통하지 않는 인간이 둘이라. 한시도 미모를 가꾸는 일에 소홀함이 없었거늘 서글프구나."

"그런 사람 한둘쯤 있어도 사는 데 지장 있으려고요. 그나저나 무슨 일 있으세요? 기운이 없어 보이시는데."

그 말에 연람이 기특하다는 듯 명서의 머리를 툭툭 쳤다. 명서가 가만히 기다리자 그가 한참 만에 입을 열었다.

"부탁이 있다."

"제가 들어드릴 수 있다면요. 고뿔 약에 대한 보답도 하고 싶었던 참이고."

"그건 내가 아니라……."

"중간에서 애쓰셨잖아요. 그리고 그저 들어드린다는 게 아니라 저도 부탁이 있습니다."

"호오. 약삭빠르게도 이른바 조건?"

명서가 웃으며 고개를 끄덕이자 연람이 자두를 하늘 높이 던졌다 잡으며 농을 이었다.

"내 손으로 흄는 못 죽이니 그것 말고는 전부 들어주마. 그래,

무엇을 청하려고?"

"스승님이 좋아하는 것들에 대해 알고 싶어요. 또 신의 균열과 이형에 관한 이야기도 듣고 싶어요."

"왜 그런 생각이 들었을꼬?"

연람이 다정히 웃으며 명서의 머리를 쓰다듬었다.

주변에 휴의 식신이 있나 없나를 살피던 명서가 목소리를 낮추어 답했다.

"어떻게든 스승님께 도움이 되고 싶어서요. 늘 받기만 하니까."

"착한 아이구나."

"그런 편이죠."

웃음을 터뜨린 연람이 요염하게 다리를 꼬며 이야기를 시작했다. 산새 소리가 귀를 적시고 풀 바람이 옷자락을 흔들고 갔다.

"태초의 존재는 그를 대신하여 세상 살필 것이 필요했지. 네 명의 신은 그런 목적으로 만들어졌어. 아니, 태초에 의해 선택받았지. 그가 가진 나름의 조건을 충족한 우리는 이름과 사명, 힘을 받아 세상의 테두리를 지키게 되었다. 하지만 완벽했던 태초와 달리 우리들은 틈이 있었어. 늘 그랬지. 그것을 태초가 의도했는지는 모르지만……."

연람은 소매 끝에 달린 장식을 지분거리며 말을 이었다.

"어쨌든 우리의 균열은 미약하지만 그 결핍은 치명적이라 존재 자체를 무너트릴 수도 있어. 해서 해결을 모색했지. 오랜 시간 동안 틈을 메꿀 무언가를 찾아 헤맸어. 그러다 알게 되었단다. 신이 등장할 무렵에 인간 세상에 이형이란 존재 또한 나타나게 되었다는 것을. 모든 것을 가지고 절대적으로 군림하며 찬양받는 신과 달리 철저하게 고립되고 멸시당하는 이형이야말로 정반대의 존재. 하지만 그 외형은 갓 태어났을 때의 우리와 몹시 닮아 있었어."

신 역시 이형처럼 때 묻지 않은 백(白)의 모습이었으나 각자 부여받은 힘에 따라 검고 또 붉거나 푸르게 화한 것이었다.

"난 이형이 균열을 막아 줄 수 있을지 시험해 보고 싶었고 다른 녀석들은 회의적이거나 무심했지. 하지만 이형들은 신과 접촉하면 하나같이 일각도 못 버티고 죽어 버렸어. 유일하게 살아 있던 것이 천이백 년 전 한괄의 제물이었는데, 녀석은 아무것도 하지 않고 이형이 도망치게 둬 버렸어. 어차피 인간 세상으로 돌아가고 얼마지 않아 죽임을 당한 모양이지만, 그치 덕에 세상에 신과 균열에 관한 이야기가 퍼져 나갔지. 그로부터는 꼬박꼬박 제물식에 이형이 등장했어. 뭐, 어차피 저들 사는 세상이 무너질까 봐 두려웠던 걸 테지만 마치 우리를 구원해 보겠다는 듯이 말이야."

연람이 또 가벼이 키득거렸다.

"이야기가 길었지만 결국 아직 이형이 어떤 식으로 신의 균열을 막을 수 있는지는 아무도 몰라. 하지만 신의 균열은 이 시각에도 계속 커지고 있지. 참 재밌지 않니? 그런데 난 지금 신 옆에서 멀쩡한 또 다른 이형과 이야기를 나누고 있잖아."

"정말 이형을 먹으면 도움이 될까요?"

"말했듯이 우리들도 몰라. 넌 그렇다고 하면 얌전히 먹혀 주려고?"

"아니요."

명서가 고개를 도리도리 저었다. 솔직한 반응에 연람이 웃으며 명서의 뺨을 죽 당겼다.

"그래야지. 제 목숨 아까운지 모르는 인간은 맛도 없을 게다. 휴 녀석 입맛이 얼마나 까다로운데."

"하지만 어떻게든 도움이 되고 싶어요. 이대로는 너무 안타까워서."

어깨를 축 늘어뜨린 명서를 연람이 빤히 쳐다보았다. 묘한 표정을 짓던 그가 한마디를 덧붙였다.

"적어도 지금 휴 녀석이 외톨이는 아니구나. 그것으로 그는 족할지도 모르지."

균열 이야기 다음으로 휴가 좋아하는 것들에 대해 장황한 설명을 들었지만 크게 쓸모 있는 내용은 없었다. 한참이나 떠들던 연람이 돌아가고 명서는 자두를 손바닥 안에 굴리며 생각에 잠겨 있었다. 연람의 부탁은 어렵지 않게 들어줄 수 있는 것이었지만, 제가 청했던 것은 결국 답을 찾지 못하였다.

스승 곁에 머물 시간이 얼마가 될지 모르겠으나 그동안에 균열을 치유할 길을 찾았으면 했다. 무엇이라도 힘이 되어 드리고 싶은 마음 간절했다. 제가 하는 서툰 사랑은 그러했다.

허락하시면 평생 곁을 지켜 드려야지. 외롭지 않게, 이따금은 저로 인해 웃으시도록. 지금은 그것밖에 해 드릴 것이 없었다.

오만 가지 상념에 젖어 있을 때, 휴가 모습을 드러냈다. 검게 우물진 머리카락 사이로 숲이 반짝이고 있었다. 온통 검고 아득해 도리어 색 한 점, 빛 하나를 도드라지게 보이게 하는 사내였다.

정말 질리도록 아름다웠다. 연람의 필살 미소에는 조금도 설레지 않았던 심장이 무심하고 차가운 그의 눈을 보고 빠르게도 뛰었다.

"너."

슬쩍 움직이려는데 이쪽을 보지도 않던 휴가 명서를 불러 세웠다.

못 들은 척 빗자루를 들고 잽싸게 가는데 바람 한 줌과 함께 휴가 코앞에 나타났다. 명서는 저도 모르게 이리저리 눈을 굴리며 시선을 피했다.

찔리는 게 있어서였다. 꿀꺽. 침 삼키는 소리가 요란했다. 명서는 달아오른 얼굴로 지난밤을 떠올렸다.

술에 취해서 한바탕 떠들어 댄 것은 생각나지만 그 후의 기억은 잘라 낸 듯 끊어졌더랬다. 그런데 눈을 뜨니 제 침상이었다. 목욕하고 옷까지 갈아입은 상태였다.

그게 끝이 아니었다. 옆자리에 비스듬히 누운 휴가 있었다. 대체 스승께서 여기 왜.

다급히 머리를 굴려 보았지만 도통 기억나는 것이 없다. 거기서 일단 생각을 끊고 밖으로 나가 맑은 공기라도 들이마셨어야 하는데…….

"욕망에 졌어."

명서는 새까맣게 빛나는 스승의 눈동자를 보며 체념하듯 중얼거렸다. 휴가 침통한 표정으로 고개 숙인 명서의 턱을 들어 올렸다.

"너……."

"주무시는 스승님을 덮친 건 정말 죄송해요."

충격으로 커다랗게 열린 휴의 눈동자 위로 숲이 쏟아져 내렸다.

6
장

술에 취해 몸도 가누지 못하던 명서가 새벽부터 사라진 것은
뜻밖이었다. 휴는 온기가 남아 있는 명서의 잠자리를 확인하고 눈
살을 찌푸렸다.

원체 부지런한 계집이긴 했다. 은혜 갚는답시고 뭐든 열심히
찾아 움직였다. 금일도 쓸데없는 일감을 만들어 하고 있을 게 뻔
하다.

그런데 자신은 왜 빈 침상에서 낯설고 불쾌한 기분을 느끼고
있나. 휴가 딱딱한 얼굴로 일어나 앉았다.

명서는 항상 먼저 사라졌다. 고뿔에서 나아 자리를 털고 일어
나던 날도 그랬고 금일도 그러했다. 눈을 떠 보면 곁에 잠든 그가
보일 텐데도 한마디 말도 없이 조용히 나가 버리곤 했다.

마땅찮은 것이 없어진 명서의 존재인지 까닭 없는 제 허전함인

지 알고 싶지 않았다. 휴가 거칠게 발을 구르자 욕탕으로 가는 길이 바닥 아래 아득히 열렸다. 단숨에 욕탕에 도착한 그가 내던지듯 옷을 벗었다.

첨벙하는 요란한 소리와 함께 투명한 물방울이 튀어 올랐다. 방울방울마다 새하얗고 부드러운 명서와 억지웃음 짓던 눈동자가 맺혀 속이 뜨거워졌다.

휴가 신경질적으로 손을 튕기자 어둠의 장막이 주변을 감쌌다. 사위가 어두워지며 상념도 푹 가라앉아 머릿속이 고요해지기를 기다렸다.

오롯하게 혼자인 채로 검고 조용한 공간, 그런 것이 자신의 일상이었다. 그러나 얼마 지나지 않아 휴는 길고 날카로운 눈을 치떴다.

연람이 영역 안으로 들어온 것이 느껴진 때문이 아니었다. 그는 제법 오랜 시간 머물러 있으면서도 휴를 찾아오지 않았다. 그야 반길 일이다.

허나 떠들기 좋아하는 그가 부러 어둠의 숲까지 와서 명상을 즐겼다 갔을 리는 없으니 금일 방문의 목적은 명서, 그 작은 계집이었을 것이다. 그게 거슬렸다.

결국 휴는 장막을 걷고 밖으로 나왔다. 유려한 나신을 적셨던 물방울들이 순식간에 증발했다. 휴는 손수 옷을 걸치고 성큼성큼 밖으로 걸어 나갔다.

그의 매서운 눈매가 느슨해진 것은 어정쩡하게 몸을 기대앉은 명서를 발견하고서였다. 계집은 커다란 싸리나무 빗자루를 부여잡고 있었다. 그것으로 마당이라도 쓸었던 모양이지만 부질없는 짓. 휴는 부러 사나운 바람을 일으켜 애써 모아 놓은 나뭇잎들을 흩날려 버렸다.

그때서야 그를 발견한 명서가 슬그머니 몸을 돌리는 것이 보였다. 휴가 자신도 모르는 사이 입술을 꾹 깨물었다.

은혜를 모르는 뻔뻔한 것.

저 하찮은 것의 술주정을 받아 주고 밤새 곁을 지켜 주었더니 돌아오는 것이 고작 외면이라니, 기가 차서 헛웃음이 나올 지경이었다.

연람과는 마주 앉아 무슨 말을 나누었을까, 바보같이 해실거리며 웃어 보였을 명서가 떠오르자 휴의 눈동자가 싸늘해졌다.

"너."

부르자 곧장 튕기듯 돌아서 뻣뻣하게 굳는 모습이 짜증스러웠다.

"너."

가차 없이 턱을 당겨 저를 보게 하자 맑은 회색 눈동자가 물결쳤다. 눈이 멀 것처럼 환하고 혼돈처럼 아득한 감정이 넘실거리는 눈동자였다. 하염없이 빨려 들어가 그대로 녹아 없어질 것 같은 깊이였다.

그래서였을까. 고작 인간 계집의 시답잖은 한마디에 가슴 깊은 곳이 울렸다.

"주무시는 스승님을 덮친 건 정말 죄송해요."

바보처럼 말문이 막혔다. 같잖게 날뛰는 심장을 억누르지 못할 만큼 머릿속이 멍해졌다. 이 작은 것이 제게 입을 맞추었다고…….

"살짝, 살짝만…… 그냥 대 보기만…… 했어요. 그…… 너무 아름다우셔 가지고. 거기다……."

명서가 필사적으로 상황을 설명하면 할수록 휴의 새빨간 입술이 비틀려 올라갔다. 그는 잡아먹을 듯 가깝고 위협적으로 속삭였다.

"단지 낯짝이 미끈해 육욕이 생겼다?"

"그런 의미일 리 없잖……."

말이 채 끝나기도 전에 휴가 명서의 입술을 깨물었다. 살짝 핏방울이 맺힌 여린 살을 혀로 핥는 휴의 눈빛이 위험천만했다.

"썩 내키지는 않지만 사내인 이상 상대가 너라도 입술을 물고 빨고 보다 더한 짓거리도 할 수 있어. 그러니 함부로 날 자극하지 않는 게 좋을 거다."

휴가 거칠게 입술을 밀어붙였다. 열린 틈을 비집고 들어가 맹렬한 기세로 치아와 혀를 감아올렸다. 명서의 체온과 체향, 체액을 단숨에 삼켜 버릴 듯 덤벼들었다.

기어이 명서의 입술이 터져 피가 흘렀다. 휴는 새빨간 핏방울을 탐욕스럽게 내려 보았다. 그는 지독하게 선정적인 미소를 짓고 한 방울, 한 방울 혀끝으로 닦아 냈다. 갈 곳을 잃고 부유하던 명서의 손을 휴가 옴짝달싹 못 하게 잡았다. 그대로 주욱 나무 기둥까지 밀어붙이고 이로 목덜미를 잘근거렸다.

"똑똑히 알아들었길 바라마."

희고 가는 목덜미에서 느껴지는 고동이 애처로울 지경이었다.

휴는 낮은 숨을 토해 내며 속박을 풀어 주었다. 그런데 이어지는 명서의 말에는 여유로운 척을 할 수 없었다.

"하아하아. 스승님이나 좀 똑바로 말하고 똑바로 들으세요! 도둑 입맞춤 한 제가 드릴 말씀은 아니겠지만…… 이런 걸, 이렇게 좋은 걸 왜 좋아하지도 않는 사람이랑 해요! 미쳤어요, 진짜. 아무리 남자고 신이라도 아무 데나 질질 생각 없이 그러고 다니는 거 아닙니다. 소중히 좀 하세요! 스스로를 조금 더 아껴 주시라고요."

꽤나 힘주어 말한 것인지 목에 핏대가 서 있었다. 작은 것이 목청 돋워 쏟아 내는 말이 생경해도 나쁘진 않았다.

신을 걱정하는 이형이라, 문득 우스웠다. 휴는 명서의 목에 돋아난 파란 줄기를 만져 보고 싶은 충동을 사려물고 가벼이 웃었다.

마음만 먹으면 세상이건 태초건 숙명이건 단번에 내팽개칠 수 있었다. 그런 자신이 가볍게 넘길 수 없는 것은 저 인간 계집, 명서라 하는 아이뿐이다. 어째서 이토록 저를 힘껏 움직이게 만드는 것일까.

휴는 명서의 온기가 남은 손으로 심장 자리를 꾹 눌렀다. 여태 이곳이 이런 식으로 뛰게끔 만들어진 것이라 생각한 적 없었다.

"다시 한번 제 행동은 사과드려요. 치사했어요. 비겁했어요. 화내시는 게 당연해요. 그렇지만 스승님의 이런 화풀이는 진짜 속상해요. 또 그러시면 정말…… 있는 힘껏 박치기당하실 줄 아세요!"

제 할 말 마친 명서는 대강 고개만 숙여 보이고 자리를 떠났다.

휴는 그 뒷모습을 물끄러미 보았다. 흔들리는 머리카락, 비좁고 가녀린 어깨, 걸음마다 나풀거리는 옷자락도 어쩌면 하나같이 저리 작고 가냘픈지. 바람 한 줄기, 햇빛 한 점에도 날리고 부서져 그대로 사라져 버릴 것만 같았다.

희미하게 꿈틀거리는 불안이 어떤 감정을 기저에 둔 것인지 알수 없었다. 예언대로 저 작은 것이 균열을 막을 존재라고 확신할 수도 없다. 다만 그 자체로 혼돈과 열망을 제 안에 각인시키고는 있었다.

휴는 까마득히 멀어져 하얗게만 얼룩져 보이는 명서를 깊이 응시했다.

제게 매료당한 인간 계집은 그에게서 눈을 뗄 수 없게 될 것이다.

부질없고 충동적인 감정에 흔들려 평상심을 잃고 울고 소리칠 날도 올 것이다. 지금보다 자주, 지금보다 맹렬히……

그 모습을 구경하는 건 꽤 즐거울 테다. 적어도 자신이 휘말리지만 않는다면 말이다. 하지만 제 안의 낯선 울림은 이제 무시할 만한 것이 못 되었고, 점차 휘둘리기를 기꺼워하는 자신이 있었다.

휴가 가만히 눈을 감았다. 어둠이 잔잔히 요동치자 숲 위로 날빛이 춤췄다.

고요하고 적막한 그의 세계로 날아온 작은 빛은 길인가, 흉인가. 불확실한 것은 질색이건만 가슴은 점점 더 세차게 뛰고 있었다.

걸음 나선 김에 숲 전체를 돌아보기로 했다. 실로 오랜만이었다. 찬란하게 빛나던 석양 끝으로 숲이 어둠에 젖어 들고 있었다. 휴의 날카로운 생김생김이 붉은빛과 어우러져 몹시 교태롭게 보였다.

동쪽 숲은 어둠이 씻겨 환해지는 순간이 나비의 고치처럼 나무 가지가지마다 매달려 있었다. 그에 반해 빛이 잘 들지 않는 북쪽 숲은 아직 짙고 날것인 어둠들이 날뛰어 결계를 따로 맺어 두어야만 했다.

휴가 들어서자 순식간에 새까만 것들이 그의 몸을 덮쳐 틈 하나 보이지 않게 만들었다. 그것들에게 단숨에 잡아먹힌 듯 보였던 그가 손을 휘젓자 검고 두꺼운 껍질이 우르르 떨어져 나갔다.

휴는 벗겨진 살 껍데기 같은 것들을 발로 짓이겨 없애고 앞으로 나갔다. 어둠의 신인 그를 먹어 치우고 이겨 없애려 하는 본능은 정화되지 않은 것들일수록 강했다. 숲의 정기를 받아 정화되는 과정을 거치기 전의 것들은 재로 화할 것을 알아도 이리 달려들곤 했다.

약삭빠르고 교활한 것들이 컴컴한 곳에 숨어 목숨을 노리는데도 휴의 얼굴은 아무 변화가 없었다. 무감한 그의 시선이 잠깐 연리지로 움직였다. 이렇게 진득한 어둠이면 간혹 그늘을 타고 결계를 넘는 경우가 있었다.

휴는 이미 빛이 사라진 하늘을 이고 왔던 것보다 빨라진 걸음으로 명서가 있는 곳으로 향했다. 옷자락 펄럭이는 소리가 고요한 숲에 울려 퍼졌다. 그만큼 연리지는 가까워지고 마침내 동그란 머리통이 여기저기 기웃거리고 있는 양이 보였다.

"어디 다녀……."

명서는 말을 끝맺지 못했다. 나뭇가지 그늘에서 빠져나온 검고 흉측한 것이 휴를 노리자 잽싸게 그의 몸을 밀친 것이다. 동시에 미처 피하지 못한 어깨를 관통당해 바닥에 나뒹굴며 붉은 피를 뿌렸다.

"멍청한 것."

튕겨 오르는 검은 물체를 단번에 우그러뜨린 휴가 명서의 작은 몸을 짓눌렀다.

"갑자기 저것이 스승님을 공격하기에 그만……."

멋쩍게 웃는 명서의 낯이 파리했다. 삿된 것들이 품은 어둠은 독과 같았다. 신의 표식이 있으니 심장까지 침범당하지는 않겠지만 당장의 고통은 어쩔 수 없었다.

"치료해도 며칠간은 악몽에 시달릴 거다."

"스승님 덕분에 이만한 거지요. 혼자 있을 때 그랬다면 꼼짝없이 큰일을 당했을 겁니다."

휴가 어리석은 계집을 냉담하게 바라보았다. 하지만 그 눈동자가 미미하게 흔들리고 있었다. 계집이 그를 향해 또 속없이 웃어 보인 것이다.

휴는 입을 꼭 다물고 명서의 옷깃을 들추었다. 처음부터 도망치지 못하게 누르고 앉은 덕분에 명서는 순순히 어깨를 내보였다.

아직 붉게 피가 맺힌 곳에는 삿된 것의 괴이한 잇자국이 남아 있었다.

그것을 본 순간 불쾌해졌다, 이루 말할 수 없이.

살의를 감추기 위해 휴는 어금니를 꽉 깨물었다. 손끝으로 기운을 전하자 상처의 불길한 색이 연해졌다.

그러나 아직 희미하게 남은 자국이 보기 싫었다. 휴가 하얀 살갗 위로 입술을 내렸다.

"으."

낮게 신음한 명서가 몸을 빼려 했으나 휴는 반항을 허락지 않았다. 그는 명서의 가느다란 목덜미를 쥔 채로 남은 핏방울을 모조리 핥아 내렸다.

휴의 눈동자에 열기가 서렸다. 입술을 움직일 때마다 계집이 소스라치게 놀라는 게 느껴졌다. 그때마다 묘한 흥분과 갈증이 찾아왔다.

마침내 잇자국은 사라졌으나 그가 남긴 입술 자국으로 명서의 어깨가 온통 붉었다.

"앞으로는 내게 무엇이 달려들어도 못 본 척해라. 어리석은 짓 말고."

그의 말에 명서가 후다닥 빠져나와 목덜미를 감싸 쥐었다. 그러고는 우스꽝스러울 정도로 새빨개진 얼굴로 항변했다.

"하지만 만약 스승님이 위험에 처하면 저라도……."

"네까짓 것이 무슨 힘이 있어 날 돕는단 말이냐?"

"힘은 없지만 저만 도망치지도 않아요. 그게 제가 아는 도의고 사랑이니까요."

한 마디 한 마디 힘주어 내뱉은 명서가 어깨에 힘을 잔뜩 주고
앞장서 걸었다.

휴는 턱을 쓸어내리며 그 모습을 지켜보았다. 철모르고 까불어
도 제법 올곧고 당찼다. 그리고 그 허무맹랑한 말을 조금쯤은 믿
고 싶어졌다.

그래, 정말 이상한 일이다. 휴의 입술에 아슬아슬하게 맺혔던
미소가 좀 더 선명해졌다.

빨랫감이라고 해도 제 것이 두어 벌. 맑은 물에 헹구어 볕에 털
어 널자 겨우 점심때였다. 손에 묻은 물기를 털어 낸 명서는 방금
딴 산열매 몇 알을 저만치서 눈치 살피는 시꺼먼 형상에게 나눠
주었다.

"묵아, 있지."

묵이는 스승이 붙여 준 식신이었다.

아침에 문 열고 나가자마자 새까맣게 생긴 녀석이 있어 얼마나
놀랐던지. 아름답고 잘나신 스승님은 엉덩방아를 찧는 저를 한심
하게 쳐다보고는 앞으로 어딜 가든 데리고 다니라 명하셨다.

아, 예예.

처음에는 빈정거림을 섞어 대답했지만 이내 깨닫고 진심으로
허리를 숙였다. 생각해 보면 스승께서 묵이를 붙여 준 건 순전히

저를 위해서가 아닌가. 매정하게 굴어도 기실 그만큼 다정한 분이 없었다. 명서는 뭉클한 마음으로 덩치에게 묵이라고 이름 지어 주었다.

명서의 부름에 묵이가 온통 새까만 몸을 부르르 떨었다. 제 딴으로는 친근감을 표현하는 셈이다.

명서는 시큼한 열매를 톡 깨물어 삼키며 무릎을 끌어안았다.

"처음에는 말이야. 내가 너무 오래 혼자 살아서 감정이란 걸 억지로 키워 내는 건 아닐까 하는 생각도 했어. 이제 목숨 걱정은 당분간 안 해도 되니 남들 해 보는 건 다 해 보자 그런 심보로 좋아한다는 마음도 지어낸 게 아닐까 하고. 게다가 지나치게 아름다운 분이시잖아. 충분히 동경과 사랑을 착각할 수 있겠고."

푸념이 길어지자 묵이가 끙끙 앓는 소리를 냈다. 열매를 더 달라고 조르는 것이었다.

"그런데 있지, 나는 그분이 좋으면 좋을수록 마음 쓰려 죽겠어. 그 완벽하고 잘난 양반이 본인한테 너무 못되게 구는 거 같아서 보고 있자면 화가 나. 자신의 무엇 하나 소중히 여기지 않고 언제든 내팽개치실 분이라는 게 안타까워서 미치겠다니까. 세상에 날 붙들어 둘 게 없는 기분, 그걸 나도 조금쯤은 알거든. 그 외로움을 조금만이라도 덜어 드릴 수 있으면 좋을 텐데, 내가 또 이 모양이라."

명서는 제 몫으로 남겨 뒀던 열매를 묵이에게 주고 말갛게 웃었다.

"누군가를 마음에 품으면 마냥 설레고 행복할 줄로만 알았는데 이상해. 가끔 여기가 싸르르 아파."

속상하지만 스스로를 조금도 사랑하지 않는 휴에게 당장에 제가 해 줄 수 있는 것은 많지 않았다. 그저 곁에서 평범하게 웃고 농도 쳐 가면서 조금씩, 조금씩 온기를 전할밖에. 그거라도 잘해 보자고 결심했다.

명서는 가만히 고개를 쳐들었다. 측백나무 숲이 높고 빼곡해 그 사이로 동그랗게 보이는 하늘이 유난히 예뻤다.

스승님도 아실까, 나무가 만들어 낸 조금은 이지러진 원형 안에 새파랗게 고인 푸른빛. 모르시면 알려 드리고 싶었다. 마음 좋지 않은 날 보시면 필경 조금은 도움이 될 거라고.

묵이가 열매를 다 먹길 기다린 명서가 몸을 일으키며 장난스럽게 눈을 찡긋거렸다.

"자, 예서부터 달려 연리지에 먼저 당도하는 쪽이 이기는 것이야. 지면 명일 먹을 산열매 따 놓기."

고민이 길어져 우울이 되면 아니 된다. 어머니가 하셨던 말씀을 되새기며 명서는 힘차게 달려갔다. 저만치 앞서는 묵이가 보였다. 나무 사이사이 길고 짧은 그림자를 밟고 무섭게 전진하던 녀석이 풀무치를 보고 깜짝 놀라 납작 엎드렸다. 명서가 그 모습을 보고 청량한 웃음을 터뜨렸다.

웃음소리는 투명한 물방울처럼 숲을 날아올랐다. 여전히 열심을 다해 달리는 중이라 머리카락이 물결쳤다. 묵이가 심기일전 다시 뛰기 시작하자 선두는 또 바뀌었다. 그래도 즐겁다고 깔깔거리는 명서의 눈매는 완연한 반달이었다.

어느새 연리지가 보였다. 각종 꽃과 나무가 싱그럽게 피어나는 언덕으로 빙 둘러쳐진 연리지 주변은 하나의 거대한 둥지 같았다.

명서는 묵이가 목적지를 코앞에 두고 갑자기 방향을 홱 돌려 달아나는 것을 보고 목을 길게 뽑아 앞을 살폈다.

휴는 크고 붉은색을 띠는 나무 그루터기에 앉았다. 속이 텅 비어 썩어 가면서도 옆으로 새 가지가 나고 꽃이 피던 기특한 녀석이었지만 백 년 전쯤, 겨울을 이기지 못하고 쓰러졌다. 두면 자연히 썩어 거름이 될 것을 간간히 앉아 쉴 곳을 만들겠다고 곁에 두었다.

잘한 일이었다. 해도 잘 들고 바람도 곱게 굽이치는 그루터기 위는 언제나 마음이 평온해졌다. 그가 아니라도 지친 산짐승이 잠시 머물러 쉬곤 했다.

그처럼 스스로의 결정에는 항상 후회가 없었다. 모든 일은 완벽했고 예상대로였다. 그런데 그 아이만은 예외였다. 휴가 거칠고 마른나무의 표면을 쓸었다.

고요한 숲을 뒤흔드는 계집의 웃음소리, 달콤한 숨 냄새, 반짝이는 눈동자. 귀 기울여 듣지 않고 세심하게 살피지 않아도 명서가 고스란히 느껴졌다.

이 숲이 제 영역이기 때문이리라. 생명 있는 것들은 숲의 주인인 그에게 순종했고 휴가 궁금해하면 언제라도 원하는 것을 들려 주고 보여 주곤 했다.

그 계집을 궁금해했던 거로구나, 이 내가.

휴는 언덕 위에서 힘껏 손을 흔드는 명서를 물끄러미 보았다. 희고 가지런한 이를 드러내고 웃는 낯이 맑았다. 그의 발 주변에는 언제나와 같이 새까맣게 고인 어둠이 긴 혀를 날름거리는데도 두려워 않고 제게로 곧장 달려오고 있었다.

휴는 명서가 눈치채지 못하게 고였던 어둠을 조각내 으스러트렸다.

"후아아아…… 스승님! 저 배우고 싶은 게 생겼어요. 좀처럼 뭔가를 가르쳐 줄 마음은 없어 보이시니 제가 먼저 청하려고요."

한달음에 달려온 명서가 가쁜 숨을 고르느라 허리를 숙였다. 가느다란 목덜미에서 어깨로 이어지는 선에 제 붉은 흔적이 고스란했다.

휴가 눈썹을 꿈틀거렸다. 잠시 후, 고개를 든 명서가 그를 보고 생긋 웃었다.

"지난번에 그러셨잖아요. 인간은 못 날지만 스승님은 가능하시다고. 저, 나는 법 좀 일러 주세요."

"고작 저 삿된 것과의 내기에서 이겨 보려고?"

목소리가 냉랭했다. 시꺼먼 형상과 하는 멍청하고 쓸모없는 짓거리라면 똑똑히 보았다.

휴가 비아냥거리자 명서가 쑥스러운 듯 머리를 긁적였다.

"들켰네요. 하하하하."

그리고 이어지는 밝고 유쾌한 웃음. 그것은 숲을 통해 전해 들는 것보다 한층 싱그러웠다.

"아야. 짧게 잘라 버려야 할까."

그사이 튀어나온 나뭇가지에 머리카락이 엉켰는지 명서가 손가락으로 머리를 헤집고 있었다.

"두어라. 그나마 봐 줄 만한 것을."

만류하지 않으면 당장이라도 잘라 버릴 명서였다. 휴는 손을 뻗어 명서의 머리카락을 잡고 엉킨 것을 풀기 시작했다.

"쯧."

덜렁대고 차분하지 못한 계집 같으니. 조금만 인내심을 가지면 될 것이었다. 휴가 혀를 차자 명서가 그를 빤히 보았다. 연한 회색의 눈동자에 비치는 제 모습이 과히 낯설었다.

"정말요? 제 머리카락이 예쁩니까, 스승님?"

폴짝 두 발로 턱밑까지 다가온 명서가 생글생글 웃었다. 가까웠다. 아직 손끝에는 은빛 머리카락이 걸려 있었고 심장 소리는 천연덕스럽게도 울려 퍼졌다. 휴는 성가시다는 표정으로 명서의 둥근 이마를 턱 밀어 냈다.

"틈만 나면 기어오르는구나. 개중 낫다는 것뿐이니라."

그 말에 명서가 탄식과 웃음을 번갈아 내뱉었다.

"너그럽기도 하셔라."

자그마한 것이 이죽거리는 꼴이 얄미웠다. 휴가 자못 차고 매섭게 노려보았으나 소용은 없었다. 명서는 아랑곳 않고 작은 주머니에 쌌던 것을 우르르 풀어냈다.

"스승님 드리려고 따로 챙겨 두길 잘했지 뭡니까. 아니면 묵이가 다 먹어 버렸을 거예요."

빨갛고 동그란 열매가 미색의 그릇에 소담스럽게 담겼다. 거기다고 작고 앙증맞은 연두빛 잎사귀까지 곁들여 꽤 그럴싸했다.

"드셔 보세요."

"……."

명서의 재촉에 휴는 말없이 새빨간 열매와 작은 계집을 바라보았다. 가슴이 또 붉게 요동쳤다. 불쾌하고 생경했다.

그가 좀처럼 움직이지 않자 명서가 슬쩍 그릇을 들고 등을 돌렸다. 분주히 손을 놀리며 키득거리는 뒷모습이 제법 귀여웠다.

"짠."

의미심장한 표정으로 다시 내민 접시에는 빨간 열매로 만든 글씨가 있었다. 눈을 반짝거리며 웃는 게 어지간히 즐거운 모양이다. 휴는 명서가 건네준 접시 위의 글자를 뚫어지게 보았다.

"이게 명이고요. 이건……."

조바심이 났는지 명서가 옆으로 다가와 손수 글자를 읽으며 그를 올려다보았다. 휴는 저도 모르게 피식 웃어 버렸다.

"마저 읽어 보아라."

"명…… 에잇. 죄송해요. 이름 불러 주십사 하는 수작이 너무 노골적이었지요? 아무래도 스승님께서는 제 이름을 부르지 않으시니까. 명서, 명서, 명서. 얼마나 부르기도 좋고 듣기도 좋은지."

말을 마친 명서가 민망한지 시선을 이리저리 돌렸다. 휴는 그에 관한 답은 않고 덤덤한 얼굴로 접시를 건넸다.

"날 이리 부를 용기가 있다면 네 이름 또한 불러 주마."

"그렇다고 어찌 스승님 존함을 함부로……."

명서가 접시 든 손을 획획 내둘렀다. 그만큼 당황한 모양이었다. 휴는 눈을 반쯤 내리깔고 고혹적인 미소를 지었다.

"읽지 못한다면 대신 알려 주마. 내 이름은……."

"휴."

작은 목소리로 중얼거리던 명서가 깜짝 놀라 입을 틀어막았다. 물끄러미 보자 명서가 변명을 해 댔다.

"아니, 저는 그…… 막 함부로 부르려던 것이 아니라…… 단지 어여뻐서……."

휴(隳) 무너뜨리고 없앤다는 뜻의 이름. 단 한 번도 따스하게 불린 적 없는 호칭을 이 아이만은 어여쁘다 하였다. 휴는 감정을 감춘 눈으로 물었다.

"의미는 알고 있느냐?"

"무너뜨리다 내지는 깨트린다는 뜻, 아닌지요."

"헌데도 그것이 예쁘다?"

"무너지고 깨진다는 건 필연적으로 새로운 것이 탄생하고 새로운 연을 만들게 되는 것이라고…… 멋대로 생각해 버려서요. 역시…… 그런 건 이상하려나."

"……."

휴는 아무 말도 하지 않았다. 할 수 없었다. 제 숙명을 그리 여겨 본 일 없었다. 오로지 부수고 멸하고 못쓰게 해 망가트리는 진득한 어둠뿐이라 그에서 빛 한 점 찾아낸 적이 없었다. 그런데 명서는 저 같은 암흑에서도 빛을 찾고야 만다.

"저는 이만 가서 식사 준비를 좀……."

머쓱했던지 명서가 얼굴을 붉힌 채 후다닥 사라졌다. 멀리서 묵이가 그림자를 밟고 뒤따르는 게 보였다. 생각에 잠겼던 휴가 인상을 쓰며 어둠을 지워 길을 끊어 놓았다. 묵이가 애처롭게 서성거리다 그를 발견하고 재차 줄행랑을 쳤다.

"그래, 그것이 맞다. 날 대하는 태도는 모다 그러했었다. 헌데 너는 어찌……."

숲은 고요해 노을이 떨어지는 소리마저 들리는 것 같았다. 휴는 명서의 머리카락을 만졌던 손가락을 가만히 움켜쥐었다.

"명서야."

내 무엇을 자각해도 네게 득 될 것은 없을 게다.

"네 스승은 꽤 지독하니까."

휴는 보드라운 은빛 머리카락을 들어 올리듯 손가락 사이사이로 흐르는 바람을 움켜쥐었다.

예 가문의 송림 정자는 푸른 녹음으로 가득했다. 진한 소나무 향을 머금은 연못 위에는 수련이 곱게 피어 있었다.

신을 봉양하는 세 가문의 후계자들이 그곳에 모여 있었다. 걸출한 학자들을 수도 없이 배출한 예 가문의 신경질적인 대학사, 인우. 칼 한 자루로 수백과 싸워 상처 하나 입지 않았다는 전설의 무사이나 곰처럼 귀엽고 둥그런 얼굴을 한 반백의 룽산. 마지막으로 그 광에는 나라 몇을 사고도 남을 재산이 있다고 알려진 수 상단의 빈틈없는 단주, 사로.

세 사람은 금테를 두른 붉은 잔에는 손도 대지 않은 채였다. 이례적이었던 이번 제물식 때문에 급히 모인 자리였다.

"어떤 형태로든 수호 가문보다 신에게 가까운 존재는 용납할 수 없소."

대학사는 깡마른 얼굴로 역정을 냈다. 그에게 사로가 차분히 대꾸했다.

"제물로 이형을 바친 것은 우리들이었습니다. 특별히 오래 신경 써서 고르기까지 하였지요."

명서가 아직 살아 있고 휴의 숲에 머문단 것을 확인해 준 것은 사로였다. 그것을 알고부터 특히나 인우가 불안해했다.

"그야 기록이고 예언이고 죄다 그러하였으니……. 게다가 그런 효험이 있다면 무조건 신께서 먹어 치울 거라 생각했지 곁에 그 미천한 것을 두실 거라고는……. 어쨌거나 이건 수호 가문들의 위기요. 당장 그 이형을 없애야 합니다."

"……."

위협이라. 사로는 도무지 위해라고는 모를 것같이 말갛고 순한 명서를 떠올리면서 대학사의 말에는 가벼이 고개를 끄덕였다.

신과 인간을 이어 준다는 명목으로 그들의 가문이 수백의 세월 동안 독점적으로 받아 온 이득은 엄청났다. 그런데 중개자 없이 바로 신과 닿을 수 있는 존재가 생기고 그것이 멸시받던 이형이라면…… 복잡한 일이 생길 게 분명했다.

일국을 지탱하는 힘의 축이자 오랜 가문의 가주, 많은 이들을 이끄는 상단의 단주로 보아서도 좋은 일은 아니었다. 대학사 인우나 무사 릉산 역시 그 부분에 있어서는 이견이 있을 수 없었다. 힘이란 나누어 가지기 어려운 법, 그것도 득이 되는 것이라면 더더욱.

사로는 본연의 이기심을 망설임 없이 인정했다.

"확실히 수호 가문의 지위와 힘은 지켜져야 합니다."

말을 이은 사로의 눈빛은 단정했다.

"하지만 앞으로는 독점이 불가피해지는 상황도 고려해야겠지요. 신이 선택한 인간을 함부로 할 수는 없는 노릇이니."

"무슨 소리요! 이형 따위가 뭐라고! 절대로 아니 될 말이오."

그 후로도 힘의 분산은 인정하되 우월적 지위를 유지함에 힘쓰자는 사로와 수호 가문 외 누구에게도 신과의 접촉을 용납해서는 안 된다는 대학사와의 의견은 팽팽히 갈렸다.

"모 가문의 당주께서는 어찌 생각하십니까?"

사로가 묵묵히 경청하던 릉산을 끌어들였다. 반백의 사내는 수더분한 웃음을 짓더니 입을 열었다.

"두 분 다 참으로 의젓이 성장하셨소이다. 제 자식도 그러해야 할 것인데 말이오."

"그야…… 고마운 말씀이지만 우리가 지금 나누던 대화는……."

"하하. 늙은이가 잠시 뜬금없는 말씀을 드렸지만 그만큼 수호 가문을 이끄는 후계자가 중하다는 말씀이오. 의견 하나 내고 모으는 것도 마찬가지요. 많은 것을 책임지는 입장이니."

대학사와 사로는 잠자코 룽산의 말을 들었다.

"이제 곧 내가 물러날 때가 올 것이오. 그러나 나와 내 아들 또 그 후대까지, 우리 모 가문은 지금껏 그래 왔듯 국익에 도움이 되는 결정을 할 것이오. 비록 이형이라고는 하나 예언대로 신들의 균열을 막아 세상의 이치를 지키고 평화를 유지케 한다면 좋은 일이 아니겠소. 난 조금 더 지켜보았으면 좋겠소만."

룽산의 말은 가장 온화한 듯 보여도 실은 제일 고집스러운 입장이라 할 것이다. 그 자신뿐 아니라 후대까지 입장을 고수하겠다고 선언하는 것이었다.

다음 후계자가 될 룽산의 아들이라면 이미 약관의 나이에 나라에서 제일가는 검술 실력으로 왕의 직속 부대를 이끌고 있었다. 아버지를 꼭 닮은 그가 룽산과 다른 의견으로 돌아설 리 없었다.

사로는 점잖고 너그러운 인상의 사내를 일별하고 찻잔을 들어올렸다. 어느 정도 예상한 바였다. 모 가문은 대대로 나라의 왕을 모셔 왔고 가문의 결정 역시 온전히 나라를 중심으로 해 왔다. 사익을 추구하는 수 상단이나 체면과 명성을 중시하는 예 가문과는 달랐다.

"그렇지만!"

대학사가 목청을 돋우었으나 사로는 금일의 대화가 더는 진전 없을 것이라 판단하여 말을 잘랐다.

"가주들의 의견이 분분하니 일단 시간을 갖고 신중히 생각토록 하지요. 회합을 다시 잡겠습니다."

그에 룽산은 고개를 끄덕였으나 대학사는 날이 선 말투로 물었다.

"허면 그동안 이형을 저대로 둔단 말이오?"

"우선은…… 이쪽에서 감시를 붙이고 변화가 보이면 즉각 알려 드리지요. 그 건에 관해 차후 필요한 인원이나 경비에 관해 따로 서찰을 보내겠습니다."

"흐응."

인우는 못마땅한 듯 입을 다물었으나 그보다 좋은 생각은 나질 않는 모양이었다. 사로는 대학사를 지나쳐 룽산에게로 시선을 옮겼다. 그는 부드럽게 웃어 보였다.

"단주의 일 처리야 믿음이 가지. 나중 일은 어찌 되었건 간에 우선은 원칙대로 수 상단이 수고해 주시게."

사로는 고개를 끄덕이고 다 식은 차를 삼켰다. 목구멍을 타고 쌉쌀하고 떨떠름한 맛이 번져 갔으나 사로의 표정은 변함이 없었다.

예 가문에서 돌아오자 늘상 보는 약과 뜻밖의 서찰이 사로를 기다리고 있었다. 봉투의 이름을 확인한 사로가 잠시 망설였다. 그러나 유모가 시키는 대로 약부터 먹고 꿀에 절인 복숭아로 입가심을 했다.

눈은 여전히 봉투에 머물렀으나 짧게 목욕을 하고 간단한 식사까지 마쳤다. 머릿속은 아직 복잡했지만 이제 봉투를 열어 볼 각오 정도는 되었다.

　사로는 읽지 않은 서찰을 툭툭 손바닥에 두드렸다. 다른 가주들에게는 감시를 하겠다고 했지만 명서 쪽에 어떻게 연락을 넣을까에 관해 줄곧 고민하고 있었다. 그런데 제 머릿속을 꿰뚫어 본 것처럼 당도해 있는 서찰이 반가운 한편으로 위험하다는 판단이 들었다.

　그 위험이 명서를 가리키는 것은 아니었다. 자신에게 불어닥칠 폭풍의 예감 같은 것이었다.

　특별히 예지 따위가 있는 것은 아니나 이번만큼 불확실하고 예측할 수 없는 앞날이 또렷한 것은 처음이었다.

　수 상단의 귀하디귀한 고명딸로 태어나 부와 명예, 건강과 아름다움, 이지까지 가지지 못한 것이 없었다. 어떤 불행이나 위협도 그녀를 멈추게 한 적 없었고 상처 입거나 힘겨워 운 일도 없었다. 그런데 지금 자신은 무엇이 무서운 것일까.

　단지 서찰 한 통 열어 보는 것에 오만 가지 생각이 스치는 게 우스웠다. 사로는 치자와 백련초로 색을 낸 매작과를 깨물었다.

　이처럼 붉고 노랗고 화려한 색이 너무도 어울리는 남자, 아니 신을 알고 있다. 당면한 막연한 두려움이 연람과 어떤 관계가 있을까마는.

　마음을 정한 사로는 천천히 명서의 서찰을 읽어 내려갔다. 갇혀 지내며 할 일이 없어 글을 익히고 서책을 읽었다던 모양인데 필체가 차분치는 못해도 시원시원해 보기가 좋았다.

두어 번 꼼꼼하게 읽은 후 잘 접어 놓고 답신을 썼다. 완성한 것을 아까 명서의 서찰이 들어 있던 봉투에 넣자 화르륵 불길이 치솟으며 공중에서 사라졌다. 잠깐 손을 모으고 앉았던 사로는 간단히 지시 사항을 적고 서랍을 열어 여분의 약을 챙겼다.

늦게까지 집무를 보고 침상에 누워 뒤척이다 겨우 잠이 들 무렵이었다.

딸깍. 때맞춰 투명한 창을 깃이 검은 새가 부리로 쪼아 댔다. 사로가 문을 열어 주자 식신이 곧장 날개를 펼쳐 그녀를 경계로 이끌었다.

7
장

아직 동트기 전, 명서가 복도 끝 나뭇가지에 앉아 하늘을 올려 다보고 있었다. 어둑어둑한 하늘로 구름이 쏟아지고 바람이 불어 새벽이 움트고 빛이 돋아나는 것은 언제보아도 참 좋았다.

"또 고뿔 걸릴 참이냐."

"어, 스승님."

명서의 동그란 눈이 검은 옷자락을 휘날리며 걸어오는 휴에게 향했다. 그의 매섭고 서늘한 눈동자가 잠시 그녀를 응시했다. 명서는 짐짓 아무렇지 않게 웃으며 자리를 권했다.

"꿈자리가 좀 사나워서 바람이나 쐴까 하고요."

대수롭지 않게 말했지만 악몽은 너무 선명해 숨이 막힐 지경이 었다. 삿된 것에 물렸을 적에 며칠은 악몽을 꾸게 될 거라는 경고 를 들었지만, 이 정도일 줄은 몰랐다. 명서는 시선을 멀리 하늘로 던졌다.

"아직도?"

"이제 곧 원래대로 돌아가겠지요. 눕자마자 꿈도 아니 꾸고 곯
아떨어지던."

말투를 가볍게 한 것은 휴의 눈빛이 무거운 것을 알아챈 때문
이었다. 명서는 발딱 일어나 나뭇가지 위를 걸어갔다. 그러면서
뒤를 돌아 손짓을 했다.

"스승님, 이리 와 보셔요. 제가 멋진 것을 보여 드릴게요."

휴가 움직일 생각을 않자 명서는 망설임 없이 달려가 그의 팔
을 잡아끌었다. 다행히 스승이 뿌리치지 않으니 그대로 잡고 아까
의 가지 끝으로 향했다.

"아세요? 여기서는 숲에 맺히는 여명이 보여요. 해의 시작이
마치 저 숲 어딘가인 것처럼 우거진 나무 위로 정확히 솟아 비춘
다니까요."

명서는 가장 좋은 자리로 휴를 안내하고 손을 쭉 뻗어 해가 맺
히는 자리를 알려 주었다. 휴가 저를 빤히 보는 줄도 모르고 신이
나서 재잘재잘 떠들어 댔다.

"뭐랄까. 마치 어둠도 빛도 이곳이 요람인 것 같은 느낌. 정말
여기서 햇님이 태어나 자라고 쉬고 잠드는 곳 같았다니까요."

그사이 해가 떠올랐다. 너른 숲에 꽉 잠겨 떠오르지 못하는 것
처럼 보였던 해가 녹색 잎 위로 두둥실 떠올라 빛을 퍼뜨릴 때의
광경은 장관이었다.

명서는 휴 바로 옆에서 감탄을 내뱉었다. 물끄러미 건너다보고

있던 휴가 무심코 나뭇잎 하나를 바람에 띄웠다. 명서가 바람을 타고 날아오르는 푸른 잎사귀를 부러운 듯 바라보았다. 한참이나 말없이 턱을 괴고 있던 휴가 입을 열었다.

"나는 법을 알려 달라 하였던가."

"하하. 인간은 날지 못하는 거, 저도 아는걸요. 단지 오랜 소망 같은 거기도 했고 또, 묵이 녀석 이겨 보고 싶기도 해서……. 뭐라도 배워야 제자라고 불러 주실 것 같아 드린 말씀이니 신경 쓰지 않으셔도 돼요."

"당장 가르쳐 줄 수야 없다만."

당연한 말씀이라고 대꾸하려던 명서의 입에서 외마디 비명이 새어 나왔다. 휴가 번쩍 그녀를 안아 올린 것이다.

"날게 해 주마."

설명인가. 제가 부탁했던 설명을 해 주신 모양이다. 막무가내로 행동에 옮기기 전에 턱없이 부족한 설명을 해 주셨으니 청을 들어는 주신 셈이라 봐야지. 명서는 사색이 된 얼굴로 억지웃음을 지었다.

휴가 가지 끝을 가벼이 디디고 놀리듯 한참이나 공중을 배회했다.

"으아아아. 그만 좀!"

명서가 참지 못하고 휴의 가슴을 꽉 움켜쥐었다. 아마 몇 마디쯤 욕지기도 한 것 같은데 무엄하단 말 대신 그의 웃음소리가 들렸다. 처음 듣는 낮고 멋진 울림에 명서는 자신도 모르게 얼굴을 붉혔다.

웃고 계실 적의 스승은 그대로 환해서 눈이 부셨다. 빛이 나 가 슴이 울렁거렸다. 그래서였을 거다. 그들이 깃털처럼 날아올라 푸 른 하늘에 안기는 그 찰나의 순간, 명서는 진심으로 바랐다. 스승 인 휴가 늘 그리 웃으시길.

문득 명서와 휴의 눈동자가 마주쳤다. 명서는 생긋 웃으며 가 만히 고개를 기댔다. 그의 검고 어두운 옷깃이 사방으로 펼쳐져 펄럭거렸다. 커다랗고 거친 날개의 형상이었으나 조금도 두렵지 않았다.

잠시 명서를 보던 휴가 편안하고 자연스러운 동작으로 하늘을 날았다. 구름이 옮겨 가고 아직 감추지 못한 별들이 속속 빛났다. 아득하게 먼 숲은 푸르게 굽이치고 새벽이 고인 대지는 싱그럽게 젖어 있었다.

한 바퀴 숲을 난 후, 휴가 그들의 거처가 있는 연리지 앞뜰에 명서를 내려놓았다. 명서의 손끝이 조금 떨리고 있었다.

"너……."

"전혀요. 전혀 무섭지 않았어요. 그야 나는 것은 처음이지만 스 승님이 계시고…… 그냥 너무 좋아서요. 이렇게 예쁘고 멋진 세 상을 살아서 볼 수 있는 것이 마냥 기뻐서 그럽니다."

명서는 대뜸 답하며 주먹을 불끈 쥐어 보였다. 거기에 더해 휴 의 가슴이 너무 넓고 포근해 어쩐지 온몸의 긴장이 풀려 버렸다 는 소리는 하지 않았다. 스승은 그녀를 알 수 없는 표정으로 바라 보고 있었다.

"그나저나 연람 님이요. 아직 안 오셨죠?"

"그 녀석이 왜?"

화제를 돌리자 휴도 원래의 표정으로 돌아왔다. 그의 옷깃에 묻은 나뭇잎을 떼어 낸 명서가 평온히 대꾸했다.

"음…… 뭐, 그냥 자주 오셨던 분이 통 안 보이셔서요."

"연람이 네게 무엇을 청하였더냐?"

스승이 바짝 거리를 좁혀 오자 당황한 명서가 몸을 뺐다. 조금 전까지 안겨 있었던 탓일까. 숲을 담은 휴의 체취가 다시금 밀려 들자 가슴이 맹렬히도 뛰었다. 슬슬 물러나다 보니 등 뒤로 나무가 닿았다. 더는 피하지 못하고 울상이 된 명서가 숨을 골랐다.

"하하…… 하. 설마요."

"똑바로 말하지 않으면 입술부터 집어삼켜 주마."

"그…… 서, 서찰 한 통이요."

유혹하듯 붉은 입술을 코앞에 두고 명서는 세차게 도리질을 쳤다. 몸이고 마음이고 제발 아끼고 소중히 하시라 제 입으로 말해 놓고, 그 아찔한 감각을 되새기며 마른침을 삼키는 것이 당황스럽고도 부끄러웠다.

휴는 느른하게 입술을 올리며 명서의 턱을 부드럽게 움켜쥐었다.

"서찰. 뉘에게?"

"수 상단의 단주님이요."

뜻밖의 이름이었던지 휴의 미간이 슬쩍 좁아졌다. 그러나 바르 작거리며 거리를 벌리려던 명서를 단숨에 제압한 그가 다시 시선을 맞추어 왔다.

"허면 네가 녀석에게 받기로 한 것은 무엇일까. 가소롭게도 연람이 내게서 벗어나게 해 준다던?"

빼곡하게 검고 아득한 눈으로 추궁해 오자 도리가 없었다. 명서는 꼭 깨물었던 입술을 풀고 이실직고하였다.

"가기는 제가 어딜 간다고……. 그저 스승님이 좋아하시는 것들을 알려 주시기로 했어요. 그 외에도 몇 가지 더 말씀해 주시기는 했지만."

"대가로 받은 것을 물었다."

"그러니까요. 연람 님께서 스승님이 좋아하시는 것들을 일러 주시고 전 단주님에게 안부 서찰 한 통을 보냈어요. 정말 평범한 서찰이요."

그랬다. 차 맛이 좋았다거나, 다시 만나 반가웠다거나, 혹시 인연이 닿으면 또 만나자거나 하는 거짓 없는 안부의 내용이 전부였다.

연람은 단지 사로에게 서찰을 보내 달라고만 하였지 어떤 내용을 써 달라거나 무엇을 요청하지 않았었다. 그럼에도 그는 직접 식신을 부려 서찰을 전달해 주는 수고를 마다하지 않았다.

"지난번 고뿔 약 때문에 신세를 진 일도 있고, 마침 저도 연통이 되면 좋겠다고 생각하던 차라서 별 고민도 없이 써 내려갔어요. 딱히 숨길 생각은 아니었지만…… 역시 미리 말씀드릴 걸 그랬나요?"

화가 난 것 같지는 않았으나 휴의 표정이 심상치 않아 염려되었다. 명서가 조심스럽게 묻자 스승이 여명을 품은 숲보다 아름다운 눈으로 그녀를 응시했다. 그 아득한 깊이 안에 회오리치는 감정이 무엇인지 채 읽기도 전에 휴가 돌아섰다.

"아니다. 단지 네……. 먼저 들어가 보아라."

명서가 무의식적으로 그의 손을 힘껏 붙잡았다.

"스승님."

"……."

휴가 쳐다보자 명서는 어색하게 웃었다. 조금 더 함께 있고 싶어 저도 모르게 붙들었다고 말할 수는 없었다. 명서는 제가 잡은 스승의 손을 조심스럽게 놓고 말간 미소를 지었다.

"금일도 아침은 아니 드시지요? 혹시 묻지도 않는다고 하실까 봐 여쭙고 가려고요."

적당히 말을 둘러대고 자연스럽게 빠져나가려 했건만 들려온 대답은 예상 밖이었다.

"좋다. 단, 저 시꺼먼 것을 떼어 놓도록 해라."

명서의 눈이 동그랗게 커졌다. 가슴이 마구 날뛰어서 소리 낼 수가 없었다. 명서는 휴의 손끝이 가리키는 방향에서 묵이를 발견하고 그저 고개만 열심히 끄덕거렸다.

드러내지 않았어도 연람이 명서만 만나고 돌아간 때부터 기다렸다. 먼저 묻지 않아도 재잘재잘 잘도 떠드는 명서가 그와 무슨 이야기를 나누었는지 말해 줄 거라고 생각했다. 헌데 아무 말 없었고 결국 참지 못한 건 이번에도 제 쪽이었다.

연람이 수 상단에 연통을 하며 굳이 명서를 끼워 넣은 이유는 궁금치도 않았다. 교활하고 제멋대로인 그가 무슨 일을 벌이건 알 바 아니다. 다만 허락도 없이 명서와 접촉하는 부분이 트적지근했다.

뭔가를 함부로 침범당하고 빼앗기는 기분. 그것은 제 내부의 추악한 집착과 투기를 불러일으켰다.

하지만 명서의 대답에 날카롭던 속이 조금쯤은 뭉근해졌다. 가지 않겠다는 말도, 고작 제 좋아하는 것을 알고자 했다는 순수함도 소름 돋을 만큼 흡족해 당혹스러웠다.

작은 것이 제 손 붙들고 '스승'이라 불렀을 때, 돌연 '휴'라 불린다면 퍽 달콤하리라 상상했다. 저 또한 어렵지 않게 계집의 이름을 불러 줄 수 있을 것도 같았다.

이름 대신 계집이라 명하는 것은 의미를 부여하지 않으려 함이었다. 일개 식신에게는 이름을 붙여 주지 않는다. 그처럼 명서 또한 짧게 머물다 떠날 것이었고 무의미한 존재로 남음이 당연하다 여겼다.

"명서……."

몰라서 부르지 않은 것이 아니라 고집스럽게 외면했다는 걸 계집은 모를 것이다. 그 이름을 입에 담는 순간 가슴에 일어나는 말갛고 순한 감정이라니.

어찌 이리 모순되고 흉측하게 일그러진 어둠 안에 그런 감정이 생기는지 모를 일이었다. 저 작은 것에 휘둘리는 일 따위 결코 없을 것을 자신하였건만…….

휴는 복잡한 속내를 대변하듯 검고 황량한 바람을 일으켰다. 한 공간이 파삭하게 말라붙으며 어둠이 겹겹이 타올랐으나 검고 긴 그의 머리카락은 한 올의 흔들림도 없었다.

그때였다. 주변 공기가 따스해지나 싶더니 하늘하늘 차랑차랑 요란한 것들이 팔락거렸다. 그렇지 않아도 녀석을 영역 밖으로 끄집어내 경고를 해 둘 참이었는데 잘된 일이다. 휴의 눈동자가 매서워졌다. 그는 거리낌 없이 그 화려한 색감 위로 검고 사악한 기운을 퍼부었다.

"미적 감각하고는."

구불구불하게 만 머리 위에 공작의 푸른 깃털을 세워 달고 연분홍 꽃과 보라색 비단으로 커다란 꽃 매듭을 만들어 장식한 연람이 미간을 찌푸렸다.

그의 등장 자체가 불쾌한 휴인지라 이번에도 가차 없이 마르고 건조한 시선을 쏘아 댔다.

"명서, 그 아이는 두라 하였다."

"무슨 일일까, 세상 둘도 없이 삭막한 신이 거둔 아이의 이름을 다 부르고. 허 참, 알았어. 흉포한 네놈이 걱정할 일은 전혀 없어. 없다니까 더는 네가 가진 독특한 장난감을 부러워할 이유가 없다고."

휴가 끝이 보이지 않는 새까맣고 뾰족한 창을 그림자에서 뽑아내자 연람이 기겁을 하며 대꾸했다. 그를 한참 건너다보던 휴가 느릿하게 입을 열었다.

"수 상단 단주라면 적당히 놀다 버릴 상대가 아닐 텐데."

"안 될 건 또 뭐야?"

평소처럼 굴어도 다분히 감정적이고 다급해 보이는 반응. 휴는 길게 기른 손톱을 잘근거리는 연람이 알아채지 못하게 웃었다.

"그래? 마음대로 해. 난 빚부터 갚도록 하지."

"뭐? 그거야 내가 원하는 것을 필요한 때에……."

연람의 항의가 끝나기도 전 휴가 결계 너머로 식신을 날려 보냈다. 경악한 연람이 불길을 던졌지만 머리부터 발끝까지 새까맣고 매끈한 새는 순식간에 시야에서 사라져 버렸다.

"내 식신이 내 숲으로 데려오는 인간이라면 표식은 내가 남겨야겠지? 그게 싫다면……."

"능구렁이 같은 놈!"

연람이 불꽃 위에 올라타며 버럭 소리를 질렀다. 그답지 않게 새되고 엉망인 목소리였다. 휴는 여유로운 표정으로 턱을 까딱거릴 뿐이었다.

연람이 사라진 곳에는 점점이 남은 불꽃이 핑그르르 날리고 있었다. 그가 명서가 아닌 수 상단의 단주에게 관심을 가진 것이 차라리 잘되었다니. 휴는 어처구니 없어 하며 작색했다.

사신 가운데 연람은 가장 시기심과 승부욕이 강했다. 하여 처음 제 영역에 거둔 명서를 탐내었을 때는 크게 신경 쓰지 않았더랬다. 언제나와 같이 근본 없는 질투심일 뿐이라고 여겼다.

허나 지금은……. 휴는 연람이 있던 자리를 검게 불태워 버렸다. 아직 그 자리에 있었다면 녀석은 뼛조각 하나 건지기 쉽지 않앉을 것이다.

휴는 그쯤 해서 연람에 관한 것을 잊다시피 하고 그릇을 달깍거리며 부르는 명서의 노래에 신경을 집중했다.

하늘이 푸르고 바람이 맑고 햇살이 눈부시다는 두서없는 내용치고는 꽤 훌륭한 노래 솜씨였다. 기교 없이 그저 청아하고 깨끗한 목소리였으나 그 안에는 진한 감정들이 가라앉아 있었다.

"아름다운 스…… 아름다운…… 아름…….."

갑자기 뒷말이 떠오르지 않는지 명서가 노래를 딱 멈췄다. 휴는 속으로 노래가 이어지기를 재촉하였다. 그때였다.

"아름다운 스승님도 계시니 어찌 아니 좋을 수가……."

'스승님'이란 부분만 아무도 들을 수 없이 작게 웅얼거리고 또 원래의 목소리로 돌아오는 노래가 휴의 귓가를 파고들었다. 그의 입술이 미끄러지듯 호선을 그렸다. 너무 자연스러워 뒤늦게 입매를 굳혀 보아도 늦은 일이었다.

그렇게 명서에 익숙해져 가고 제 경계가 너그러워져 간다는 걸 인지하고도 전처럼 트적지근해지지 않았다. 휴의 검은 눈동자가 이슥한 밤처럼 빛났다.

조금 더 느긋한 척, 여유로운 척했어야 한다. 그것도 휴 앞이니 더욱더. 연람은 뒤늦게 후회로 얼굴을 일그러뜨리고 있었다. 그러면서도 신의 경계가 열리는 곳까지 지체 없이 날아갔다.

검고 흉측한 안개 너머로 무덤덤한 사로가 보였다. 그녀는 불꽃을 타고 앉은 그를 보고도 묵례만 했을 뿐 별반 반가운 기색이 없었다.

"왜 왔어?"

그걸 마주하자 나가는 말이 뾰족했다. 사로가 그런 연람을 빤히 보았다. 잠시 적막이 흐르고 사로가 차분히 답했다.

"명서의 서찰을 받았습니다. 무난한 안부 편지였지요. 그런데 서찰을 봉한 봉투 위 표식이 연람 님의 것이었습니다. 전달해 준 것도 주홍빛 깃털을 가진 새였다고 하더군요. 해서 연람 님께서 절 보고자 하심인가 생각했고 날이 밝으면 연통해 뵙기를 청하자 하였습니다. 그러던 차에 휴 님의 식신이 당도하였기에 곧장 따라온 것이고요."

한 마디, 한 마디가 이성적이고 맞는 말이다. 그러나 연람은 제 수작이 간파당했다는 것이 부끄러워 공연히 성질을 부려 댔다.

"내가 불렀을 것이라 하면서 휴 녀석이 보낸 식신을 따라와? 만약 그가 널 유인해 함정에 빠트리기라도 할라 치면 아주 손쉽겠구나. 그리 생각 없이 굴면서 어찌 수호 가문의 가주라 하겠어!"

"휴 님이라면 제가 탐탁지 않다 생각하신 순간 죽여 버리셨겠지요. 식신까지 날려 보내 유인을 꾀할 분이 아니지 않습니까. 게다가 지금의 명서는 그분께 속한 아이입니다. 제게 연락을 취한 것은 연람 님이시라도 휴 님의 영역에 있는 명서와의 서찰을 따라 이리로 오는 것이 당연하다고 생각하였습니다. 연람 님께서 제게 용무가 있으시다면 지난번처럼 이곳에서 기다리고 계실 것이라는 것도 염두에 두었고요. 여전히 제 자질에 문제가 있다고 여기십니까?"

몹시 예의 바르게 답하는 사로였으나 눈빛은 냉담했다. 연람이 구불구불한 머리카락을 신경질적으로 쓸어 넘겼다.

"하나만 묻자. 너는 내가 그리 뻔히 보이는 수법으로 불러내지 않고, 수호 가문과 관련한 일이 아니라면 다시는 날 만나러 오지 않을 작정이었니?"

"……."

여태 막힘없이 답했던 사로가 붉게 칠한 입술만 지분거렸다. 연람은 압박하듯 사로의 눈앞에 제 얼굴을 들이밀었다. 그리고 유혹하듯 색기 어린 미소를 지어 보였다.

"나와 보낸 밤을 그렇게 쉬이 잊어버릴 수 있었단 말이지?"

"끝이 보이는 관계입니다."

"대답은 않는구나."

다시 여유를 찾은 연람이 사로의 입술 위에 제 것을 겹쳤다. 그의 예상대로 사로는 입술을 뜨겁게 받아들였다. 그 작고 냉정한 머릿속에 무엇이 들었는지 궁금할 법도 하지만 연람은 상념을 끊고 밀려오는 열기와 흥분에 몸을 맡겼다.

다음 날, 사로가 휴의 거처를 홀로 찾아갔다. 신은 없었고 반기는 명서와 가벼이 담소를 나누고 가져간 다기를 꺼내 차 내리는 법을 알려 주었다.

평소와 똑같은 말투와 행동, 표정이었다고 생각했는데 연습 삼아 차를 타 보겠다던 명서가 조심스럽게 물어 왔다.

"무슨 고민이라도 있으세요?"

"……."

대답 대신 사로는 물끄러미 명서를 보았다. 수없이 부정당하며 멸시받고 험난하게만 살았을 텐데도 명서는 여전히 맑고 따스하였다. 살면서 울고 싶을 일밖에 없었을 텐데도 볼 때마다 생글생글 웃고 있었다. 그녀의 처지를 고려하면 그건 필사적으로 웃으려 노력한 결과일 것이다. 그런데도 안쓰러운 마음보다 함께 웃고 싶어지게 만드는 것이 명서의 대단한 점이었다.

사로는 관자놀이를 문지르며 말했다.

"잠을 좀 설쳤어. 차 한 잔 줄래?"

제대로 도구를 갖춰 타 보는 차는 처음이라며 명서가 정성껏 우려낸 것을 건넸다.

차는 무척 훌륭했다. 사로는 향과 맛을 음미하며 지끈거리는 머리를 식혔다. 그러고 보니 약을 깜박할 뻔했다. 사로는 허리춤에 차고 다니는 비단 주머니에서 노르스름한 종이에 싼 환을 꺼내 단숨에 삼켰다.

명서는 무슨 약이냐 묻지 않았다. 그저 물 한 잔 따라 건넸을 뿐이었다. 두 사람은 편안한 분위기로 일상 대화를 나누었다.

얼마나 지났을까. 저 멀리서 휴가 보이자 명서가 양해를 구하

고 조르르 달려갔다. 희고 자그마한 얼굴 가득 미소가 번지고 손
끝 하나 머리카락 한 올에도 기쁨이 묻어나고 있었다. 보고 있노
라면 남녀 일에 관해서는 눈치 없는 사로라도 단번에 명서의 마
음을 알아챌 수 있을 정도였다.

"아⋯⋯."

연신 웃으며 조잘거리는 명서와 달리 냉담하고 무뚝뚝하기만
한 어둠의 신을 발견하자, 참지 못하고 탄식이 터져 나왔다. 사로
는 재빨리 찻잔으로 입을 가렸다.

묘하게 자신과 연람의 모습이 겹쳐졌다. 우습다. 무엇을 비교
하고 무엇에서 위안을 얻고자 함인가. 결국 인간과 신, 어떤 감정
으로 마주해도 그 속의 관계는 크게 다르지 않을 것이다. 그저 가
볍고 기어코 위태로운⋯⋯.

사로는 피곤한 기색이 역력해져 얼굴을 쓸어내렸다.

"쯧."

그때 휴가 혀를 짧게 차더니 명서의 머리카락에 묻은 찻잎을
떼어 냈다. 사로의 눈동자가 조금 흔들렸다. 찰나지만 어둠의 신
이 미소를 짓고 있었던 것이다. 마치 아끼는 것을 대하듯 그 온기
가 느껴졌다.

착각일까. 사로는 고개 돌린 휴와 짧게 시선을 마주했다. 몹시
도 건조하고 딱딱한 신의 눈빛에서 감정은 묻어나지 않았다.

"금세 올게요."

무언가 가져올 것이 있다며 명서가 자리를 비우자 사로는 제
착각을 확신했다. 어느새 자리에 앉은 휴는 마치 그녀 따위 없다

는 듯 무심하기만 하였다.

두 사람 사이에 암울한 침묵이 흘렀다. 사로 역시 원체 사근사근한 성격은 아니라서 쉬이 말 꺼내기 어려웠다.

"수 상단의 단주가 신을 뵙습니다."

허나 여기는 그의 땅, 먼저 예를 갖추는 것이 옳았다. 사로가 어렵사리 입을 열자 휴도 가볍게는 턱을 까딱였다. 그대로 또 적막이 흘렀다.

그 상태로 사로는 남은 차를 마셨고 휴는 노란 종잇조각을 뚫어지게 보고 있었다.

다행히 이제야 화젯거리가 생긴 모양이다. 사로는 천천히 입을 열었다.

"약입니다."

"네 것이냐?"

"병이 있어 어려서부터 복용하고 있습니다."

"흥미로운 것이 담겨 있군. 어디서 구했지?"

"파는 물건이 아니라 구입처는 알지 못합니다. 돌아가신 양친께서 미리 갖추어 주신 약재라고만 알고 있습니다."

답을 들은 휴가 날카로운 눈으로 그녀를 보았다. 적의 내지는 경멸이 그의 검은 눈에서 비치고 있었다.

"무엇으로 만든 것인지 모른다는 말이군."

"혹 약에 대해 아시는 것이라도……?"

사로는 까닭 없이 움츠러드는 어깨를 펴려 애썼다. 그러나 휴는 긴 손가락으로 탁자를 탁탁 두드릴 뿐 말이 없었다. 길고 위협적인 침묵 끝에 휴가 다시 물었다.

"네 병명은 무엇이라더냐?"

이번에도 자신에 관한 질문이지만 관심이나 호의는 느껴지지 않았다. 사로는 신중하게 말을 골랐다.

"희귀한 병이라고만 들었습니다. 약을 먹지 않으면 일상생활을 전혀 할 수 없다 했습니다."

"그랬겠지."

"신께서는 혹여……."

사로가 어울리지 않게 말꼬리를 흐린 것은 문득 겁이 났기 때문이었다. 어려서부터 제 병과 약에 대해 지칠 정도로 설교를 듣고 자랐다. 하지만 들은 것이 전부였다. 약을 복용하지 않은 날이 없어 먹지 않았을 적의 상태를 경험한 바 없었고, 자칫 상단에 누가 될 수 있으니 비밀로 하라는 말씀 따라 부모님이 정해 둔 늙은 의원 외에는 진맥 한 번 받아 본 일이 없었다.

휴는 아무런 답을 해 주지 않았다. 그는 그림처럼 우아하고 아름다운 동작으로 명서의 찻잔을 들어 올릴 뿐이었다.

"스승님! 다 식었을 차를 왜. 잠시 기다려 주세요. 다시 타 올릴게요. 저 이번에 제대로 배웠다니까요! 그리고 단주님. 이거 오전에 만든 절임인데 좀 드셔 보세요. 두통에 효과가 있을 거예요."

사로는 명서가 건넨 꽃송이 모양의 접시와 그 안에 소복하게 담긴 산열매를 보았다. 찻물과 함께 부러 제게 줄 것을 챙겨 온 것이었다. 열매는 무지개처럼 고운 빛깔이었다.

명서가 저만치에서 살살 꼬리를 흔드는 묵이에게 먹을 것을 가져다주러 가자 휴가 나직하게 말했다.

"저것의 삶은 이형이란 이유로 무너지고 파헤쳐져 암울한 색이었겠지? 단주, 너와는 달리."

"그럼에도 명서는 여전히 세상 찬란한 빛깔을 잊지 않고 있군요."

그 따스함과 강온이 어여쁘고도 부러웠다. 처음으로 휴와 대화다운 대화를 나눈 사로는 새콤달콤한 산열매를 깨물었다.

운명도 이 같은 맛일까. 삼켜 보기 전에는 알 수 없게끔, 보는 것만으로는 짐작할 수 없는…….

사로의 눈길이 명서를 담은 신에게 향했다. 칠흑 같은 어둠이 그의 절망적일 만큼 완벽하고 서늘한 미를 극대화시킨다. 얼음송곳으로 뒤덮인 것 같은 그의 그늘 안에서 절제된 살기와 광기가 느껴졌다. 신은 무심한 얼굴로 하찮다 외면하였으나 명서에게서 결코 시선을 떼지 못하였다.

사로는 짙은 탄식을 애써 감추었다. 감히 운명이란 것을 읽을 재주는 없지만 이 순간 그것만은 알 것 같았던 것이다.

사로잡혔으리라.

시퍼런 절망과 칼날 같은 어둠에서 태어난 휴는 분명 절로 빛나는 명서에게 붙들려 있었다. 그런 감정을 정확하게 정의 내릴 재주는 없었다. 다만 점점 조여 오고 악랄해져 어느 순간 명서를 집어삼킬 만큼 거대해질 것 같은 예감은 들었다.

사로는 휴를 향한 명서의 어여쁜 미소가 안타까워 다시 한번 탄식했다. 거대한 거미줄 앞에서 나비가 희고 찬란한 날개를 파닥이는 것만큼 어리석은 짓이었다. 그런 명서를 보는 휴의 눈동자에 스산한 기운이 번뜩이고 있었다.

사로가 세 번째로 한숨을 감추었을 때, 문득 휴가 가만히 시선을 옮겨 왔다. 그의 아름다운 눈동자에 설핏 건조한 조소가 스쳐 갔다. 그러면서 휴는 손가락을 입술에 대는 시늉을 했다.

성의라고는 찾아볼 수 없는 경고였음에도 사로는 여느 때보다 긴장했다. 무엇을, 어디까지를 모른 척해야 할지 갈피를 잡지 못했다.

고민은 명서가 혼자서만 그녀를 인간 세상의 경계로 배웅할 때까지 이어졌다. 사로는 검고 칙칙한 바람이 툭툭 불어 떨어지는 난간 앞에서 명서를 뒤돌아보았다.

"그분을 좋아하는 거니?"

"우왓. 그렇게 티가 났나요? 큰일이네."

사로가 에두르지 않고 묻자 명서가 두 볼을 물들인 채 난감한 듯 이리저리 눈을 굴렸다. 머리카락을 아무렇게나 잡아 묶어 선 고운 목덜미로 흐른 몇 가닥이 제멋대로 흩날리고 있었다.

"그냥 그렇게 되어 버렸어요. 숨기고 시치미 뗄 재주가 있으면 좋았을 테지만 이미 다들 간파하셨구나."

곤란한 듯 웃던 명서가 고개를 끄덕였다.

"결말은 이미 정해진 상대잖아."

아무래도 자신의 상황까지 투영시켜서인지 까칠한 음성이었다. 사로가 평상심을 되찾고 수습을 하기도 전에 명서가 답했다.

"그런가요. 하지만 제 마음은 먼 미래가 아니라 지금 여기, 스승님께 머무는걸요. 그것이면 후회 없이 최선을 다할 이유라고 생각해요. 물론 스승님께 폐가 되지 않는 선에서요."

명서가 사로를 보고 환하게 웃었다. 어찌 그리 티 없이 진심 어리게 웃는가. 그만 가슴이 콱 막혀 답답했다.

어쩌면 부러운 것일지도 몰랐다. 사로는 마주 웃지 못하고 시선을 피했다.

"그런데요. 감히 같은 마음을 바라지는 않아요. 저 스승님께 이름도 없이 이것이나 저것 아니면 인간 계집으로 불리고 있는 처지거든요. 가끔은 그분께서 제 존재 자체를 잊어버리셔도 이상하지 않을 것 같다니까요."

가라앉은 사로의 기분을 눈치챈 듯 명서가 밝게 농을 쳤다.

"미안해."

도망치지 못하게 나흘을 굶겼다는 노예상의 말을 귓가로 흘리며 명서를 물건처럼 사들였다. 보호한다는 명목으로 해도 제대로 들지 않는 지하에 가두고 흠나지 않게 감시했었다.

제물식을 위해 단장시키고는 곧장 사지로 밀어 넣었다. 그리고 이제는 자신들의 권세에 해를 끼치지는 않을까 감시하는 중이었다.

한순간도 동등한 사람으로 대해 주지 못했다. 따스하고 진심 어린 명서의 미소를 받을 자격이 없었다.

"미워하지 않아요."

마치 그런 사로의 마음을 들여다본 것처럼 명서가 말했다. 석

양에 물든 회색 눈동자는 선연하기만 했다.

"명서야."

"좀 어리석고 속없어 보일지도 모르지만 미운 마음 오래 품지 않고 잘 웃는 거, 그게 제가 가진 힘이라고 믿거든요. 더불어 우아하고 꽃 같은 미모도, 라고 하고 싶지만…… 그건 운명이 힘껏 비껴갔지요."

한탄처럼 내뱉고 천진하게 웃는 명서를 보자 사로도 비로소 미소를 지었다. 경계 앞에서 사로가 명서를 돌아보았다.

"신의 숲에 살아 있는 이형이 있다는 사실, 수호 가문에서도 알고 있어. 내가 직접 보고했고 지금의 널 감시하는 역할도 맡고 있지. 그러니 가능한 나와 접촉하는 일은 피하는 게 좋을 거야."

"살아 있는 것만으로도 문제가 되는군요, 이형이란."

"우린 잃는 것을 두려워하는 자들이니까."

"만약 그래도 괜찮다고 하면 또 안부 서찰도 하고 만나러 와 주실 건가요? 보다시피 저는 배워야 할 것이 많고 배우고 싶은 것도 많은데 도움받을 곳은 없어서요."

"이런 내가 무섭지 않니?"

"별로요. 무서운 걸로 치자면 더한 일도 많았고 지금은 혼자도 아니니까요."

대답은 담백해도 그 안에 담긴 의미가 애달팠다. 사로는 명서의 하얀 얼굴을 일별했다.

"네가 허락한다면 또 올게. 서찰도 쓰고."

"물론이죠."

새까만 어둠이 사로의 전부를 삼킬 때까지 명서는 웃으며 손을 흔들어 주었다. 마지막에는 사로도 멋쩍게 손을 흔들어 보였다.

이방인이 사라지자 묵이가 그늘 아래서 몸을 일으켜 명서에게 다가갔다. 녀석이 반가움을 담아 꼬리를 살랑거리다가 일순 뻣뻣하게 굳어져 몸을 낮추었다.

검고 푸르고 연한 주홍빛까지 차분히 쌓인 저녁 하늘 아래 칠흑 같은 사내가 고요히 모습을 드러내었다.

8
장

사로가 인간 세상으로 사라지자 주변은 적막한 어둠만이 가득해졌다. 솟아오른 창처럼 날카로운 그것이 싫거나 무섭지 않았다. 워낙 겁이 없는 인간이냐면 그런 것이고 익숙해졌냐 하면 또 그렇다 하겠지만, 실은 점점 검은색이 좋아지는 때문이었다.

　어둠 속이 온통 캄캄하기만 한 것은 아님을 알고 있었다. 쫓기며 숨어 살던 시절도 붙잡혀 지하에 갇혀 있던 때도, 아무리 어두워도 빛은 어딘가에 반드시 있음을 믿어서 오래 외롭지는 않았었다.

　명서는 쉬이 밤에 잠긴 별자리를 찾아냈다. 완만한 곡선 끝에 꼬리가 길게 늘어져 있었다. 서늘한 바람도, 은은히 날려 오는 별빛도 좋아 어둠 중앙에 멈춰 섰다. 밤하늘을 어루만지듯 더듬다 문득 얼굴을 붉혔다. 저도 모르는 사이 휴의 가슴팍을 떠올리며 그 넓이를 가늠하고 있었던 것이다.

도리질 치는 와중에도 체온과 감촉이 또렷하게 살아나 오싹했다. 명서는 펄쩍 뛰어올라 헛기침하고는 괜히 몸을 이리저리 움직였다. 그때야 등 뒤에서 따라붙는 시선이 느껴졌다.

명서는 재빨리 주변에 널브러진 막대기 하나를 움켜쥐었다. 지난번 일도 있고 해서 긴장을 누그러뜨리지 않고 주변을 경계했다. 묵이의 존재가 든든해도 제 나름의 방비도 허술하면 아니 될 것이다. 여차하면 이걸로 찌르고 머리로 힘껏 박치기를……

동작을 떠올리며 날렵하게 돌아서던 명서의 얼굴이 삽시간에 환하게 개었다. 작고 하얀 이가 가지런히 드러났다.

"스승님!"

명서는 순수한 반가움과 즐거움을 담아 활짝 웃었다.

사로가 이만 돌아가겠다고 했을 때 무심히 나무토막만 들여다보던 분이셨다. 하여 배웅을 핑계로 함께 걷고 싶다는 말은 감히 꺼내지도 못했었다. 별도 보고 들도 거닐고 시답잖은 이야기나 나누는 평범한 산책은 꿈에서나 해야지 했었다.

그런데 스승이 그림처럼 서서 저를 보고 있었다. 서두르던 명서가 그만 돌부리에 걸려 휘청거렸다. 반대편의 휴가 낮게 혀를 차며 팔을 잡아 주었다.

"쯧. 앞뒤 분간 없이."

"헤헤."

명서는 민망함에 얼굴을 붉혔으나 또 금세 웃었다. 어느새 나란히 걷고 있는 걸음도 좋았고 휴의 주변으로 고요하게 퍼지는 바람도 좋았다. 그와 함께라면 무엇이든 아니 좋을까.

물론이라고, 솔직하게 고개를 끄덕이는 순간 휴가 입을 열었다.

"후계자라는 인간이 신의 경계에서 길 잃을 일 뭐 있다고 배웅까지. 넌 그 위선적인 것들이 싫지도 않느냐?"

"그야 모든 사람이 좋다고는 못 하겠지만 그렇다고 또 전부가 밉지는 않아요. 그리고 산다고 제게 득 될 것도 없고요. 과거야 어찌 됐건 이 아름다운 숲에서 스승님을 만난 지금이 있잖아요. 마음을 곱게 써야 복을 받아 오래오래 행복하고 건강하게 살 테죠."

"……."

휴의 물음을 태연히 받아넘긴 명서가 소나무 아래 송이버섯을 발견하고 손뼉을 쳤다.

"이야! 이것 보셔요. 정말 그렇다니까요! 이 귀한 것을 찾았잖아요. 명일 아침에는 맛난 버섯밥을 지어 먹어요. 묵이도 좀 주고……."

"그리 좋으면 다 가져갈 것이지."

휴의 면박에 치마폭을 펼쳐 버섯을 담던 명서가 대꾸했다.

"어찌 그래요. 우리만 입인가요. 이만하면 맛은 볼 테고 나머지는 여기 사는 존재들 몫으로 두어야지요."

이번에도 제 답이 탐탁지 않았는지 스승님의 표정이 딱딱했다. 명서는 눈치껏 걸음을 재촉했다. 그러느라 복사뼈까지 걷어 올렸던 치마가 정강이 위로 쑥 올라간 것도 몰랐다.

몇 걸음이나 갔을까. 명서는 두 손으로 받친 치맛단이 펄럭거리더니 그 위의 버섯들이 순식간에 사라지는 것을 보고 눈을 크게 떴다. 휴가 들판의 어둠을 꺾어 바구니를 만들더니 그 안에다 방금 제게서 낚아챈 버섯을 막무가내로 던져 넣고 있었다.

"치마."

"예?"

무슨 영문인가 싶어 살피는데 휴가 아까보다 한층 더 사납게 미간을 찌푸렸다.

"꼴사나우니 좀……."

보다 못한 휴가 거칠게 치맛자락을 끌어 내렸다. 그 힘이 너무 강해 명서가 기우뚱거리다 그만 엉덩방아를 찧었다. 덕분에 치마는 허벅지를 다 드러낼 정도로 말려 올라가 버리고 말았다.

당황한 명서가 재빨리 일어나 옷매무새를 정리하였으나 이미 휴는 성큼성큼 앞서 걷고 있었다. 무에 그리 성질이 나셨는지 아까 만든 바구니와 거기 담긴 버섯을 아주 새카맣게 태워 놓고서는 말이다.

"버섯을 싫어하시나? 아니라면 멀쩡한 치마 핑계를 대실 리 없지. 쳇, 드시기 싫으시면 솔직하게 말씀을 하시지 이 아까운 것을……."

아쉬움이 진한 얼굴의 명서가 혼잣말을 내뱉으며 재가 된 것을 훌훌 불어 날렸다.

어둠을 타고 걸으니 평소보다 속도가 빨랐다. 휴는 치렁거리는 검은 머리카락을 신경질적으로 쓸어 올리고는 손에 남은 버섯 부스러기를 재차 새까맣게 태웠다.

"성가셔, 갈수록."

아까의 일도 그렇고 예정 없던 밤 산책도 그러하고, 하나같이 그 작은 것 때문이다.

연람의 문제나 명서와 관련한 수호 가문의 동태를 살필 요량이 아니었다면, 수 상단의 단주에 관해서는 일말의 관심도 가질 일이 없었다.

단주가 먹고 있던 약과 아무것도 모르는 태도를 보고 잠시 속이 뒤틀렸으나 그것 또한 명서 때문이었고.

그런고로 단주라는 인간의 배웅은 생각도 않고 있었다.

그런데 뒤늦게 제 스스로 명서를 따라갔다. 밤 숲을 헤매지나 않을까 걱정한 것이 아니었다. 감히 삿된 것들이 명서를 노릴까 경계한 것 또한 아니었다.

참지 못하고 급한 걸음으로 뒤따른 것은, 명서가 제 원래 속했던 세상 문 앞에서 하염없이 서글픈 얼굴로 돌아가고 싶어 하지나 않을까 하는 웃긴 염려 때문이었다.

고작 그따위 생각만으로 가슴에 생경한 통증이 번졌다. 불쾌하고 불안한 기분은 주변의 검은 기운을 들쑤셔 그대로 숲의 경계가 미미하게 요동쳤다.

찾아낸 명서는 다행히 웃고 있었다. 저를 보고 세상 그렇게 티 없이 맑은 미소로 반길 수가 없었다. 휴는 온몸에서 들끓던 검은 그림자를 순식간에 가라앉혔다.

그래, 정말 이 지경까지 왔단 말이지.

휴의 입술이 삐딱하게 말려 올라갔다. 반달눈을 하고 웃는 명서의 얼굴에서 눈을 떼지 못했다. 하염없이 작은 것은 짧게 미소 짓고도 길게 여운을 남겼다.

보잘것없는 존재에 심장이 저릿하게 차오르는 감각이 싫지 않다. 휘둘리는 자신이 이따금씩 짜증스러우나 건너뛰지 않고 하나하나 착실히 느끼고 싶어졌다.

이윽고 웃고 섰던 명서가 제 쪽으로 움직였다. 밤의 숲이 환하게 밝아진 듯하였다. 하지만 무에 그리 신이 나는지 벙싯거리던 명서가 돌부리 하나 못 보고 걸려 넘어졌을 때는 시야가 아득해졌다.

창백할 정도로 하얀 피부라 생채기가 나면 유난히 도드라져 보이는데도 정작 명서 본인은 어딘가에서 긁혀 피가 나건 멍이 들건 대수롭지 않아 했다. 넘어졌다고 해도 눈 하나 까딱 않고 털고 일어나서는 배시시 또 실없는 웃음을 보였을 것이다.

그런데도 자신은 조심성 없는 계집에게 화마저 났다. 그런 속을 알 리 없는 명서는 고작 버섯 몇 찾았다고 손뼉까지 치고 있었다.

"하."

휴가 실소했다. 맥이 풀리며 저절로 입매가 느슨해졌다. 숲에 사는 것들 몫은 놓고 가련다는 말이 제법 대견했다.

하는 양이 귀엽다고, 그저 키우는 짐승 재롱 보듯 그리 웃고만 넘기면 좋을 것이다. 허나 미소의 그늘 아래서 이미 불꽃이 일고 있었다. 잠시 붙들었던 손목에서부터 온기와 함께 번진 것은 분명

열증이었다.

더불어 잔인한 소유욕과 끔찍한 탐욕이 뱀처럼 꿈틀거렸다. 휴는 웃음을 일그러트리며 손바닥으로 얼굴을 쓸어내렸다.

겨우 평정심을 찾았을 무렵, 휴가 나직한 욕지기를 뱉었다. 그의 눈앞에서 명서가 희고 가냘픈 종아리를 훤히 드러내고 씩씩하게도 걸어갔다. 제 속에서 치열하게 터지는 것이 이성인지 인내인지 가늠할 길 없었다.

아무것도 모른 채로 명서는 하얗고 순결한 허벅지까지 드러내어 사내의 본능을 한껏 부추겼다. 선홍색 혈관을 타고 흐르는 피는 모조리 빨아 삼키고 여리고 부드러운 살은 이를 박아 입 안 가득 짓뭉개고 싶었다. 희고 가느다란 뼈는 한 조각도 남김없이 으스러트려 음미하고 또 음미하며…….

잔인한 상상을 억지로 잠재운 휴가 앞깃을 잡아 뜯다시피 하며 명서에게 역정을 냈다. 버섯은 물론 바구니까지 불태워 버렸는데도 제 속에 든 것은 꺼질 줄을 몰랐다.

휴는 답지 않게 자리를 피했다. 다스리는 방법조차 알지 못하는 감정을 어찌 이겨 먹는단 말인가.

그가 앞만 보고 걷는데 다 타 버린 바구니와 버섯 앞에 뚱해 있던 명서가 이내 뒤따라왔다. 의식하지 못한 사이 발걸음이 느려졌다. 겨우 옷자락이 보일 만큼 다가온 명서가 숨을 고르며 휴를 불렀다.

"스승님, 버섯을 싫어한다고 말씀해 주셨으면 될 일을 가지고 왜……."

"아둔한 것."

"예? 어째서요?"

"허술하기까지 해서는. 쯧쯧."

명서가 억울한 얼굴로 재차 왜 그러시느냐고 물었지만 휴는 못마땅한 표정으로 혀를 찰 뿐이었다.

두 사람이 서로에게서 눈을 뗀 건 연리지 뜰에 있는 낯선 인영을 발견하고서였다. 아는 얼굴을 발견한 휴가 슬쩍 제 뒤로 명서를 감추었다.

"한괄과 정하군."

연람과 비교하면 굼뜬 것이지만, 틀어박혀 있기를 좋아하는 정하를 생각하면 빠른 축에 속하는 방문이었다. 한괄이야 적당히 때를 기다려 준 걸 테고.

비단 명서의 문제가 아니라도 네 개의 조각으로 나뉘어 균형을 이루는 그들은 달이 뜨지 않는 밤이 가까워지면 관례처럼 어둠의 경계를 찾곤 했다. 확인과 대비의 절차였다.

휴는 자신과 명서를 은밀히 둘러싼 밤안개를 걷어 두 사람에게 모습을 보였다. 화살 없이 활만 덜렁 메고 다니는 산짐승 같은 바람의 신 한괄이 알은척을 하자, 소년처럼 체구가 작고 끝없이 불평불만을 해 대는 물의 신 정하도 뒤를 돌아보았다.

"손님들이 계시니 아까 재가 되어 버린 버섯이 더욱더 아깝네요."

휴가 사납게 눈을 치켜떴으나 명서는 능청스럽게 말을 이었다.

"가만 있자. 술은 일단 넉넉하고 곁들일 것은 말린 생선이랑

고기, 따 놓은 과일도 부족하지는……."

"쓸데없는 짓 말고 인사만 하고 가거라."

주의를 주는 휴의 음성이 냉랭했다. 한괄이야 수더분해도 정하는 까다롭고 신경질적이라 만만치 않은 상대였다. 말로 속을 후벼 파는 것은 그가 으뜸이라 가능하면 명서와 마주치게 하고 싶지 않았다. 저 작은 것을 울리는 게 자신 아닌 다른 누가 되는 것을 용납할 수 없었다.

휴가 갑자기 멈추어 서자 명서가 그의 등에 쿵 이마를 찧었다.

"이대로 거처로 돌아가."

"예? 인사도 않고요? 방금 전 까지는 뵙고 가라……. 필요하신 것 있으면 부르세요."

물어봤자 제대로 답을 듣기는 어렵다고 여겼는지 명서가 순순히 물러났다.

이번에도 대꾸 한마디 해 주지 않은 휴가 손가락을 튕기자 사라졌던 어둠의 장막이 명서 주변을 고요히 에워쌌다. 멀찌감치 섰던 묵이가 눈치 빠르게 장막 속으로 스며들자 비로소 휴의 눈동자가 편안해졌다.

"휴, 오랜만이다."

한괄이야 언제 봐도 그 소리였다. 휴는 딱 벌어진 그의 어깨를 툭 치고는 벌써 불만 가득한 정하를 흘낏 보았다.

"얼마나 기다렸는지 알아? 대체 어딜 그렇게 쏘다니는 게야. 연람 녀석은 또 어딜 가서는……. 넌 말이야. 짜증 나게 뭐 이렇게 풀벌레가 많은 곳에 거처를 정했어. 난 정말 이따위 자질구레

한 것들 질색이라고. 게다가 아까 그 쪼그마하고 우스꽝스러운 건 제대로 인사도 안 하고 어딜 간 거야? 건방지게."

휴는 정하의 길고도 긴 불평을 깡그리 무시하고 공간을 열어 술병 셋을 꺼냈다. 제 몫의 병을 연 한괄이 감탄했다.

"화주인가."

"흠, 먹을 만은 하네."

정하도 마지못해 수긍했다. 술이 한차례 돌자 한괄이 입을 열었다.

"연람을 통해 네 제자에 대한 것은 들었어."

"제자? 아주 가관이다, 가관. 신과 접촉하고도 살아 있는 이형이 신기하긴 하지만 네가 그걸 영역 안에 들일 줄이야. 설마하니 신의 균열을 막아 주는 이형이 있다는 헛소리를 믿는 건 아니겠지? 네 사특한 장난질 덕분에 수호 가문에서 쌍심지를 켜고 덤벼들 텐데, 공연히 우리까지 귀찮게 하지 말고 당장 죽여 버리든지 쫓아내."

"우선은 너부터."

정하의 신랄한 말에 휴는 어둠을 잘라 벼른 검은 창을 불러내 그 발치에 박았다. 기이하고 거대한 형체의 그림자들이 탐욕스럽게 혀를 날름거리자 정하가 질색하며 술병의 술을 쏟아 검은 기운을 잘라 냈다.

"야! 이 미친놈!"

토막 난 것 같던 검은 연기가 스멀스멀 합쳐져 원래보다도 더 크고 끔찍한 것으로 변하자, 정하가 버럭 소리치며 일어섰다. 그 순간에도 검은 구체는 정하의 뒷목을 정확히 노려 덤벼들었다.

"지나쳐, 둘 다. 그만하고 이야기나 마저 나누지."

한괄이 어깨에 메고 있던 활을 휘둘러 상황을 정리했다. 그에 휴는 심드렁한 얼굴로 사방에 펼쳤던 힘을 거두었으나 정하는 사납게 성질을 부려 댔다.

"이 위아래도 모르는 놈! 사신 가운데 가장 늦게 태어난 주제에 어디 감히……."

결국 제풀에 지친 정하가 자리에 털썩 주저앉자, 휴가 그에게 새 술병을 던졌다. 그 모습을 지켜보던 한괄이 웃으며 입을 열었다.

"네 입장에서는 납득하기 어려워도 정하의 말이 아주 틀린 것은 아니야. 어찌 되었건 수호 가문은 지금까지 신과 인간의 중개자로 많은 것을 누려 왔으니 그것에 위협이 된다면 무엇이건 덮어놓고 견제할밖에. 일단 그 이야기는 여기까지 하기로 하고……. 달 없는 밤이 얼마 남지 않았지? 이형의 존재가 네 힘에 어떤 영향을 미치는 것 같지는 않지만 혹시 모르니 평소보다 주의해 주었으면 해. 알다시피 우리도 그날만은 날뛰는 어둠과 널 완벽하게는 막을 수 없어. 셋이 힘을 합쳐 고작 네 영역 밖에서 만일에 대비한 결계를 강화할 뿐이지."

느긋한 손동작과 달리 한괄의 말투는 강경했다. 휴가 입술을 비틀었다.

"날 막을 수 없다는 것을 안다면 선을 넘지 마. 내 제자에 관한 것은 특히나."

말을 마친 휴는 어스름해진 하늘에서 살 내린 달을 보았다. 그의 냉혹한 눈동자가 어둠이고 적막 그 자체라 정하도 한괄도 할 말을 잊었다.

"하여간에 나만 없으면."

그때였다. 활활 타는 불꽃을 요란하게 터뜨리며 연람이 등장했다. 행색이 평소보다 몇 갑절은 화려해 눈이 아플 지경이었다. 그가 주변을 빙글빙글 돌며 폭죽을 쏘아 대자 정하가 연못의 물을 쏟아부었다.

연람은 물줄기에 흠뻑 젖어서도 뭐가 좋은지 깔깔대며 또 다른 불꽃을 피워 댔다.

"저 미치광이 공주는 또 왜 저래."

정하가 징그럽다는 듯 손을 떼자, 한괄이 검을 휘둘러 바람을 피워 냈다. 하나둘 불이 꺼지자 이번에는 옷 갈아입기 놀이가 시작됐다. 주홍 너울이 깜박이면 새 옷을 입은 연람이 눈을 찡긋거리고 서 있었다. 남은 신들은 쳐다보지도 않고 술에 집중했다.

"이럴 줄 알고 내 특별히…… 데려왔지."

갑자기 연람의 목소리가 커지더니 너울 뒤로 낯선 인영이 보였다.

또 무슨 해괴한 짓거리를 하려고. 다들 혀만 차고 있는데 너울이 걷히며 희고 반짝거리는 옷차림의 연람 옆에서 주걱을 든 명서가 나타났다.

어리둥절하기는 명서도 마찬가지였던지 큰 눈을 몇 번 깜박거리며 주변을 둘러보았다. 그러다 불현듯 생각이 났는지 주걱을 내리고 꾸벅 인사를 했다.

"제자 명서라고 합니다. 연람 님이 시장하다고 하셔서 밥을 푸다가……."

대충 상황은 알겠다. 휴가 손을 까딱거리자 연람의 불꽃 너울 주변이 삽시간에 시꺼멓게 좀먹어 갔다. 연람이 식은땀을 흘리며 명서 뒤로 몸을 숨겼다.

"아, 그…… 다들 밀전병 좋아하세요?"

잠시 당황하던 명서가 생긋 웃으며 물어 오자, 신들의 시선이 그녀에게로 모였다.

"그럼 부침개는요?"

말갛게 웃는 명서 곁으로만 밤 대신 낮이 몰려온 양 환하였다.

잠시 후, 명서가 네 명의 신 앞에 싱싱한 채소를 잔뜩 넣은 밀전병을 놓았다. 불의 신 덕분에 타지 않고 노릇노릇하게 구운 인생 최고의 밀전병이었다.

명서는 접시며 젓가락을 챙겨 놓고 슬쩍 스승의 눈치를 살폈다. 역시나 표정을 읽을 수 없지만 온몸에서 불쾌함이 풍겨져 나왔다.

휴는 신들 앞에 제 모습 보이는 것을 꺼려 했었다. 서운함이야 잠깐이었고 그 말에 얌전히 따를 작정이었다. 정 찜찜하면 후에 물어 들어도 좋겠다 싶었다. 마음 편히 침상에 누워 책을 읽고 있었을 때 막무가내로 들이닥친 연람이 아니었다면, 정말 그렇게 될 거였다.

얼결에 끌려나와 정신 차리니 사신(四神)이 눈앞에 있었다. 호랑이에게 물려 가도 정신만 차리면 산다고 했다. 더도 덜도 아니고 딱 평소의 저만 잃지 않으면 무사히 지나겠거니 하고 마음을 단단히 먹었다. 그만하면 스승님도 후에 사정 듣고 크게 꾸중치 않으시지 않을까 기대하였다.

그런데 일이 꼬여 버렸다. 한괄이나 정하가 틈을 주지 않았다. 한괄의 질문은 지극히 평범해 답하기 어렵지 않았으나 정하는 혼자 묻고 앞서 답하고 그러다 성질을 부려 대는 통에 정신이 없었다. 이만하면 인사고 음식이고 제 할 성의는 보였으니 조용히 물러갈 차례인데 도통 빠져나갈 수가 없었다.

"그만들 해."

갑자기 연람이 위해 주는 척하더니만 씩 웃으며 술병을 흔들었다.

"같이 마시며 떠들어야 흥이 나지. 눈치 없이 어찌 술 한 잔을 안 권하누?"

"흥. 제까짓 게 신들 앞에서 마실 수나 있겠어."

연람의 제안에 정하가 잽싸게 술을 따라 주며 비아냥거렸다. 한괄도 묵묵히 기대하는 눈으로 명서를 쳐다보았다.

명서는 꽤나 진지하게 고민에 빠졌다. 마시는 것이야 그렇다 쳐도 뒷감당은……. 엄밀히 말하자면 술기운을 빌어 스승님을 덮치는 비겁한 짓을 반복하지 않을 자신이 있느냐의 문제였다. 스승께는 단호히 그 입술 함부로 마시라고 해 놓고 정작 저를 믿지 못하였다.

"일어서."

그사이 휴가 다가와 앞에 놓인 잔을 들어 단숨에 마셔 버렸다. 그는 명서의 손목을 잡고 싸늘하게 연람과 정하, 한괄을 돌아보았다.

"인사는 끝났다. 다들 돌아가."

명서는 손목이 아프도록 그러잡은 휴를 한 번 보고 곧장 다른 이들에게 인사를 고했다.

"이만 물러가 보겠습니다."

정하가 질렸다는 얼굴로 손을 휘휘 저었다.

"오냐. 저 고약한 성질머리하고는."

"여긴 걱정 말고 가서 쉬어. 하루 이틀 일도 아니니."

한괄도 웃으며 인사를 건넸다. 그 가운데 앉은 연람이 아니꼬운 표정으로 밀전병을 우물거렸다. 그러다 채 씹지도 않고 술병을 쾅 소리 나게 내려놓았다.

"그리 싸고돌 양이면 내보내질 말지. 그래, 아주 꼭꼭 감춰 두라고! 스승 노릇이 아니라 게 껍데기 같은 노릇을 하고 있는 꼴이라니. 명서만 고생이지, 고생이야. 그러게 왜 하필 휴 녀석이람. 입버릇이 좀 많이 더러운 정하도 있고 곰 같은 한괄도 있고 꽃처럼 예쁜 나도 있는데 어찌 저 속 시커먼 놈이 우리 명서를……."

연람이 이죽거리기 무섭게 검은 살이 술병을 든 그의 엄지와 검지 사이에 박혔다. 히걱 하는 비명 소리에 민망한 낯이 된 명서가 한 번 더 고개를 숙였다.

아까부터 스승은 뒷모습만 보이고 있었다. 손목은 잡고 있어도 결코 얼굴을 보이지 않으셨다. 때문에 질질 끌려가다시피 했지만 명서는 비명은커녕 미간조차 찌푸리지 않았다.

연리지 기둥을 빙빙 돌아 처소 앞에 도착하였을 때에야 휴가 낮게 한숨을 내쉬었다.

"미리 말해 두는데 네가 잘못한 일은 없다."

"예? 허면 어찌……."

"나는……."

비로소 휴의 눈동자가 보였다. 선명하고 매서운 눈매 안에 담긴 차가운 검은 빛이 언제나처럼 아름다웠다.

명서는 저도 모르게 미소 지었고 그것을 뚫어지게 보던 휴가 잡은 손에 힘을 풀었다. 그때서야 흰 손목에 푸르게 멍든 손자국이 보였다.

"미련한 것. 이 지경이면 내 손을 뿌리쳤어야지."

스승의 눈빛이 다시 얼어붙는 것을 본 명서가 서둘러 말했다.

"보기만 그렇지 크게 아프지 않아 몰랐습니다. 진짜로요. 그보다 좋아하는 사람과 손잡고 있으니 세상 부러울 것이 없…… 헉."

아차 싶었으나 이미 늦었다. 뒷말은 하지 말았어야 했다. 명서는 제 입술을 찰싹 치다가 뒷걸음질로 문고리를 잡았다.

"허, 헛소리가. 아무래도 술 냄새를 많이 맡아 취기가 오르나 봅니다. 하하…… 주무세요."

후다닥 문 열고 들어간 명서가 벽에 머리를 쿵 찧었다. 세상 살며 한 번을 마주하기 힘든 신들을 모다 만난 것보다, 제가 좋아하는 사내 앞에서 음흉한 속내 보인 것이 당황스러웠다.

"엄니 어떡해. 나, 진짜 변태 맞나 봐. 이럴 거면 술 마시고 용기 내서 덮칠걸. 그런 생각은 또 왜 들지……. 으아아아아.”

두꺼운 이불을 머리 꼭대기까지 뒤집어쓴 채, 여기저기 부딪치며 도리질 치고 발길질하느라 명서는 몰랐다. 문을 등지고 선 휴가 얼마나 오래 그 앞에 머물렀는지, 그의 입가에 얼마나 예쁜 미소가 그려졌는지를 말이다.

휴가 사라지자 정하가 돌연 냉랭한 얼굴로 연람을 보았다.

“네놈은 왜?”

“뭐가?”

심드렁한 답과 달리 연람은 주먹을 불끈 쥐었다. 뭔가 하고 싶은 말을 꾹 참고 있는 모양이었다. 한괄이 잠자코 술을 건넸다.

“죽상을 하고 있잖아. 역겨워서, 원.”

정하의 직설적인 말에 연람이 제 치장을 살폈다. 무엇 하나 빠진 것 없고 흐트러짐 없었다. 평소보다 과하게 화려하기는 해도 완벽하게 아름다운 모습이었다.

“뭐야, 정하. 난 이렇게 예쁘다고. 정말 예쁘잖아? 홀딱 반해서 매달리고 애원하며 곁에 있게 해 달라고 빌고 싶을 만큼, 그럴 만큼 아름답다고. 그런데 왜 그녀는…… 왜!”

“정신머리가 요상하잖아, 넌.”

당연한 걸 묻느냐는 얼굴로 정하가 짧게 되받아쳤다. 그 말을 듣자 연람의 불꽃 너울이 분노를 담아 하늘 위로 치솟았다.

한괄이 슬쩍 바람을 일으켜 불길을 정돈하고는 목소리를 낮추었다.

"연람. 혹시라도 널 상심케 하는 상대가 휴의 제자라면……."

"명서는 착해. 그 아이는 다정하고 솔직해. 재미있고 사랑스러워."

"그래 봤자 미친 공주의 취향은 아니지."

정하가 툭 거들자, 연람이 체념하듯 고개를 끄덕였다.

"사로는 차가워. 매정하고 딱딱해. 지겨울 정도로 이성적이라 절대…… 날 진지하게 생각하지 않는다고."

정하와 한괄이 연람 몰래 시선을 맞추었다. 표면적인 상태의 심각함을 따지자면 휴가 아니라 연람이었다. 허나 그가 누구를 상대로 이리 깊이 가슴앓이하는지 알 도리가 없었다.

네 명의 신들 가운데 인간사에 가장 관심이 많은 정하가 불현듯 눈을 치켜떴다. 일개 인간의 이름 따위 알지 못하는 게 당연했으나 수호 가문의 후계자 정도는 바뀔 때마다 부러 기억해 두고 있었다. 분명 수 상단의 금번 단주가 젊은 여자였고 그 이름이 사로, 연람이 말한 것과 동일했었다.

"갈게. 달 없는 밤에 보자."

연람이 잔뜩 풀 죽은 채로 불꽃 너울에 올라탔다. 그가 사라지자 한괄이 어울리지 않게 양손으로 턱을 괬다.

"그래서 누구야?"

"몰라."

"시치미 떼지 마. 네가 확인해 보고 말해야 할 만큼 중요한 인물이잖아."

평소에는 곰 같아도 이럴 때의 한괄은 송곳처럼 예리했다. 정하는 신중하게 말을 골랐다.

"휴의 제물식을 주관한 수 상단의 단주와 이름이 같아."

"이형이 얽힌 것만도 난리가 날 텐데…… 후계자라. 한바탕 폭풍이 지나갈지도 모르겠어."

"하여간에 징그러운 것들. 우선 달이 없는 밤을 무사히 보낸 후에 생각해."

정하의 말에 한괄이 고개를 끄덕거렸다. 균열이란 눈에 보이는 것이 아니라 지극히 주관적인 것에 속한다. 그걸 인정하고 안 하고도 개인적인 문제였고 예언과 관련한 해석도 저마다 달랐다.

그들 가운데 처음 이형을 곁에 둔 휴는 예측 불가였고 어울리지 않게 열병에 시달리는 연람도 균열과 무관하다 자신할 수 없었다. 신은 고작 넷. 그들이 관여하는 세상은 수천만의 목숨이 걸려 있으니 마음 편히 지켜보고만 있을 수도 없었다.

"그래도 말이야. 이왕이면 신과 함께 사랑하고 행복하고가 되면 좋겠는데."

"흥. 같잖게."

풀리지 않는 걱정을 안은 마지막 대화가 끝나자 바람과 물도 검은 밤 속으로 사라졌다.

9
장

숲은 여느 때와 같았다. 적막했고 차분했다. 허나 휴에게는 평소와 같은 듯 완전히 새로운 날이 이어지고 있었다.

아침에 눈을 뜨면 작은 것이 깨었을까 궁금했다. 어이없어하면서도 바람 찬 날에는 고뿔에 걸리지 않을까 신경이 곤두섰고, 산책길에 만난 열매나 꽃 따위에도 계집의 얼굴부터 떠올랐다.

일전에 말한 대로 명서는 제 감정 들키지 않으려 열심이었으나 휴는 하나하나 제대로 깨우쳐 탄복하는 날의 연속이었다. 그러면서 한 가지 마음에 걸리는 것이 있었다.

"조심성 없이."

오래도록 끓여 낸 콩물을 덜어 내다 손가락이 벌겋게 된 명서를 보고 휴가 혀를 찼다. 검지와 중지에 불룩하게 벌써부터 물집이 잡혀 있었다.

"이 정도 가지고 뭘요."

"쯧, 말은."

무엇이건 별게 아니고, 어떤 아픔도 대수롭잖다고 말하는 버릇을 알아서 휴는 미간부터 찌푸렸다. 완전무결한 신은 병이나 약에는 무지한 고로 안타까워도 해 줄 수 있는 것이 없었다.

"헤헤."

잡힌 손 빼지 않고 웃는 명서의 작은 얼굴이 가슴에 콕 박혔다. 휴는 그대로 명서의 손을 덥석 잡았다.

"허면 잠시 걷자."

"예? 손, 손은……."

"넘어지는 것을 붙잡아 주는 것도 성가시다. 싫다면 네 놓아라."

절레절레 고개를 흔드는 낯빛이 붉었다. 뿌리치지 않고 종종거리고 따라오는 것이 어여뻤다. 휴는 동그란 이마 위를 헝클이는 명서의 은색 머리카락을 성의 없이 넘겨 주었다.

아직 노을이 질 무렵도 아닌데 하늘이 어둑했다. 날뛰는 어둠이 눈으로도 보일 지경이라 숲이 몹시 어수선하였다.

명서는 맞잡은 손에 힘을 주며 그를 올려다보았다.

"달 없는 밤이 다가오나 봅니다."

"겪어 보았느냐?"

"어릴 때 어머니가 일러 주신 적이 있어요. 정말 캄캄한 밤이라 도망치기 딱 좋다고."

우스갯소리건만 두 사람 다 웃지 않았다. 머쓱했던지 명서가 화제를 돌렸다.

"묵이가요, 스승님께 표식을 얻고 하루하루가 달라요. 뭔가 용맹스러워졌다고나 할까요. 확실히 고양이는 아닌 것 같고 호랑이, 뭐 그 비슷한 종류가 되는 것 같아요."

사신의 방문이 있은 후 휴는 묵이에게 표식을 주었다. 그로써 의지를 가진 주인의 권속이 되었고 지킬 것이 있는 삶을 부여받게 되었다.

"흐음."

휴는 시큰둥하게 반응하며 멀리서부터 꼬리를 흔들어 대는 묵이를 일별했다. 그를 발견한 녀석은 눈치 빠르게 그늘 사이로 몸을 숨겼다.

"그래도 여전히 겁은 많아요."

명서가 맑갛게 웃었다. 태어나길 절망이고 어둠인 저를 향해 그리 맑게 웃는 존재는 없었다.

휴는 제자라 부르는 작은 것의 회색 눈동자를 들여다보았다. 백색에 가까우나 설핏 검은 물이 들어 보이기도 하는 한 쌍의 눈은 그의 모습을 고스란히 되비치고 있었다.

"어, 저, 저기…… 스, 스승님?"

두 뺨을 붉게 물들이며 말을 더듬거렸지만 명서의 눈은 그를 직시하며 솔직하고 흔들림 없이 빛났다. 휴가 수런거리는 심장 속에 그 모습을 각인했다.

터져 나올 것 같은 감정은 도리어 건조한 음성을 자아냈다.

"명일 밤에는 묵이와 함께 있어라. 아침이 밝기 전에는 결코 밖으로 나오지 말 것이며 혹여 내 목소리가 들린다고 해도 무시해야 한다. 알겠느냐?"

"숲의 기운이 높아져 저처럼 평범한 인간은 견디기 힘들다 하신 말씀 잊지 않았습니다. 헌데…… 스승님은 괜찮으신 거, 맞지요?"

"어리석기는. 내 어둠의 힘을 가진 신임을 잊었느냐."

"그건 그렇지만……."

휴는 수긍하는 명서의 머리를 무성의하게 쓰다듬었다. 가소로운 염려라도 절 향한 진심이라 기꺼웠다.

"들어가 보아라."

휴의 음성은 냉담했으나 눈빛은 고요히 깊었다.

걸음이 떨어지지 않는 듯 주춤거리던 명서가 그를 향해 재차 당부했다.

"진짜 무사히 돌아오셔야 합니다."

무에 그리 걱정이라고 명서는 얼굴 가득 수심을 담고 있었다. 손을 잡고 싶은지 다가오다 멈추고 또 뺐다가 머뭇거리기를 반복하고 있었다.

휴는 부러 손끝이 닿을락 말락 한 거리를 유지했다.

"정작 네 걱정할 것은 따로 있을 터인데……."

심술 맞게 중얼거린 휴가 비딱하게 입술을 말아 올렸다.

탐이고, 욕망이라 했던가. 명서가 말하는 것들은 순진하다 못해 안타깝기까지 했다. 순수하게 어둡고 지독한 제 안의 감정을 내보이면 이 아이, 버틸 수나 있을까. 휴의 눈동자가 위험천만하게 빛났다. 그러면서 고약스럽게도 저로 인해 명서가 우는 모습을 꼭 보고 말리라 결심하였다.

"무어라 하셨습니까?"

"쓸데없는 걱정 말라 하였다."

귀찮다는 기색을 역력하게 보이자 비로소 명서가 입을 다물었다. 손끝은 아직도 달싹거리고 있었다.

그리 잡고 싶으면 모른 척 그 순진한 욕망에 따라도 좋을 것을. 휴는 드러나지 않게 웃었다.

잠시 후, 명서가 그를 돌려세웠을 때 휴는 반쯤 손을 앞으로 내밀고 있었다. 그러나 예상과 달리 명서는 그의 왼팔에 무언가를 걸어 주고 물러섰다.

"어머니가 알려 주신 일종의 부적 같은 거예요. 악귀로부터 지켜 준다는……. 처음 만들어 본 것이라 엉성하기는 하지만 본판이 잘난 스승님께는 꽤 어울립니다. 그러니 부디 하고 계셔 주세요."

흰 조약돌을 꿰어 만든 투박한 팔찌였다. 그걸 건네주려고 그리 눈치를 보고 있었던 거였다. 허탈해진 마음을 감추지 못하고 휴가 먼저 명서의 손을 잡아끌었다.

"내 눈에 들어 네 어찌하려고."

"예에?"

어디 한 곳 이지러지지 않고 동그란 눈동자가 이제 갓 눈 뜬 강아지 같았다. 휴는 명서의 보드라운 뺨을 가벼이 쓸고 가느다란 목덜미를 살짝 움켜쥐었다. 손목에서 조약돌이 조그맣게 부딪쳐 소리를 내었다.

"쯧쯧. 달 없는 밤보다 내 네게 위험한 것을 모르고."

"또 어찌 뜻 모를 소리만 하세요. 전 스승님 그러실 때가 제일로 싫습니다. 말씀은 알아듣게끔 하시고 설명은 상대도 납득하게끔 하셔야지, 뭘 그렇게 매번 짧고 무성의하게⋯⋯."

휴는 항의를 무시하고 부드러운 목덜미에 이를 박았다. 명서의 맥박이 고스란히 전해졌다. 찬찬히 들이마시고 음미하고 혀로 동맥을 쓸어내렸다.

세상 어디도 이리 달고 흡족한 온기와 향은 없었다. 굶주린 짐승처럼 허덕이며 갈구하는 제 꼴이 우스워도 싫지 않다.

그래. 얽히고 메여 놓을 수 없게, 네 날 그리 만들고야 말지. 휴는 가까스로 평정심을 되찾고 명서의 옷깃을 여며 주었다. 슬슬 이성이 바닥을 보이고 있었다.

"표식이다. 어둠이 탁해지니 되새겨 두었다."

휴가 가라앉은 목소리로 말하자, 새빨개진 얼굴의 명서가 목과 그를 번갈아 보았다. 어렵사리 고개를 주억거린 명서는 다시 한번 조심하시라 이른 후에야 걸음을 옮겼다.

밤이 가까워지면서 비가 내리기 시작했다. 흙바닥이 파일 만큼 큰 비였다. 숲이 축축하게 젖고 어둠은 요사스러울 정도로 짙었다. 시꺼멓고 삿된 것들이 설치기 좋은 날이었다.

그 속을 걸어도 휴는 완벽히 아름다운 모습이었다.

땅속에서 솟구친 무시무시한 굵기의 검은 덩굴을 단번에 으스러트린 휴가 발끝에 묻은 진흙을 가벼이 털어 냈다.

밤은 이제 막 시작됐고 빛은 없었다. 결계 안에서 자연스럽게 정화를 거치고 있는 것들과 달리 북쪽 깊은 땅속 별도의 공간에 가두어 오랜 시간 강제적으로 정화를 해야 하는 것들이 이런 때 곧잘 탈출을 시도하곤 했다.

달 없는 밤, 휴의 신력이 너무 강해지므로 도리어 삿된 것들이 결계 안에서 힘을 얻는 것이었다.

휴는 눈알을 노리는 검은 형상의 날개를 쭉 찢어 버리고 뱀처럼 다리를 타고 오르는 것을 재로 만들어 짓이겼다. 순수하게 악이고 흉이며 어둠인 것들이 날뛸수록 그의 신력도 가파르게 올라갔다.

어차피 근본은 그 역시 어둠이고 절망이었다. 달 없는 밤, 신력을 개방해 휘두르고 밤새 찢고 터뜨리고 태우다 보면 스스로가 그악한 것들과 다름없음을 절감하곤 했다.

신들이 달 없는 밤마다 경계 밖을 겹겹이 지키는 것은 만일의 경우 휴를 그 안에 봉하려는 것이었다. 그만큼 휴는 강하고도 위험한 힘을 가지고 있었다.

검고 암울해 끝이 보이지 않는 적막 속에서 스스로 걸어 나온 휴보다 더 어둠에 가까운 존재는 없었다. 그러기에 홀로였고 무료했으며 바라는 것 없었다. 여태까지는 늘 그러하였다.

검은 얼음이 휴의 주변으로 높다랗게 탑을 쌓았다. 휴는 무감한 얼굴로 그것들을 산산이 조각내 공중에 흩날렸다.

명서가 준 하얀 팔찌가 투박한 소리로 부딪쳐 울렸다. 분명 칠흑 같은 밤인데 희미하게 빛이 나풀거렸다.

휴의 날카로운 눈매가 잠시 잠깐 누그러졌다. 명서의 자그마한 얼굴과 말갛게 웃는 모습이 선했다. 지금쯤이면 침상에 누워 서책이라도 볼 테지. 부지런히 따다 말린 산열매를 오물거리며 흘러내리는 머리카락을 힘껏 쓸어 올리고 혼잣말도 중얼거려 가면서. 그러다 묵이 녀석이 앓는 소리를 내면 돌아봐 주고 쓰다듬어 주고 열매 몇 알 입에 넣어 줄 것이다.

문득 심기가 불편했다. 휴는 제게 이빨을 드러내고 달려드는 거무께한 형상의 목을 팔찌를 차지 않은 손으로 뜯어냈다. 명서 주변을 태연히 맴돌 묵이 놈을 생각하니 까닭 없이 속이 들끓었다.

"건방진 것."

휴가 새빨간 입술을 일그러트리며 중얼거렸다. 떼를 지어 몰려오는 삿된 것들을 형체도 없이 터뜨려 밟아도 속이 풀리지 않았다. 점점 더 수가 늘어나는 괴이한 것들을 능숙하고 덤덤히 상대하면서도 끝없이 이를 갈았다.

팔찌 낀 왼팔은 아예 뒷짐을 지고 휴는 깊어 가는 밤하늘을 가로질러 날았다. 연리지에서 가능한 멀어져 소란이 들리지 않게 하려 함이었다. 그가 움직이자 땅에서 숲에서 하늘에서 시꺼먼 것들도 출렁거렸다.

빗줄기는 더욱 거세어졌다. 휴는 사방에서 튀어나오는 형체들을 가지에 꿰어 한곳으로 몰고 검게 불태웠다. 그의 입술 사이로 낮은 한숨이 새어 나왔다. 하나가 도망쳤다. 구덩이 속에서도 다른 것들을 아귀처럼 뜯어 먹고 힘을 흡수해 덩치를 불린 끈질기고 악독한 놈이었다. 죽이거나 나락에 처넣지 않으면 끝도 없이 설쳐 댈 것이었다.

놈이 비 가운데로 숨었는지 기척이 느껴지지 않았다. 휴는 연리지가 있는 방향을 쳐다보았다. 지난번과 같은 일을 방지하고자 신력을 거미줄처럼 펼쳐 연리지 위로 걸어 두었다. 명서의 몸에도 신의 표식을 진하게 남겼고 위급할 시에는 직접 힘을 쓸 묵이 놈도 붙여 두었다.

그럼에도 마음 한구석은 불안했다. 삿된 것의 잇자국이 선명하게 남았던 일전을 떠올리자 휴의 눈동자가 팽팽한 활시위처럼 날카로워졌다.

제 몸이야 반으로 조각난다 해도 목숨 줄 붙어 있는 한 회복될 테지만 인간은, 명서는…… 그 작고 씩씩한 것은, 삿된 것들이 발톱 한 번 휘둘러도 위험할 것이다.

거기에 더해 스스로의 각오가 그러했다. 명서에게 아주 작은 생채기 하나도 나게 하고 싶지 않았다.

휴는 쏟아지는 빗줄기를 가벼이 걷고 주변을 돌았다. 캄캄한 어둠 사이사이가 빼곡한 그늘인데 그의 눈은 모든 것을 꿰뚫어 보는 듯 천천히 움직였다.

쉬이익. 비늘이 긁히는 소리가 들렸다. 휴는 몸을 틀어 나무를 타고 오르는 검은 형상을 움켜잡았다. 거뭇고 흉측한 이빨을 드러낸 놈이 미친 듯 펄떡이자 여전히 뒷짐을 진 왼팔까지 진동이 전해져 팔찌가 희미하게 울렸다.

아주 잠깐 시선을 판 사이 놈이 제 몸뚱어리 반을 잘라 휴의 목덜미를 덮쳐 왔다. 다급히 왼팔을 뻗어 막자 놈의 이빨이 팔찌 달린 팔목째를 물어뜯었다.

그사이 휴는 이미 잘린 반절을 잿더미로 만들고 제 왼팔을 게걸스럽게 먹어 치우는 놈의 머리통에 손톱을 박았다. 갈기갈기 찢고 태우고 부수어 짓이기자 샷된 것이 끔찍한 비명을 울렸다. 놈의 눈알을 들어 시선을 맞춘 휴가 말했다.

"똑똑히 보거라. 감히 내게 덤벼든 대가를."

입술을 비틀어 웃은 휴는 눈알을 파헤쳐 더운 기를 뻗는 줄기 하나하나를 끊어 냈다. 마침내 샷된 것이 처참한 꼴로 널브러지자 휴는 밤을 그어 불씨를 피웠다.

모조리 태워 재로 만든 후에도 분이 풀리지 않았다. 뼈가 다 드러나 피가 흐르는 제 팔 때문이 아니었다. 휴의 매서운 눈동자가 엉망진창이 된 팔찌로 향했다.

팔을 내 준 덕분에 줄은 끊어지지 않았으나 장식한 조약돌은 핏방울이 튀고 살점이 묻은 채로 모다 깨져 있었다.

휴는 이미 가루가 된 것을 다시 한번 검은 불길에 던졌다. 재날리는 하늘 너머로 새벽이 오려는 듯 숲이 어슬어슬했다.

유혼한 신의 눈동자가 연리지에서 아직 불 밝히고 있는 명서의 처소를 담았다. 겨우 그의 손이 어둠 내리긋는 것을 멈추었다.

휴는 그대로 물기 많은 어둠을 잘라 몸을 실었다. 아니나 다를까. 문 앞에서부터 말소리가 들려왔다.

"묵이야, 그건 안 돼. 스승님 드릴 거라니까. 언제 오실지 모르니 차도 죽도 따뜻하게 해 놔야 한단 말이야."

"……쓸데없이."

나지막하게 읊조리는 휴의 입술 위로 부드러운 미소가 얹혀졌다.

다음 말은 문에 기댄 채로 명서가 들을 수 있게 했다.

"미련 떨지 말고 이제 자거라."

"스승님!"

말 떨어지기 무섭게 문을 열고 나온 명서가 환히 웃었다. 휴는 짐짓 엄한 표정으로 명서의 이마를 쿡 눌렀다.

"이 밤에는 누가 불러도 나오지 말라 하였거늘."

열린 문틈으로 주인을 발견한 묵이는 재빨리 사라져 화를 면했다. 명서는 긴 변명 대신 싱긋 웃었다.

"그게 스승님 목소리는 확실히 알 수 있어서……. 앗! 이거……."

명서가 소스라치게 놀라 휴의 왼쪽 팔을 가리켰다.

"별것 아니다."

"뼈가 다 보일 정도의 부상이 어찌 별게 아닐 수 있어요. 다른 곳은요? 다른 다친 곳은 없나요?"

담담한 휴와 달리 명서는 목소리는 물론 손까지 떨고 있었다. 이리저리 살피는 명서의 눈가가 빨개졌다.

"내가 신이란 것을 잊었느냐. 한 시진도 안 가 회복될 테니 소란 떨지 마라."

"신이라도 아프고 무서운 건 느끼잖아요. 그런데 왜 그렇게 남 일처럼 말씀하세요. 스스로에게 어쩌면 이렇게 냉랭하세요. 왜……."

명서는 애써 목소리를 억누르고 있었다. 말을 끝내지 못한 명서가 휴를 방으로 데려간 후 자리에 앉혀 상처를 살피기 시작했다.

명서가 팔뚝이 다 드러나게 휴의 옷을 자르고 너덜너덜해진 환부를 깨끗한 물과 수건으로 닦아 냈다. 옹이를 그대로 살려 만든 투박한 서랍에서 약초를 꺼내 작은 절구에 찧고 상처 위에 올렸다. 희고 깨끗한 천으로 왼팔을 조심스럽고 꼼꼼하게 감싸는 동작이 자못 신중했다.

지난번 필요한 것을 적어 내라 하였을 때, 간단한 약초며 도구 따위도 함께 갖추어 둔 것이리라. 평생을 도망쳐 숨어 지내며 크지 않은 상처 정도는 혼자 돌볼 수 있게 됐다고 자랑 아닌 자랑을 하던 명서가 떠오르자 휴의 눈빛이 조금 어두워졌다.

그사이 몸을 일으킨 명서가 책상 위에서 아직 하얀 김을 뿜는 죽 그릇과 차 한 잔을 챙겨 휴 앞에 내밀었다. 아까부터 명서는 입술을 꾹 다문 채로 단 한마디 말이 없었다.

"어찌 아무 말이 없느냐?"

휴는 멀어지는 명서의 손을 잡았다. 고개를 푹 숙인 명서는 눈도 맞추지 않은 채로 손을 빼내려 했다. 휴가 조금 더 제 쪽으로 당기고 또 한 번 물었다.

"어째서?"

고집스럽게 입을 다문 명서는 여전히 대꾸가 없었다. 어떤 표정으로 무슨 생각을 하는지 알 수 없으니 공연히 갑갑하였다. 휴는 제게서 벗어날 궁리만 하는 명서를 물끄러미 보다 다시 입을 열었다.

"명서야."

그리 부르자 잡힌 손이 움찔거렸다. 그럼에도 눈동자는 아직 보이지 않았고 입술 한 번 열리지 않았다.

"명서야."

"……."

어깨를 떨구고 땅만 보던 명서가 천천히 고개를 들어 그를 보았다. 끝없이 흐르는 눈물로 눈가는 이미 흥건했고 소리 내지 않으려 꾹 깨문 입술 사이에서 피가 배어 나오고 있었다.

심장이 삭아 앉는 느낌이었다. 휴는 저도 모르게 명서의 뺨을 보듬었다. 손가락 사이로 눈물이 번져 흘렀다.

"너무…… 속상해서…… 이렇게 그냥 혼자…… 평생을 그렇게…… 아픈 채로 두었을 스승님이 너무…… 너무나…… 흐흐흑."

더는 참지 못하겠던지 명서가 엉엉 소리 내어 울었다. 붕대 위로 피가 번진 그의 왼팔을 보며 하염없이 울고 있었다.

휴가 느릿하게 눈을 감았다가 떴다. 이제는 도리가 없겠다. 지독히도 뜨겁게 차오르고 넘쳐서 도저히 여유를 부릴 수 없다. 그의 새빨간 입술이 말을 맺기 위해 열렸다.

달 없는 밤을 지난 숲은 비에 젖은 채, 새 아침을 맞이하고 있었다.

10
장

대학사 인우의 표정이 시시각각 변했다. 원하는 것을 거두기 위한 대가는 그로서도 어마어마했다. 돈이며 정성은 말할 것도 없고 후계자가 가지는 힘을 수명이 단축될 만큼이나 쏟아부어야 했더랬다. 그런데도 소식 한 줄이 없었다.

　"지금쯤은 와야 해."

　달 없는 밤이 곧 끝날 것이다. 언제나처럼 동이 트고 해가 비칠 것이다. 허면 또 다음은 언제 올지 몰랐다. 그때까지 과연 수호 가문들이 무사할지도 알 수 없었다.

　인우가 딱딱 이를 부딪쳐 가며 신경질을 내고 있을 때였다.

　"도착했습니다. 다만 겨우 두어 사람만 살고 나머지는……."

　종복이 다급히 달려와 고했다. 인우는 만면에 미소를 띤 채 손을 저었다.

"그야 적당히 돈푼이나 쥐여 주면 해결될 일이고. 그래, 왔단 말이지."

서고 지하로 걸음을 옮긴 인우는 부채를 펴서 얼굴을 가렸다. 지독한 악취가 입구에서부터 풍겨져 나왔다.

서고 주변을 에워싼 이들 역시 검은 옷에 검은 복면 차림이었다. 다들 손에서 옅게 빛나는 회색의 줄기를 뻗어 내고 있었다. 사람 사이사이에는 오래전부터 내려온 가문의 비보나 제물식에 썼던 장식, 주문 따위가 놓여 있었다.

"얼마나 걸릴까요?"

인우는 그중에서 가장 강력한 빛을 쏘아 내는 사내에게 말을 걸었다. 서고로 불러 모은 사람들은 모다 예 가문의 핏줄로 신력을 조금씩이나마 부릴 수 있는 자들이었다. 인우가 갖은 협박과 감언이설을 한 끝에 다들 모여 그의 계획에 따르고 있었다.

"네 힘을 빌려 달 없는 밤을 타고 결계에 걸린 것을 빼돌리기는 했으나 이미 그 형체조차 없음이야. 이리 힘을 공급해 주면 모습이야 갖출 테지만 수월치는 않을 게다. 게다가 그것이 네 말을 순순히 따라 줄지는 의문이구나."

"백부님. 백면서생인 제가 그래도 잘하는 것이 있는데 말씀입니다. 바로, 농간과 계책이지요. 손수 구한 군침 흘릴 먹이를 주되 어차피 제가 아니면 죽을 목숨이란 것을 엄하게 가르치면 아무리 멍청한 놈이라도 따르기 마련입니다."

"그도 그렇다만, 다른 가문에서 알기라도 하는 날에는……."

모두가 하는 걱정이어서 설명하기도 짜증스러웠다. 인우는 부채로 살살 바람을 일으켜 가며 쏘아붙였다.

"큰일이지요. 그러니 이토록 은밀하게 처리하는 것 아니겠습니까. 신 곁에 우리보다 가까운 존재라니, 가당치 않아요. 허니 일이 성공하면 수 상단이나 모 가문에게도 값을 톡톡히 받아 내야 할 겁니다. 저들은 움직이지도 않고 눈엣가시 같은 이형을 해치우게 생겼으니."

"그래, 네 뜻이 그렇다면 예 가문에서 반대할 사람이 있겠느냐. 헌데 만에 하나 신께서 아신다면 과연 그 화를 감당할 수 있을는지."

"노쇠한 말은 겁도 많다더니, 천하의 백부님도 별수 없으시군요. 그래서 다 스러져 가는 어둠의 부스러기를 긁어 온 것 아닙니까. 워낙에 존재가 미미해 사라진 것조차 몰랐던 놈이 돌아가 이형을 죽이고 신께서는 그 원흉인 이것을 멸하고, 무엇 하나 예 가문이 관여한 흔적을 찾을 수 없게 될 겁니다. 그런데도 백부님께서 이리 말로 걱정만 할 참이면 계획에서 빠지셔도 좋습니다. 물론 망나니 짓으로 하옥된 막내아들은 결코 만나실 수 없을 테지만요."

예 가문에서도 입지 높고 강직한 백부를 포섭한 것은 평소부터 행실이 엉망인 그의 삼남을 함정에 빠트린 덕분이었다. 당연히 백부는 그 사실을 알지 못하고 벌써 몇 번째의 하옥으로 더는 손을 쓰지 못해 발만 동동거리고 있었더랬다. 그럴 때 인우가 접근해 계획을 논하고 힘을 보태는 즉시 풀어 주기로 약조하였다.

인우가 신경질적으로 말하자 백부가 금세 꼬리를 내렸다. 웅성거리던 이들도 저마다의 사정을 생각하며 말없이 자리로 돌아갔다.

그들을 주욱 둘러본 인우는 서고 중앙으로 걸어가 증조부가 남긴 사각의 단자를 집어 올렸다. 그 안에는 기괴할 만큼 새까만 가루가 산 것처럼 팔딱거리고 있었다.

체온을 느낀 그것이 일시에 검날처럼 모습을 바꾸어 덤벼들었다. 몸을 피한 인우가 손짓을 하자 사방에서 날아오던 기운이 멈추었고 그것은 다시 조각조각 나 부르르 몸을 떨었다.

지켜보던 인우가 손을 들어 올리자 사방에서 빛이 날아왔다. 그것은 금세 기운을 차려 달려들었고 인우는 재차 손짓으로 빛을 멈추게 했다.

그 과정이 수없이 반복됐다. 원을 그려 섰던 이들은 중간중간 교체됐으나 인우는 결코 그것이 담긴 단자를 내려놓지 않았다.

반드시 각인은 제 손으로 남겨야 했다. 남의 말 잘 듣는 개는 필요 없었다. 주인 되는 제 말만 착실히 따르도록 그리 길을 들일 것이다. 인우는 탐욕이 가득한 눈을 빛내며 또다시 단자의 뚜껑을 열었다.

해가 중천인데. 그 말만 벌써 몇 번째인지 몰랐다. 가뭇가뭇 정신이 들다가 또 눈꺼풀이 닫히고 다시 열리기를 반복했다.

'좋아하는 사람과 하는 것이라면 상관없겠지.'

꿈결에도 스승의 목소리는 소름 돋게 매혹적이었다. 어쩌면 꿈이라는 것이 이토록 선명한지, 코앞까지 다가와 홀리듯 바라보는 휴의 눈동자와 새빨갛고 탐스러운 입술에 가슴이 뛰었다.

꿈이니까. 꿈이란 핑계로 욕망에 져 줄 만반의 준비를 마쳤다.

명서는 천 조각으로 만든 베개를 바짝 끌어안으며 뒹굴었다. 꿈속에서 휴와 나눈 입맞춤은 전에 없이 진했다.

입술을 포개고 숨을 옮기던 그가 혀를 뒤얽어 도망치지 못하게 잡았다. 달디단 꿀물을 들이마시듯 한없이 휘젓고 깊숙이 파고들어 어질어질했다. 혀가 엉키는 질척한 소리가 들릴 때쯤엔 입술이 찢어졌는지 피 맛이 났다.

그즈음 허리를 끌어당기는 강한 팔에 무너지듯 안겼다. 호흡이 가빠져서 제대로 숨을 쉴 수가 없었던 것이다.

명서는 버둥거리다가 번쩍 눈을 떴다. 식은땀마저 나고 있었다. 겨우 일어나 앉아 자리끼 한 모금 마시며 정신을 가다듬었다.

"꿈인데…… 거참, 선명했단 말이야."

잠깐의 망설임 끝에 입술을 더듬었다. 묘한 느낌이 들었다. 평소보다 부풀어 있었고 꿈에서처럼 입술 끝이 살짝 갈라져 있었다.

"그, 그럴 리가 없는데."

화끈해진 뺨을 두 손으로 감싸고 필사적으로 전일의 일을 더듬었다. 그래, 분명 스승님께서 돌아오시고 상처를 살피다 속상해졌고 그러고는…….

오랜만에 아이처럼 목 놓아 울었더니만 기운이란 기운은 죄 빠져 제대로 설 힘도 없었더랬다. 휴가 가볍게 혀를 차며 팔을 잡아

주던 것까지는 분명 기억이 났지만 그 뒤로는 현실과 꿈의 구분이 되질 않았다.

"으으아."

명서는 기이한 고함을 지르며 풀썩 침상으로 엎어져 이불을 다시 머리끝까지 뒤집어썼다. 부끄러운 와중에 설레고 기대하는 와중에 염려되고, 복잡한 마음 때문에 이불 밖으로 나온 두 발이 쉴 새 없이 동동거렸다.

"안 되겠다."

이불을 걷고 나온 명서의 머리카락은 부스스해져 엉망이었다. 두 볼이 상기된 채로 철벅철벅 세안을 마치고 다부지게 머리도 다시 묶었다. 옷매무새는 완벽하게 단정했고 눈에는 힘을 잔뜩 주었다. 걸음은 또 어찌나 자로 잰 것마냥 반듯한지, 스스로 감탄하며 정확히 스물두 걸음으로 휴의 방 앞에 섰다.

이제 손기척을 하고 무심하게 무슨 일이냐 하시는 스승님 말씀이 들리면 문을 열고 들어가서, 들어가서는, 들어가면…….

명서는 두 손으로 얼굴을 가리고 주르륵 문 앞에 미끄러져 앉았다. 한숨 한 번 쉬고 일어서다 다시 주저앉아 한숨 두 번 쉬다 보니 복도 끝에서 꼬리를 휘두르는 묵이가 보였다.

왜 평소처럼 다가오지 않고 멀찌감치 있을까. 고개를 갸웃거리는데 등 뒤로 서늘한 바람이 불었다. 명서는 달아나는 묵이와 다가오는 사내를 번갈아 보았다.

"성가셔."

지척에서 멈춘 휴가 바닥에 떨어진 끈을 공중으로 띄워 손바닥에 걸었다. 어느새 풀어 헤쳐져 나풀거리는 명서의 머리카락을 삐딱하게 바라보던 그가 손가락 사이로 그것들을 천천히 내려보냈다.

"아, 제가……"

"되었다."

목덜미까지 붉어진 명서가 뒤돌지 못하게 바짝 다가간 휴가 태연히 머리를 묶어 주었다. 무성의한 말투와 달리 세심하고 부드러운 움직임이었다.

명서는 얌전히 다시 묶인 머리카락을 한 번 만져 보고 슬쩍 뒤를 돌아 스승을 보았다. 팔짱을 끼고 저를 건너보는 그는 여느 때와 같았다.

"저, 스승님."

떨어지지 않는 입술을 억지로 떼어 말을 꺼냈다. 명서는 여유롭고 아름다운 사내의 얼굴을 응시했다. 말도 않고 혼자 속앓이만 하는 것은 맞질 않으니, 천하에 둘도 없는 바보가 되어도 제대로 여쭈어야겠다.

"지난밤 혹시…… 아니지요?"

"무엇을?"

단번에 탁 치고 되물어 오는 휴가 심술궂고도 어째 조금 즐거워 보였다.

"흐으으음. 그것이…… 제가 엄청나게 울고 난 후에 스승님께서……"

"내 네게 무엇을 하였더냐?"

역시 꿈이었을까. 시큰둥하게 말하는 스승이나 그 표정이 오묘해 쉬이 결론을 내릴 수가 없었다. 결국 명서는 새빨개진 얼굴로 그의 눈을 직시했다.

"입맞춤이요."

"음."

했다거나, 아니라거나가 아니라 단지 짧은 감탄사뿐이었다. 스승은 그것만 내뱉고 저를 물끄러미 보기만 하였다.

헛짚었구나. 몰려드는 민망함에 명서가 눈을 질끈 감았다.

아니, 해괴할 정도로 선명한 그 기억이 꿈이라면 욕정을 잘 참고 있다는 반증 아닌가. 부끄러워 말자.

어설픈 자기 위로 끝에 눈을 번뜩 뜬 명서가 화들짝 놀라 휘청거렸다. 코앞까지 다가온 휴가 웃고 있었던 것이다.

"감히 잊었다?"

"예?"

정말 숨 막히게 유혹적인 미소였으나 동시에 위협적이었다. 명서는 저도 모르게 모든 동작을 멈추었다. 그러자 휴가 단단한 팔로 명서를 가두어 버렸다. 그리고는 입술에 닿을 듯 말 듯 거리를 좁혀 말했다.

"그것이 꿈인지 생시인지 알 길 없어 내게 묻고자 했을 만큼 별 감흥이 없었느냐?"

"그, 그럴 리가요. 단지 꿈이라도 평생 잊지 못했을 것…… 히윽. 난 또 뭐라고 하는 거야. 아무튼 용기 내어 묻고 있잖습니까. 그러니 그만 좀 놀리셔요."

입맞춤의 진위를 떠나 휴는 분명 놀리고 있었다. 명서는 괜히 복받쳐 오르는 억울함을 누르고 휴의 가슴을 슬쩍 밀쳤다.

"명서야."

손끝을 붙든 사내가 부른 이름이 파문처럼 심장에 번졌다. 그것이 어떤 열쇠였던 것처럼 끊어졌던 기억이 빠르게 이어졌다.

한참 후 명서가 혼란한 눈으로 쳐다보자 휴가 새빨간 입술을 그림처럼 움직여 말했다.

"몇 번이고 기억을 되살릴 입맞춤을 해 주마. 원한다면 그보다 더한 것도."

"흐아아."

명서는 뛰어오르지도 주저앉지도 못한 엉거주춤한 자세로 고개를 숙였다. 제 그토록 좋아하는 사람이 같은 마음으로 여기 마주서 있다니. 그토록 선정적이고 짙은 입맞춤을 그와 나누었던 거라니, 도무지 실감이 나질 않았다.

감히 바라지 않았고 그래서도 안 된다고 생각했었다. 욕심 없고 순수한 짝사랑일 뿐이라고 믿었다. 그건 아주 속이 훤히 들여다보이는 가림막 같은 거였나 보다. 정말은 돌아봐 주기를, 그도 저와 같은 마음이기를 소망했었던 게 분명했다.

가슴이 따끔할 정도로 설레고 벅차서 무슨 말부터 해야 할지 알 수 없었다.

"기쁘다. 기뻐요, 진짜."

가감 없는 지금의 기분, 그것밖에는 말할 수가 없었다. 명서는 유혼(幽昏)한 휴의 눈동자를 가만히 들여다보았다. 빼곡하게 검고 어두운 빛이 부드러워 꼭 웃고 계시는 것 같았다.

"저기, 제가 정말 꼭…… 행복하게 해 드릴게요."

명서가 책임감에 충만해 진심 어린 각오를 밝히자 휴가 소리 내어 웃었다. 어색하게 머리를 긁적이던 명서도 곧 따라 웃고 말았다.

말간 오후의 햇살이 연리지 위로 폴폴 날아왔다.

"뭣들 해. 딱 붙어 서서."

연람의 심드렁한 목소리가 들려왔다. 매섭게 미간을 찌푸린 휴가 명서를 등 뒤로 돌림과 동시에 손을 뻗어 이글거리는 검은 연기를 쏘았다.

"저놈의 성질머리."

가까스로 시꺼멓게 타들어 가는 연기에서 벗어난 연람이 입술을 샐쭉하며 가벼이 날아 두 사람 앞으로 왔다. 휴가 재차 검은 것을 쏘기 전에 얼른 명서가 나서서 인사를 했다.

"오셨어요."

대번에 휴가 명서를 노려보았다. 그러거나 말거나 탁탁 두 손을 마주치며 생긋 웃어 보인 명서는 차를 내어 오겠다 말하고 자리를 떠났다.

휴의 방에서 멀어지자 곧 묵이가 따라붙었다. 명서는 녀석의 목덜미를 부드럽게 어루만져 주고 아래가 둥근 찻주전자에 물을 채웠다. 손은 분주했고 입은 연신 헤실헤실 웃고 있었다.

"으힛."

묵이가 빤히 보자 명서가 저도 모르게 요상한 소리를 내며 입술을 가렸다. 그래도 또 새고 새어 나오는 웃음. 행복했다.

마음에서 색이 돋아난다면 지금의 빛깔은 오색찬란해 눈이 부실 게 분명했다. 금사도 아니고 은사도 아닌 그저 평범한 제 마음의 것이라도 말이다.

연잎 모양의 접시에 가지런히 유밀과를 담고 잔이며 다기들을 챙겨 내는데 손이 미끄러져 주전자를 놓치고 말았다.

퍽. 요란한 소리와 함께 사방으로 물방울이 튀며 주전자가 산산조각 났다. 묵이가 재빨리 앞발을 굴렀으나 파편 하나가 손등을 죽 그어 내리고 말았다.

명서는 낑낑거리며 걱정하는 녀석을 안심시키고 허리를 숙여 깨어진 것을 주워 담았다.

"겨우 긁힌 건데 뭐. 염려 마. 우리 묵이 덕분에 이만하네. 산딸기 잔뜩 따 줘야겠다."

좀 들떴던 모양이다. 명서는 가슴 한구석에서 피어오르는 불길함을 떨쳐 내고 씩씩하게 몸을 움직였다. 그런데 갑자기 문이 날아가고 스승 휴가 무시무시한 얼굴로 서 있었다.

"멀쩡한 문은 어찌 부수고 그러십니까?"

기함하며 가루가 된 문짝을 가리키는데 휴가 다짜고짜 명서의 여기저기를 살피기 시작했다. 뭐라 밀어 내기 힘들 정도로 엄한 표정인데 손길은 또 조심스럽고 부드러웠다. 그에 설레고 행복한 한편 어쩐지 심장이 따끔하였다.

명서는 천천히 까치발을 하고 휴를 똑바로 보았다.

"저, 괜찮습니다."

묵이가 기운을 쓰자 그것을 통해 바로 상황을 알아채신 모양이다. 명서는 부러 더 환하게 웃으며 농을 쳤다.

"하지만 스승님이 더 이상 치마를 들추어 보시면 아니 괜찮을 것 같아요. 박치기를 해 버릴지도 모르겠어요."

그 말에 휴가 종아리 위로 말려 올라가던 치마를 툭 쳐 내리고 물러났다. 관자놀이를 꾹 누른 그가 입을 열었다.

"조심성 없기는."

"걱정해 주시는 겁니까?"

재차 웃었으나 어쩐지 울음이 나올 것 같기도 하였다. 하나하나 소중해서, 한 순간 한 순간 귀해서 지나가는 시간이 아깝고 안타까워 알 수 없이 마음이 다급했다.

어째서일까. 명서는 까닭도 없이 이 풍경, 이 감정이 낯설지 않다는 생각을 했다.

평범한, 아니 평범치는 않으나 신과 연 닿은 적 없던 자신이 기시감이라니. 명서는 애써 상념을 지워 냈다.

휴가 상처 난 손등에 입술을 가져다 댔다. 더운 입김이 닿을 적마다 소스라치게 놀라며 바르작거리는 명서의 허리를 한 손으로 가볍게 안은 휴가 혀끝으로 살살 피를 핥았다.

눈이 마주쳤다. 명서가 붉어진 얼굴로 옅게 웃자 휴가 손을 잡은 채로 입을 맞추었다. 희미하게 혈 향이 감돌았지만 달고 또 진한 입맞춤이었다.

"명서야."

"예."

휴의 목소리는 한없이 아득했다. 까만 허공에 빛이 퍼지는 것처럼 몽환적인 느낌이었다.

"명서야."

사이사이 숨처럼 끼워 넣은 그 부름이 좋아서 명서는 열에 들뜬 채로 웃었다. 착각이 아니라 그럴 때마다 스승도 웃고 계셨다.

어찌 그리 아름답게 웃는지, 가슴이 설레다 못해 아릴 지경이었다.

찻물이 식은 지는 오래고, 기다리다 못한 연람이 문을 두드리고 나서야 두 사람은 떨어졌다.

겨우 차를 마시며 담소를 나누게 되었으나 연람의 표정은 썩좋지 못했다. 고민이 있다는 증거로 연신 곱게 다듬은 손톱을 지분거리고 있었다.

"그, 저기, 인간 세상은 어떤 거 같아?"

명서는 접시를 내려놓으며 무던히 답했다.

"단주님이라면 잘 지내고 있어요."

"누가 그런 냉랭한 여자 따위 궁금하다던."

"그러세요."

명서가 답하기 무섭게 휴가 그녀를 제 옆으로 딱 데려다 놓고 삐딱한 시선으로 연람을 보았다. 눈빛으로 어서 꺼지라 무언의 압박을 하고 있었다. 연람은 슬쩍 시선을 피하고 물었다.

"그래, 그 잘난 여자는 왜 도통 안 오는 거래?"

"바쁘다나 봐요. 상단 일도 그렇고 여러 가지로."

"꼬박꼬박 네게 서찰 쓸 시간은 있고 말이지."

성기게 땋아 내린 머리카락에 장식한 구슬을 튕기며 연람이 입술을 삐죽거렸다. 명서는 웃으며 빈 찻잔을 채워 주었다.

"그리 궁금하고 답답하시면 직접 연통해 보셔요. 마침 금일 보낼 것이 있으니 함께 보내면 되겠네요."

말을 마친 명서가 서간지를 건네자 연람은 고개를 절레절레 저어 보였다.

"흠. 내가 무엇이 아쉬워서."

그러나 연람의 눈은 희고 평범한 종이에 고정돼 있었다. 시선을 눈치챈 명서가 그에게 서간지를 던지듯 내주고 일어섰다.

"다른 하실 말씀 없으면 이만 일어서 보겠습니다. 해는 중천인데 아직 오늘 일은 시작도 못 해서요."

명서가 나가자 휴도 자연스럽게 따라 일어났다. 그는 문 앞에 서서 연람을 냉담하게 바라보았다.

"답답한."

"내가 뭘!"

"예서 주절거리지만 말고 직접 불러 물으면 될 것을."

심드렁히 내뱉은 휴가 어둠을 패어 만든 공간에 손을 넣고 수천의 서간지를 집어 내던졌다. 연람이 펄럭이는 종이 더미 안에서 길게 한숨을 내쉬었다.

"알아, 아는데……. 붙잡으면 잡혀 줄까. 아니 애초에 왜 내가…… 나처럼 아름답고 매혹적인 신이 매달려야 하는 상황 자체가 말이 안 되잖아? 그깟 여자가 뭐라고 이렇게 종이 한 장 써 보내는 일도 쉽지가 않은 거냐고."

"쯧."

휴는 대답 대신 연람을 싸늘히 일별하고 방을 나섰다.

"무정하기는."

연람은 울상이 되어 종이 더미 위에 드러누웠다. 고민에 빠진 자신을 두고 사라져 버린 휴도 야속했고 한 번을 먼저 연락하지 않는 사로도 미웠다.

한동안 미친 것처럼 종이를 찢어발기던 연람이 어깨를 축 늘어트렸다.

"그래, 내 고작 인간에게……. 하지만 휴, 네 처지는 뭐 다른 줄 아냐."

투덜거리며 멀쩡한 서간지를 낚아챈 그가 불꽃처럼 환한 주홍빛 깃털 달린 붓을 움직이기 시작했다.

같은 시각, 사로는 홍 상단에서 보낸 서찰과 값비싼 선물 그리고 청혼서를 보고 한숨을 내쉬었다.

"하아아."

"벌써 몇 년째, 지치지도 않고 보내오네요."

시중들던 유모가 걱정을 하자, 앞섶의 진주 단추를 꿰던 사로가 담담히 답했다.

"수호 가문의 입지가 위협받고 있다고 여긴 예 가문의 가주가 더욱 이를 부추기는 걸 테지."

홍 상단은 예 가문의 외가 쪽 핏줄로 꾸준히 사로에게 혼담을 넣어 왔다. 대륙 최고의 상단인 수 상단과 연을 대려는 것도 있었으나 홍 상단의 장남이 사로에게 단단히 반해 있었던 때문이었다.

물론 그간 단칼에 거절해 왔고 공적인 일 외의 만남은 삼가 왔다. 허나 홍 상단에서 보낸 이번 서찰은 그런 태도를 바꿔야 할지도 모른다고 말하고 있었다.

"이번에 연가에 독점을 약속한 물건, 그쪽으로 얼마나 들어갔지?"

사로는 집무실에 들어서기 무섭게 책임자를 호출했다. 먼바다 작은 섬에서 나는 귀한 산호석을 수 상단이 공급하면 보석류의 가공에 능통한 연가가 세공해 약정한 값으로만 판매하기로 계약을 했더랬다.

올해 들어 가장 큰 건이라 사로나 상단 모두 꽤 공을 들였었다. 첫 물량이 공급되고 다섯 달이 넘은 지금 시점에서 연가의 산호석은 귀족들 사이에서 큰 호평을 받고 있는 인기품이었다.

그런데 연가가 아닌 곳에서 산호석이 대량으로 팔리기 시작했고 심지어 그 값이 터무니없이 싸 이만저만 골치가 아니었다. 헌데 홍 상단에서 조만간 만나 뵙기를 청한다는 서찰과 함께 산호석으로 만든 비녀를 보내온 것이다.

"홍 상단이 부러 일을 꾸민 듯합니다. 섬에서 발행한 문서를 보면 저희에게 공급하는 등급품 외의 산호석은 거의 조각이라 그 양도 많지 않다 하니 이 소동 자체는 얼마 가지 않을 것 같사오나, 마냥 기다리다가는 보상금은 차치하고 저희 상단의 명성이나 신용에 큰 타격이 예상됩니다."

사로는 두꺼운 종이 뭉치와 복잡한 셈을 앞에 두고 고개를 주억거렸다. 독점을 보장치 못했다고 연가와의 계약을 무르고 손해를 보상해 주는 규모가 너무 컸다.

역시 뒤늦게 풀린 산호석에 대해 알아보고 조취를 취하는 수밖에 없겠다. 그러자면 홍 상단과 만나 담판을 지어야 할 터였다.

"준비하게."

가능한 모든 것을이란 말은 생략했다. 사로는 유독 도드라져 보이는 '청혼서'라는 글자에 시선을 고정했다.

장사치들이니 돈으로 해결 보자 한다면 가장 간단할 것이다. 제물식 준비로 계약의 끝단속이 철저하지 못했음이니 제 반성과 상단 감찰도 해야 할 것이다. 그러나 홍 상단이 만에 하나 이를 꼬투리 삼아 다른 것을 요구한다면…….

사로는 붉게 칠한 입술을 열어 중얼거렸다.

"셈이 어긋나지 않는 선이라면 받아들여야겠지."

단주란 그런 자리였다. 이득을 내고 실리에 따르며 셈 빠르게 움직여 손해를 줄이는.

사로는 혼인으로 제가 홍 상단을 집어삼키면 얼마나 수 상단의 영역과 규모가 커질지를 가늠했다. 여태까지는 누구와도 혼인할 마음이 없었기에 그런 경우를 고려해 본 일이 없었다. 허나 지금은…….

사로는 무표정한 얼굴로 계산을 마쳤다. 신을 모시는 사로의 수 상단을 감히 넘볼 만큼 홍 상단의 우두머리는 배짱 좋은 사내가 못 되었다. 그저 혼인으로 장남의 연정이나 풀어 주고 수 상단의 기세를 빌어 살고자 함일 뿐이었다. 저나 수 상단에 나쁠 것은 없었다.

사로가 청혼서를 싼 비단을 매만졌다. 꽃문양과 나비 문양으로 장식된 천은 몹시 부드러웠다. 그리고 그 색은 누군가를 떠올리게 하는 화려하고 아름다운 것이었다.

미련이려나.

그처럼 깔끔하지 못한 짓은 해 본 적이 없었다. 앞으로도 그래야 할 것이고.

사로는 비단 봉투를 외면하며 연지 바른 입술을 굳게 다물었다.

11
장

"왜 그런 표정이래? 짝사랑도 끝났잖아, 이제."

요즘 매일같이 놀러 오는 연람이 긴 머리카락을 넘기며 말했다. 커다란 밤나무의 중간까지 올라가 있던 명서가 그를 보고 어정쩡하게 웃었다.

"그게 또 티가 났어요?"

"단번에."

즉답이 들려오자 명서가 쑥스러운 기색으로 자리를 내주었다. 연람은 올라앉아 밤송이 달린 가지를 툭 찼다. 근래 늘 그랬듯 어딘가 모르게 심통이 난 모습이었다.

"서찰은 보냈는데 금번 답장은 좀 늦을 모양이에요."

"넌 어찌 매번 그 이야기야. 누가 그 여자 안부를 묻는다던? 난 분명 네 이야기를 물었어."

목소리를 높인 연람이 길고 야한 한숨을 내쉬었다. 연보라색과 청록을 섞은 옷감과 불꽃처럼 붉은 눈동자가 묘하게 어울렸다.

명서는 고운 사내 얼굴을 빤히 보았다. 그러자 그가 명서의 뺨을 쭉 늘여 당겼다.

"내 넋을 잃게 잘생겨서?"

"인정하지만 스승님만 하려고요."

명서의 말투는 상냥해도 고집스러웠다. 연람이 핏 웃다 맞받아쳤다.

"허헛. 그렇다고 치자. 그런데도 어찌 죽상을 하고 있어?"

"꿈자리가 좀 뒤숭숭하기도 하고……. 우리 어여쁜 스승님에 반해 저는 평범한 어쩌면 그에 못 미칠 인간이라서 번뇌가 깊어만 가네요."

명서는 적당히 얼버무리며 슬쩍 건너편을 보았다. 다행히 밤송이 위로 풀쩍 뛰어오른 다람쥐 덕분에 자연스럽게 넘어갈 수 있었다.

"말 같잖은 소리는. 그런 걸로 네 언제 주눅 들었다고?"

큰 송이 하나 던져 준 연람이 핀잔처럼 말했다. 그러나 툭툭 명서의 어깨를 건드려 대는 손길은 친근했다. 명서가 장난스럽게 그 손길을 피하며 대꾸했다.

"그러게요. 별로 그럴 일 없었는데…… 스승님 앞에서는 어쩐지 조금 그래요. 나도 뭔가 해 드리고 싶은데 그러지 못하고 매번 받기만 하는 것 같아서요."

꿈 이야기를 하지 않으려고 둘러댄 이야기였지만 내심 그런 고민도 있었다.

"휴가 바라는 건 무엇일 것 같으냐?"

"흐음. 말썽 안 부리고 부려도 언제나 같은……."

명서는 말끝을 흐리고 가만가만 생각에 잠겼다. 묘한 기시감 같은 거야 살면서 누구나 겪을 수 있는 일이었다. 불현듯 선명해진 악몽 같은 것도 크게 생각 않고 넘기면 대수롭지 않을 일이고.

명서는 아마도 모든 것이 너무 좋아 촌스럽게도 걱정이 도진 모양이라고 결론지었다. 연람이 그런 명서를 흘겨보았다.

"그래서, 사로는 뭐 한다고 이번에도 답장을 늦춘다 하더냐?"

"어딜 좀 다녀오신다는 것 같아요. 상단 일로요."

"흐응."

마땅찮은 기색이 역력했으나 연람은 더 이상 묻지 않고 뾰족한 밤송이를 하나 더 집어 던졌다. 저만치 떨어져 있던 묵이가 맞았는지 요상한 비명 한 자락이 울렸다.

걱정스러운 얼굴로 살피러 내려가는 명서와 달리 연람은 그대로 나뭇가지에 기댔다.

"또 나만 이렇게 애가 탄다는 거로군."

연람의 중얼거림과 동시에 밤나무 가지가 활활 불탔다.

혹 생긴 묵이 머리통을 만져 주던 명서가 불길을 꼬리처럼 달고 날아가는 연람을 바라보았다.

그리도 심란하신 게지. 감추려고 해도 능치 않으니 차라리 솔직하다 할까. 명서는 불의 신이 남긴 불씨를 묵이와 함께 발로 밟아 꺼트렸다.

잔불이 밤벌레처럼 날아올랐다. 빛이 낯선 묵이가 겁먹어 푸르
르 고개를 젓고 명서가 웃음을 터뜨렸다. 그러다 검고 진득한 인
기척을 느끼고 뒤를 돌아보았다.

"스승님."

반기며 달려간 명서가 잠시의 머뭇거림도 없이 그의 품에 폴짝
뛰어들었다. 휴가 그런 명서의 이마를 검지로 툭 밀쳤다.

"쯧. 속도 모르고."

"헤헤."

스승의 말이 도통 무슨 뜻인지 몰라 환히 웃으니 그가 미간을
찌푸린 채로 명서를 당겨 안았다.

"연람과는 엮이지 말라 하였다."

"예까지 답답해 찾아오신 분이니 말씀 정도는 들어 드려도 괜
찮지 않습니까."

못마땅한 기색을 하고도 머리카락을 쓸어내리는 손길은 다정했
다. 명서는 고개 들어 시선을 맞추고 또 방긋 웃었다.

"금일 한꽐 님께 가셔야 한다면서요. 서두르셔야지요. 집 잘 보
고 있을 테니 편히 다녀오세요."

"성가셔서 아니 데려가는 것이다."

퉁명스러운 말투였다. 명서는 휴의 옷에 붙은 머리카락을 정돈
해 주고 그를 물끄러미 보았다.

"알아요."

이쪽 답도 담백했다. 명서는 또 가만가만 미소 지었다. 스승은

그리 말씀하셔도 안은 팔은 풀 생각 않으셨다.

"공연한 짓 말고 얌전히 있어."

"노력할게요."

"무슨 일 있으면 연통하고. 묵이 놈 목줄에 달아 놓은 방울을 울리면 될 것이다."

"정말요? 신기해라. 헌데 실수로 울리게 될까 염려됩니다. 분명 역정 내실 것이지요?"

농을 치며 웃는데 휴가 무심하고 담담한 눈으로 말했다.

"보고 싶어 그리했다면 용서해 줄 작정이다."

가볍게 내렸다 사라지는 입술이 아쉬워 명서는 그만 스승의 옷자락을 붙들었다.

"저만요?"

말뜻을 묻듯 깊은 휴의 눈동자에 명서가 작게 속닥거렸다.

"저만 보고 싶을……."

말꼬리를 자른 건 새빨간 휴의 입술이었다. 남은 말이 그와 겹쳐진 입술 사이로 촉촉이 젖어 들었다.

한괄의 거처는 바람이 들고 나는 높고 광활한 계곡 위에 있었다. 멈추지 않고 부는 상쾌한 바람과 바닥이 보이지 않는 드넓은 초목 덕분에 부유해 있는 섬 같기도 했다.

영역 입구에서부터 식신들이 희고 납작한 돌로 만든 길이 죽

펼쳐졌다. 우직하고 무던한 것처럼 보여도 한괄은 섬세한 사내였다. 휴는 반듯하게 열을 맞춘 과실수와 꽃 정원을 지나 구름 다리로 올라섰다.

날아가면 단숨에 당도할 길을. 휴는 못마땅한 기색으로 발목에 휘감기는 희고 차가운 구름 조각을 디뎠다.

한괄이 부근에 무시무시한 신력을 쏟아부어 놓은 통에 그와 다른 힘을 쓰는 신들은 거처까지 꼼짝없이 걸어가야만 했다. 이질적인 힘을 쓰면 당장에 바람 신이 풀어놓은 회오리 속에 갇혀 버리게 되는 곤란한 상황이 펼쳐지기 때문이었다.

탁탁. 모퉁이를 하나 남겨 놓은 곳에서부터 요란한 소리가 들려왔다. 또 인간들이 쓰는 검을 들고 수련을 하는 모양이었다.

아니나 다를까. 자루 끝을 무쇠로 만든 검 하나가 휴의 발치에 꽂혔다. 휴는 팔짱을 낀 채로 미간을 구겼다. 생채기 난다고 질색하는 연람이나 애초에 몸 부딪치는 것을 싫어하는 정하는 상대를 안 해 주니 한괄과 대련하는 것은 늘 자신이었다.

평소라면 적당히 응해 주었을 테지만 금일은 달랐다. 휴가 마침내 마음을 정하고 칼끝을 차올려 잡았다. 검을 휘두르자 바람을 가르는 소리가 매서웠다.

"한 번에 끝내자, 한괄."

감정이 담기지 않은 무시무시한 저음이 울려 퍼지자 저쪽에서부터 요란한 모래바람이 일었다. 눈을 짧게 감았다 부릅뜬 휴가 사풍 중심으로 들어갔다.

한편 명서는 제 앞에 놓인 흰 조약돌과 씨름 중이었다. 달 없는 밤에 부서진 휴의 팔찌를 수리하려던 참이었다.

말이 수리지, 처음부터 만드는 일과 같았다. 명서는 붉게 물든 조약돌과 새로 거두어들인 하얀 돌을 차분차분 꿰었다.

한참 동안 거듭한 끝에 매듭을 마무리 지은 명서가 꾸벅꾸벅 조는 묵이를 돌아보았다. 녀석의 시꺼먼 목덜미에 앙증맞은 금색 방울이 걸려 있었다. 살짝 손만 대어도 차랑차랑 맑게 울릴 것 같았다.

이 모든 것이 꿈은 아닐까. 스승님은 여전히 냉랭하셨으나 믿기 어려울 만큼 다정하게 굴어 숨이 막힐 때가 더 많았다. 내 이렇게 행복해도 되나 싶어 불안해지는 멍청이가 여기 있구나. 명서는 제 뺨을 꼬집으며 엷게 웃었다.

웃음 끝에 채 떨치지 못한 석연찮은 꿈이 딸려 나왔다. 문득 명서의 눈동자가 흔들렸다. 아무리 애써도 이 도근도근한 기시감은 무시하기 힘들었다.

괜한 생각 말자고 고개를 붕붕 저으니 손에 든 팔찌에서 고운 마찰음이 들렸다. 그 소리에 잠이 깬 묵이가 하품을 하며 스윽 앞발을 포갰다. 명서는 팔찌를 잘 갈무리하고 일어섰다.

나선 김에 묵이 좋아하는 산열매도 따고 찬거리도 구해 올까 했다. 어린순을 볶아 나물을 만들어도 좋겠고 연리지 뒤편 호수에서 물고기를 잡아 푹 쪄 내도 괜찮을 듯했다.

명서는 솔잎과 대나무 잎부터 넉넉히 따서 담고 숲을 거닐었다. 흥얼흥얼 제멋대로의 노랫가락을 읊어 대던 명서가 목덜미를 쓸었다.

휴가 남긴 표식이 화인처럼 뜨거웠다. 손이 자연스럽게 입술을 매만지며 그의 체온과 숨결을 떠올렸다. 수줍게 웃는 명서의 걸음이 청현했다.

속이 훤히 들여다보이는 호수에 이른 명서는 대나무 가지로 만든 허름한 낚싯대 하나 던져 놓고 턱을 괴었다.

구름이 둥둥 떠가는 수면 위로 파랗게 쏟아지는 하늘빛이 어여쁘고 잔잔하게 흘러가는 물빛이 평화로웠다. 열매 한 줌 먹은 묵이가 제 꼬리를 잡으려 빙글빙글 돌고 있었다.

모든 것이 찬란하고 아름다운 순간, 문득 물결이 파르르 떨리더니 울부짖고 비통해하며 사무쳐 그리워하는 자신의 모습이 어리비쳤다.

이 무슨 고약한 환각인가.

명서는 다급히 손을 저어 수면을 흐렸다. 그러다 흔들리는 장면 속의 자신과 눈이 마주쳤다.

가슴을 힘껏 부여잡았다. 말로 하지 못할 만큼 심장이 쪼그라져 아프고 쓰렸다. 어쩌면 이다지도 고통스러울까 싶었다.

"하아."

한참이나 시달린 끝에 환상에서 놓여난 명서가 숨을 몰아쉬었다. 통증도 통증이지만 줄줄 흐르는 눈물이 문제였다. 손등으로 대충 쓱쓱 닦아 내다 여의치 않자 아주 호수 물에 얼굴을 담갔다.

어찌나 물이 맑은지 자갈에 낀 푸른 이끼마저 선명했다. 눈을 깜박깜박 헹궈 내고 나니 머리카락이 온통 물투성이였다.

이번에는 흐르는 물방울을 따라 붉은 피가 점점이 흩뿌려지는 장면이 겹쳐졌다. 놀란 명서가 손등으로 눈을 힘껏 문질렀다. 다행히 더는 아무것도 보이지 않았다.

하지만 명서는 첨벙첨벙 물속으로 걸어 들어가 온몸을 잠기게 했다. 희미하게 떨리는 어깨를 끌어안고 괜찮다고 몇 번이나 되뇌었다.

밖에 있던 묵이가 풀쩍 뛰어들어 명서를 찾았다. 녀석의 순한 눈망울과 마주한 명서는 아무렇지 않은 얼굴을 해 보였다. 휴에게 공연한 걱정을 끼치고 싶지 않았다.

"날이 더워서 물놀이나 하려고. 묵이 너도 해 보련?"

그 말을 증명하듯 명서는 깊은 물속으로 자맥질을 했다. 두 볼이 터져 나갈 때까지 숨을 참고 깊숙이 잠겨 들었다. 잠시 망설이던 묵이도 물살을 가르며 명서를 따랐다.

한바탕 몸을 움직이자 조마거리던 마음이 잦아들었다. 명서는 흠뻑 젖은 묵이의 등에 얼굴을 묻었다.

"후회하지 않아."

막연하고 뜬금없이 가슴에서 툭 말이 내뱉어졌다. 까닭 없이 아련해져 부러 더 웃었다.

명서는 다시 물속에 잠겨 들었다. 몇 번이나 오고 가며 숨이 턱 끝까지 차오를 때까지 멈추지 않았다. 마침내 투레질하는 소처럼 숨을 뱉어 낸 명서가 물 위로 고개를 쳐들었다.

흠뻑 젖은 머리카락을 가벼이 흔들자 사방으로 튀는 물방울이 해와 섞여 반짝거렸다. 명서는 그대로 누워 하늘을 마주했다. 그 순간만은 시간과 공간이 사라진 듯 하늘과 수면의 경계가 모호했다. 그러다 누구 것인지 알 수 없는 사념이 귓가에 흘러들었다.

"네 선택은 그것이니?"

신력 같은 건 없지만 명서는 그것이 인간의 목소리가 아님을 확신했다. 느릿하게 눈을 감았다 뜨자 묵이가 물 밖으로 명서를 끌어당겼다. 어지간히 시간이 흘렀던 모양이다.

명서는 담담한 얼굴로 아까 벗어 던졌던 옷의 물기를 대강 짜내 설게 걸치고 허리띠만 꽉 졸라맸다. 걸을 때마다 물방울이 흘러 고였다. 검게 우물진 자리에서 잘 익은 열매를 발견한 명서는 허리를 숙여 바구니를 채웠다. 스승이 좋아하지 않으시는 버섯도 땄고 여물어 살 오른 밤도 몇 알 주웠다. 평소의 명서 그대로였다.

연리지를 향해 걷는데 새 한 마리가 명서의 어깨에 내려앉았다. 묵이가 컹컹 짖어 경계하자 명서가 괜찮다며 웃어 보였다. 화려한 모습만큼 과장되고 큰 목소리를 가진 새는 연람의 식신이었다.

「수일 내로 만나러 갈게.」

원래부터 말수가 많은 편은 아니지만 이번처럼 간략한 서신은 처음이었다. 그녀답지 않게 휘갈겨 쓴 필체며 끝이 단정치 못한 서지도 묘하게 걸렸다. 어쨌거나 만나 듣게 되면 사정이야 알게 될 테고 여전히 사로의 방문은 반가운 일이었다. 다만 연람에게 알려도 되는가는 갈등이 되었다.

단주의 별다른 언질이 없다는 건 연람의 귀에 들어가도 상관없다는 것이리라. 마음을 굳힌 명서가 중얼거렸다.

"연람 님도 단주님도 서로 좀 솔직해지면 좋으련만."

그들이 부러 절 끼워 넣어 연통하는 것은 익히 알고 있었다. 가리는 것 많고 가진 것 많은 위치라 그럴 수도 있겠다 싶었으나 깊이 생각은 아니해 보았다. 마음이란 것이 어디 생각한 대로 가는가.

자신 역시도 휴가 제 마음 받아 준 이유를 아직 모르는데.

말이야 바른말이지 제 미모가 빼어난 것도 아니고 고매한 학식을 가진 것도 아니다. 그렇다고 손재주가 빼어나거나 색기가 있는 것도 아니었다.

그렇다면 역시 보이지 않는 부분, 성품을 봐 주신 걸까. 그런데 그게 또 모를 일이었다. 모는 나지 않았다 생각하지만 특별할 것도 없는 성격이었다.

명서는 진지하게 미간을 모았다. 혹시 이따금 때맞춰 던지는 찰진 농담 때문은 아닐는지. 아니, 작정하고 밟아도 발딱 일어나는 잡초 기질이려나.

저 좋을 대로 제 장점 찾고 보니 어느새 배가 고팠다. 명서는 아직 덜 마른 물기를 꾹 짜내며 나무 그늘에 앉았다. 바구니에서 아까 딴 감과 대추를 몇 알 집어 오물거렸다. 은색 머리카락 위로 해가 섬섬히 드리웠다. 배도 차고 볕도 따스하니 저절로 눈이 감겼다. 명서는 나무 기둥에 편안히 기대며 돌아가는 길에는 버섯을 조금 더 따야겠다고 생각했다.

달 없는 밤이 지나면 사신이 만나 힘의 균형을 맞추는 게 상례였다. 신의 힘은 누가 더하고 덜하지도 않아야 하는 것이라서 달 없는 밤 이후로 증폭한 휴의 힘을 낮추는 것이 목적이었다. 생긴 힘을 없앨 수도 없고 다른 이에게 나누어 줄 수도 없기에 그 과정은 다른 신의 힘으로 휴의 신력 일정 부분을 봉인해 억제하는 것이었다.

이번 차례는 한괄이었고 연람과 정하가 순수한 정기로 결계를 만들어 냈다. 어차피 미봉책이라 오래가지 않았지만 휴가 새로 증폭한 힘을 온전히 제 것으로 다스려 누를 만큼만 버텨 주면 되었다.

한바탕 검술 대련을 마친 휴와 한괄은 결계 안에서 말없이 마주 보고 있었다. 정하가 만든 푸른 힘과 연람의 것인 붉은 기운이 두 사람 주변으로 커다란 원을 그리며 돌아갔다. 그 주변으로 충돌하는 빛이 요란하고 찢어질 듯한 파열음이 들렸다.

휴의 그림자에서부터 뻗어 나온 작은 어둠이 점점 또아리 튼 뱀처럼 커지고 그 꼬리가 수만 갈래로 갈라져 푸르고 붉은 원을 휘감았다. 원에서 쩍쩍 금이 가고 문자가 피처럼 주르륵 쏟아져 바닥으로 흩어졌다.

"아직."

무심하고 고요한 검은 눈의 경고에 한괄이 칼 두 자루를 교차해 원 중앙에 꽂았다. 곧 새까맣게 뒤덮였던 푸르고 붉은 원이 제 빛을 찾았다. 안색 하나 변하지 않는 휴와 달리 한괄의 이마에는 식은땀이 송골송골 맺혔다.

마침내 휴가 가부좌를 풀고 일어나 손을 펼치자 사방으로 튀어 날리던 검은 그림자들이 일시에 쭈욱 빨려 들어갔다. 곧 아까보다 많이 희미해진 푸르고 붉은 원과 두 사람만이 남겨졌다.

"수고했네."

검을 뽑은 한괄이 툭 어깨를 쳐 주자 휴도 가벼이 고개를 까딱거렸다. 발을 굴러 주변을 말끔하게 정리한 한괄이 물었다.

"곧 있으면 정하가 오기로 했으니 술이나 한잔하지."

"가야 해."

딱 자른 거절에 한괄이 피식 웃었다. 선선히 자리를 비켜 준 그가 인사를 덧붙였다.

"그럼 명서에게도 안부 전해 줘."

그 말에 휴의 검은 눈동자가 날카롭게 빛났으나 그뿐이었다. 한괄은 멀어지는 휴의 뒷모습을 지켜보았다.

"예측할 수 있게만 해 주게."

보이지도 가늠할 수도 없는 어둠의 사내와 빛처럼 날아온 인간

소녀라. 한괄은 식신이 가져온 술독의 마개를 열었다. 코를 찌르는 독한 향에도 머릿속은 차갑기만 했다.

바람 신의 영역을 벗어난 휴는 그림자를 불러 엄청난 속도로 날았다. 한괄과 겨루고 힘을 봉하는 데 생각보다 꽤 많은 시간이 소요됐다. 이른 저녁에는 당도하겠거니 했으나 이미 한밤중이었다.

거처에 명서가 없었다. 묵이가 힘쓴 흔적도 없으니 별일은 없겠지만 눈앞에 보이지 않으니 답답했다. 기껏 방울을 달아 줬더니 울리지도 않고, 그걸 단 묵이 녀석은 버려두고 대체 어딜 간 건지.

휴는 신경질적으로 단잠에 빠진 묵이의 앞발을 툭 찼다. 녀석이 온몸의 털을 빳빳하게 세우며 눈을 떴다. 휴가 손을 까딱이자 묵이의 몸이 벽에 착 달라붙었다.

"알고 있겠지만, 명서와 달리 난 너그럽지 못하다."

말귀를 알아들었다는 듯 묵이가 침 흐르는 입을 움찔거렸다. 휴는 무심하게 녀석을 일별하고 연리지 밖으로 나갔다.

표식이 있으니 명서를 찾는 일은 어렵지 않았다. 휴가 힘을 발하자 숲에 작고 검은 소용돌이가 두엇 생겼다. 하나는 묵이가 있는 연리지였고 다른 하나가 명서가 있을 곳이었다. 휴는 두 번째의 소용돌이 속에 발을 걸었다.

순식간에 파문이 생기고 검고 날카로운 길이 열렸다. 그것은 휴의 발자취를 뒤로하고 파스스 부서져 흩어졌다.

"쯧."

혀를 차면서도 손길이 앞서 나갔다. 휴는 잠든 명서를 가벼이 안아 올렸다. 잡다한 것 담긴 바구니를 멀뚱히 보다 돌아섰다. 연리지에 당도하면 묵이를 시켜 가져오라 이를 참이었다. 그렇지 않으면 또 되가지러 오겠다 고집을 부릴 테니.

안아 든 사내가 누군지도 모르면서 고개를 푹 묻고 자는 양이 가소롭다. 묵이 놈이 다 이런 걸 보고 배운 게 틀림없었다. 가만 보니 옷고름이며 앞섶도 성기다. 대체 뉘 보여 주려고. 대번에 눈빛 사나워진 휴가 거칠게 걸음을 내디뎠다.

아까의 길을 열면 연리지까지 금세 당도하겠지만 어둡고 습한 것이 잔뜩 달라붙어 있는 위로 명서를 데려가는 일이 썩 내키지 않았다. 굳었던 그의 표정이 풀어진 것은 쌕쌕 고운 숨소리와 온기 덕분이었다. 검고 탁한 그림자마저 물들이는 따스함이 심장까지 스몄다.

휴의 입술이 선정적으로 비틀렸다. 이 찬찬하고 온화한 감정 안에 도사리고 있는 시꺼먼 탐욕을 제대로 마주 보고 있는 때문이었다. 순진하고 상냥한 명서는 그가 얼마나 끔찍하고 포악한 욕망을 가지고 있는지 모를 것이다.

"살결 한 점, 피 한 방울까지 남김없이 내 것이 되어야 해."

나긋하게 속삭이고 하얀 뺨에 살짝 입을 맞추었다. 벌어진 앞섶 위로도 살며시 입술이 스쳐 갔다. 흡족한 미소도 잠시, 휴가 새까맣고 날카로운 창을 어둠에서 뽑아 던졌다. 그의 그림자 창은 결계 앞에 선 인영 바로 앞에 꽂혔다.

"갑작스럽게 찾아와 죄송합니다."

사로의 목소리가 창을 통해 전해지자 휴는 마땅찮은 기색으로 하늘을 그었다. 연람을 부르는 것이었다.

그나저나 이것들은 언제까지 다른 이들을 가운데 끼워 넣어 귀찮게 할 셈인지. 휴가 살벌한 눈빛으로 캄캄한 하늘과 아득한 결계의 저편을 노려보았다.

"제 병명이 무엇인지 알게 되어 아니 올 수 없었습니다."

한 번 더 하늘을 그어 연람을 독촉하려는데 사로가 담담히 말했다. 휴가 그대로 손을 멈추었다. 어두운 하늘 언저리가 붉게 물들어 갔다. 달보다 환히 빛나는 색이 번지고 연람이 보이는가 싶더니 그대로 사라졌다.

쾅. 무언가가 경계에 부딪치는 소리가 들렸다. 사로를 휘감고 다급하게 사라지는 불꽃을 보며 휴가 느릿하게 눈을 감았다.

"좋지 않군."

파란의 예감이 들었다. 그로 인해 무언가가 깨지건 파괴되건 관심 없었다. 다만 한 가지, 저도 모르는 사이 소중한 존재가 휩쓸릴까 그것만이 염려되었다. 명서가 상처 입는다면 인간도 신도, 태초의 존재도 도저히 용서하지 못할 테니까.

치켜뜬 휴의 눈동자가 섬뜩하게 빛나고 있었다.

12
장

처음 홍 상단에 당도했을 때만 해도 사로는 앞으로 일어날 일을 전혀 예상하지 못했다. 고귀한 핏줄로 태어나 자긍심 높고 존경받는 위치의 그녀가 하루아침에 경멸과 혐오의 시선을 받을 것이라고는 어찌 상상이나 했을까.

　산호석에 관한 문제는 별 탈 없이 해결했으나 혼인 부분은 서로 이견이 심했다. 하여 이야기가 길어져 밤이 되었고 자연히 술상이 나왔다. 그런데 그것을 마신 이들 중 사로와 수 상단 사람들만 모다 지독한 열에 시달렸다.

　겨우 정신을 차리자 나흘이 지나 있었고 홍 상단의 장남이 곁을 지키고 있었다.

　"누굽니까?"

　사로가 힘겹게 입을 열자 혼인서를 보낸 장본인은 부끄러운 듯 고개를 숙였다.

"죄송합니다. 자식을 염려한 나머지 어머니께서……."

"목숨에 지장은 없으니 따로 죄를 묻지는 않겠습니다. 허나 논했던 혼인은 없던 일이 될 겁니다."

"아니 되오! 그대를 얻기 위해 내 얼마나 큰 값을 치렀는데."

사내가 다급히 팔을 붙들었으나 사로가 냉랭히 떨쳐 냈다.

"제게는 치르신 적 없지 않습니까."

"왜 이 마음을 몰라주는 거요!"

사내가 자존심 상한 얼굴로 달려들어 사로를 짓눌렀다. 그가 얇은 자리옷을 억지로 벗겨 내려 하자 사로가 몸부림쳤다. 도움을 청하려 했으나 사내의 손바닥에 막힌 입술은 한 치도 벌어지지 못했다.

"이건 다 그대 잘못이야. 날 이렇게 몰아세우다니."

욕망에 번들거리는 눈동자가 벌어진 앞섶을 탐했다. 헉헉거리는 숨소리가 목덜미에 닿을 때마다 소름이 돋았다.

싫어! 목소리는 막혔어도 사로는 있는 힘껏 소리쳤다. 사로가 계속해서 강하게 저항하자 사내가 주먹으로 뺨을 가격했다.

불에 지진 것처럼 뺨이 화끈거리고 어디선가 피가 흘러내렸다. 사로는 울지 않으려 어금니를 꽉 깨물었다. 그때였다.

"허억. 설마……."

사로의 허벅지를 주무르던 사내가 뭔가에 놀라 떨어졌다. 경악에 찬 눈으로 부들거리는 사내에게서 잽싸게 몸을 피한 사로는 피가 흐르는 입술을 훔치며 문으로 달려갔다.

뒤늦게 정신을 차린 사내가 달려와 잡으려 했지만 사로가 더 빨랐다. 복잡하게 얽힌 열쇠를 따고 문을 연 사로가 중앙 뜰로 이어지는 복도를 향해 뛰었다.

"도와줘!"

부러 사람을 물린 것인지 병사 하나 보이지 않았다. 그러나 사로의 외침이 거듭되자 복도 저편에서 웅성거리는 소리가 들렸다. 병사 몇과 단주의 음성을 알아듣고 온 상단의 무사들이었다.

"저것이 수 상단 단주라고?"

"비켜서라. 단주님 대체 무슨……."

먼저 온 병사들을 헤집고 들어온 수 상단 무사들도 말을 잇지 못했다. 사로는 제게로 향하는 경멸과 혐오의 시선을 보고 흘러내린 옷을 다시 한번 여몄다.

"뭣들 하느냐. 돌아갈 차비를 해!"

안도감보다 불안감이 깊어 사로의 음성이 떨렸다. 여전히 충격이 가시지 않은 얼굴로 섰던 무사들을 채근하는데 홍 상단의 장남이 사로의 어깨를 당겼다.

탁. 세차게 그 손길을 쳐 낸 사로가 그를 노려보았다.

"무례는 더 이상 용납지 않겠소."

"무례? 감히 이형 따위가 어디서. 네 어찌 그런 꼴로 상단의 우두머리가 되었는지는 모르지만 하찮은 이형에게 예를 갖추어야 할 필요는 없다. 당장에 네 팔다리를 뜯어 가고 목에 죽을 채워 팔지 않는 것만으로도 감사해야 할 것이다!"

지껄이던 사내의 뺨을 후려갈긴 사로는 화려한 화병에 비친 제 모습을 발견하고 숨을 멈추었다. 하얀 머리카락과 하얀 눈동자가 생경해도 얼굴은 분명 자신이었다.

"나, 나는……."

"필사적으로 감추어 왔던 것이 들통나 당황스러울 테지. 허나 내 말에 따른다면 목숨과 비밀을 지켜 줄 것이다. 단, 여기 있는 것들은 여러 꼴을 보고 말았으니 말끔히……."

홍 상단의 장남이 스윽 주변을 둘러보며 음흉하게 말했다. 이내 그의 칼이 병사들을 무참히 베었다. 예상치 못한 공격에 병사들이 시체가 되어 나뒹굴었다. 사내의 칼은 이제 수 상단의 무사들에게로 향했다.

"명을 내려, 꼼짝 말고 예서 죽으라고. 세상에 이 비밀을 아는 것은 너와 나뿐이어야 하잖아?"

"……."

아무 말도 들리지 않았다. 사로의 눈에는 아무것도 보이지 않았다.

"단주님!"

비로소 정신 차린 무사들 중 하나가 외쳤다. 사로는 멍한 표정으로 중얼거렸다.

"내가 왜 이형이……."

그사이 사내가 바짝 거리를 좁혔고 무사들은 난처한 얼굴로 물러서고 있었다. 가주의 명이 없으면 수호 가문의 하나인 인우의 친척에게 함부로 손을 댈 수 없었던 것이다.

"단주님! 공격 명령을 내려 주십시오."

"내 칼에 얌전히 죽으라고 말해."

사내가 지껄이는 말이 뱀의 허물처럼 진득했다.

"단주님!"

"수…… 수 상단의 길을 방해치 못하도록 해라. 허튼짓을 하려 들면 그때는 죽여도 좋아."

그 후의 기억은 흐릿했다. 무사 중 하나가 몸을 다 가리는 휘장을 둘러 준 것까지만 생각이 났다.

사로는 두꺼운 휘장을 완전히 여며 눈동자조차 밖으로 내놓지 않았다. 안에 입은 옷가지는 다 찢어지고 얼굴은 피멍이 들었으나 가장 큰 상처는 마음에 남았다.

"아니야. 아니야. 그럴 리가 없어."

제가 이형일 리 없다. 그래, 그자가 또 무슨 간계를 꾸민 거다.

하얀 머리카락을 움켜쥐었던 사로가 미친 듯이 서랍을 뒤집어 엎었다. 빼곡히 담겨 있던 약과 잡다한 것들이 탁자와 바닥으로 우르르 쏟아졌다.

약, 약을 먹으면 원래대로 돌아올 거다. 며칠 정신을 잃고 있어서 약을 챙기지 못했다. 그래서 생긴 부작용이 분명하다.

사로는 닥치는 대로 약을 입에 털어 넣었다. 한 봉, 두 봉…….

약을 모조리 삼키고 차오르는 기침을 참으며 눈물을 훔쳤다. 그때, 서랍에서 함께 떨어졌던 명서의 서찰이 발에 걸렸다.

"아……."

내 정녕 이 아이에게 무슨 짓을 했던가. 사로는 참았던 눈물을 터뜨리며 무릎을 꿇었다.

이형으로 태어나 짐승만도 못한 취급을 받는 처지를 동정했다. 그래도 이형인 이상 어찌할 길 없다 여기며 눈을 돌리고, 저는 이형이라도 함부로 대우하지 않았노라 같잖은 우월감을 가졌었다.

더한 짓도 했다. 죽을 것을 뻔히 알면서 공물로 바쳤고 살았다는 걸 알고는 감시도 하였다. 이형인 명서가 신의 곁에 머무르는 것을 탐탁지 않아 했다는 점에서는 자신도 인우와 다를 바가 없었다.

「단주님이 일러 주신 대로 하였더니 바느질이 수월해졌어요. 그래 봤자 여전히 치마를 함께 꿰매기 십상이지만요. 언제든 편하신 때 또 놀러 와 이야기 나누어요. 흉한 꼴이 된 옷감 구경도 하고 밀전병도 함께…….」

그리 이기적이고 계산적으로 굴었는데도 명서는 끝내 저를 내치지 않았다. 믿어 주었다.

사로는 서찰을 끌어안고 울다가 다급히 답신을 썼다. 명서에게만은 반드시 사과를 해야 했다. 만나러 가겠다는 말밖에 못 쓰고 책상에 엎드려 한참을 울었다.

그 후로 오랜 시간이 흘렀으나 모습은 바뀌지 않았다. 상단 긴급회의가 소집되어도 사로는 방 밖으로 나가지 못했다. 아무도 사로를 찾지 않았으나 유모만이 끝없이 문을 두드리며 애원했다.

"몸 상하세요. 제발 미음이라도 좀…….."

"유모."

"예, 유모 여기 있습니다. 안으로 들여보내 주세요. 제발 얼굴 좀 보여 주세요."

"이형이 된 꼴을 봐서 무엇 하게."

"아씨……."

"부모님은 알고 계셨지? 그래서 약을 준비해 두신 거고. 이형을 억제하는 약이라니, 이형이라면 재물은 물론이고 목숨까지 걸며 사려 했을 텐데 왜 팔지 않으셨을까?"

"그 약은……."

"알아. 아버지께서 정말로 감당치 못할 일이 생기면 열어 보시라고 한 상자, 조금 전에 꺼냈어. 그 약에 대해 상세히 써 놓으셨지. 어찌 감추어야 하는지 어찌 만들어야 하는지……. 다른 이형의 팔다리를 잘라 가루를 내면 된다 하셨어. 한 명의 이형을 죽이면 열 달 치의 약이 나오는데 아버지께서 준비해 두신 것은 내 나이 예순일 때까지라니……. 그래, 그런 걸 어찌 팔겠어? 팔기도 전에 딸이 죽을 텐데, 아니 나 먹일 약이 될 이형의 씨가 마를 텐데."

"아씨, 어른께서는……."

"그 역시 아네. 날 아끼고 사랑하셔서 그리했다는 거. 내 존재가 그분들 손에 지워지지 않을 피를 묻히게 한 것, 어찌 모를까. 헌데 유모……."

절대 열리지 않을 것 같던 문이 열렸다. 유모가 온통 새하얀 사로를 보고 울음을 터뜨렸다. 아니, 그 뒤로 보이는 새까만 재를 보고서였다.

"남은 약은 다 태웠네. 남겨 주신 상자도 모다."

"아씨! 아씨. 우리 귀한 아씨가 어찌……."

사로는 저를 붙들고 탄식하는 유모를 다독였다. 경계까지 안내할 식신이 당도했을 때 사로의 눈물은 완벽하게 말라 있었다.

연람의 손이 부들부들 떨리고 있었다. 등 뒤로 치솟아 오른 불꽃이 평소와 달리 온통 날카롭게 이지러져 있었다.

"부러 속인 것이냐? 그래, 네 손에 놀아나는 내 모습이 재미지던?"

"……."

거친 불길이 나무 몇을 고스란히 태웠다. 사로는 쉽사리 입을 열지 못했다. 하얗게 변해 버린 머리카락과 눈동자가 처연히 빛났다.

"말해!"

숲 전체를 태울 기세의 연람이 사로를 윽박질렀다. 언제나 유혹하듯 향기롭던 눈빛에 무시무시한 분노가 가득했다. 가슴이 아파서였을까, 목이 잠겼다.

"알지…… 못했습니다."

"몰랐다? 네 스스로 정한 혼인이지 않느냐."

연람이 사나운 손길로 사로의 뺨을 감싸 눈을 마주했다. 사로가 눈을 깜박거렸다. 무슨 말씀이신가 하고 헤아리는데 그가 으스러트릴 것처럼 저를 안아 버렸다.

"너는…… 나를 어찌 이리 비참히 만들어."

울지 않기 위해 눈을 더 깜박거렸다. 잠시 후 사로가 차분히 물었다.

"제가 이형이란 것은 이미 알고 계셨던 겁니까?"

"필사적으로 감추고 있기에 모른 척했을 뿐이다. 나야말로 묻고 싶구나. 넌 나와 밤을 보냈을 때도 그 혼담을 염두에 두고 있었더냐?"

연람의 목소리는 노기와 함께 어떤 절박함이 담겨 있었다. 사로는 천천히 그를 바라보았다. 그러니까 연람에게는 제가 이형이란 사실도, 그것을 약 따위로 어렵지 않게 숨기고 있던 것도 큰 문제가 아닌 거였다.

"그나저나 얼굴 꼴은 왜 이래?"

감춘다고 해도 티가 난 모양이다. 상처에 닿은 손길이 너무 부드러워 아팠다. 사로는 눈을 감았다 뜨며 물었다.

"제가 이형이라는 게, 그걸 숨겼다는 게 역겹지 않으십니까?"

돌아올 답은 알지만 꼭 그에게서 듣고 싶었다. 연람이 정말 별 헛소리를 다 한다는 표정을 지었다.

"그딴 건 왜? 내 말에나 답해."

사로의 입가에 짧게 미소가 번졌다. 발끈하던 연람이 눈을 크게 떴다.

"너……."

"저는 상인입니다. 잃는 것보단 얻는 쪽을 좋아하지요. 어찌 아셨는지 모르지만 제 혼담은…… 진행될 겁니다. 여러모로 득이 많은 일이니."

청혼서였나. 일전에 연람의 새가 서찰을 전하러 왔을 때 분명 책상 위에 놓아두었었다. 새는 연람의 식신이니 보거나 듣는 것이 그에게 전해질 수 있었다.

그런 일이 있었지만 홍 상단의 장남과는 혼인하게 될 터였다. 지금으로서는 혼담을 거절할 길이 없었다. 치부를 들켰으니 무마하자면 그에 상응하는 대가를 치러야만 했다.

"허면 여태 넌 나를……."

"명하셨으니 함께했을 뿐입니다. 혼인 후는 곤란하지만 금일 또 원하신다면 기꺼이."

가슴 한구석이 찌르르 울렸지만 사로는 애써 무표정한 모습을 보였다. 가능한 감정을 담지 않고 말했지만 마음마저 고요한 것은 아니었다.

말을 마친 사로가 몇 걸음 물러났다. 연람이 그 모습을 보고 미친 듯 웃기 시작했다. 어찌나 요란하게 웃는지 사방에서 불길이 치솟아 파도처럼 주변을 휘감았다.

"가거라."

연람이 여전히 웃으며 전에 없이 싸늘하게 말했다. 아름답고 화려한 미소를 물끄러미 보던 사로가 어금니를 꽉 깨물었다. 바로 앞에 불 너울이 와 있었다.

닿는 순간 명서가 있는 곳으로 가게 될 터였다. 마지막 인사도 하지 못한 채로. 하지만 끝끝내 사로는 입술을 떼지 않고 너울 안으로 향했다.

탁, 결계가 닫히는 소리가 귓가에 울렸다. 심장을 감싼 뼈마디마다 찬바람이 들었다. 시큰해서 도저히 견딜 수가 없었다. 그러나 사로는 눈 한 번 깜빡이지 않고 앞만 보고 걸었다.

사정이 어떻든 간에 사로나 연람의 문제에 끼고 싶은 마음은 조금도 없었다. 허나 제 작은 제자는 생각이 다른 모양이다. 휴는 들썩이는 마음을 잠재우고 냉정을 되찾았다. 명서가 원한다면 따라 움직일밖에.

어쨌거나 지금은 명서의 곤한 잠을 깨우지 않는 것이 우선이었다. 연람을 만난 단주가 곧 이리로 들이닥칠 테지만, 그때까지는 숨소리 고르게 내며 자게 두고 싶었다.

휴는 잠든 명서를 침상 위에 조심스럽게 내려놓았다. 낮게 낑낑거리는 묵이는 풀어서 숲으로 보내고 몸 웅크리는 명서에게 이불을 덮어 주었다. 가만히 내려다보다 문득 허리를 숙여 명서의 머리카락을 쓸어 올리고 몸 돌렸다가 다시 와 뺨을 톡톡 건드렸다.

어떤 상황에서도 참말 잠도 잘 자고 잘 먹는 제자라니, 대견하다 할까 대범하다 할까.

불의 신이 난리를 피우고 수호 가문 가주가 느닷없이 찾아온 지금, 아니 그보다 이렇게 절 보고 군침 흘리는 속이 시꺼먼 사내를 앞에 두고도 말이다.

휴는 헛웃음을 짓다 작은 함롱 위에서 반짝이는 물건을 발견했다. 제가 망가트린, 이제는 말끔하게 고쳐진 팔찌였다. 동그랗게 이어진 하얀 돌을 하나하나 매만졌다.

기쁘다가 애틋하고 마침내는 가슴이 아릴 정도로 명서가 사랑스러워 어찌할 바를 모르겠다. 지독한 제 집착과 사랑이 명서를 이 팔찌처럼 망가트리면 어쩌나 겁이 나면서도 버텨 주고 받아 주길 바라는 아이 같은 욕심을 숨길 길도 없었다. 연람과 사로에 관한 근심으로 어두워졌던 마음이 반짝거려 그저 명서로만 가득했다.

그러니 지켜야지.

휴의 아랫입술이 팽팽하게 당겨졌다. 잔혹할 만큼 선연하게 웃은 그는 아까와 비교도 되지 않을 정도로 짙고 강하게 명서의 입술을 탐했다.

"으응."

벌어진 입술 사이로 명서가 낮게 신음을 흘렸다. 잠결에도 제 입맞춤에 반응하는 명서가 어여뻤다. 휴는 길고 새빨간 혀로 명서의 입술과 턱, 목덜미를 차례로 훑었다. 여린 체온을 들이마시고 팔딱이는 핏줄 아래 힘차게 흐르는 생명을 음미했다.

휴의 크고 아름다운 손끝이 벌어진 앞섶 하얗게 드러난 가슴 둔덕을 배회했다. 보드랍고 순한 살결 위로 새빨간 손톱자국이 생겨났다.

자조적인 웃음을 짓던 휴가 명서의 목덜미와 어깨 사이에 얼굴을 묻고 한숨을 터뜨렸다. 아슬아슬했다. 하마터면 이성이 날아가 그대로 잠든 명서를 안을 뻔하였다. 긴 혀로 입술을 축인 휴는 나직하게 한숨을 내뱉고 몸을 일으켰다.

그때, 숲에 바구니를 가지러 보냈던 묵이가 이상한 군더더기를 하나 달고 오는 게 느껴졌다. 연리지 근처에도 아니 왔는데 벌써 그 기척 때문에 심사가 뒤틀렸다.

그러니까 지금부터 잠시간은 저것에게 명서를 양보해야 하는 것일 테다.

차라리 사로라는 계집을 죽여 버릴까. 연람이 야단을 부리면 녀석도 함께 없애도 좋겠고. 섬뜩하고 구체적인 망상을 담은 순흑의 눈동자가 반짝였다.

제게만 상냥하고 제게만 웃어 주도록 명서를 옴짝달싹 못 하게 가두어 버리는 건 어떨까? 휴는 진심이 묻어나는 집착을 억누르느라 또 길게 숨을 내뱉었다.

어느새 묵이와 사로가 연리지 앞에 당도해 있었다. 휴는 사나운 눈빛을 감추고 가벼이 명서를 불렀다.

"명서야."

"……."

목소리가 들리자 꼬무락거리며 뒤척이는 모습이 귀여웠다. 휴는 욕망을 참으며 명서의 앞섶을 다시 여미고 헝클어진 머리카락도 매만져 주었다.

"으음. 스승님? 언제 돌아오셨어요?"

허리끈을 다시 묶어 준다는 핑계로 허리를 슬쩍 쓸었더니 명서가 흐릿하게 눈을 떴다.

"좀 전에. 밖에 널 찾는 손이 기다린다."

"아…… 단주님?"

아직 잠이 덜 깨 몽롱한 눈으로 묻고는 일어나 앉는 명서를 부축하며 휴가 귓가에 속삭였다.

"명일 날 밝으면 보려느냐?"

"어찌 그래요. 부러 오셨을 텐데."

달게 유혹하는 목소리에 명서가 그의 가슴팍에 기댄 머리를 가벼이 흔들었다.

"흠."

역시나 예상은 빗나가지 않았다. 휴가 복잡한 눈빛으로 명서의 눈을 들여다보았다. 언제 보아도 참 맑고 정직하였다.

"그나저나 연람 님께 단주님 오셨다는 말씀부터 전해 드려야겠어요. 분명 소식 기다리고 계실 거예요."

"그쪽이라면 이미 만났을 게다."

"진짜요? 어떻게 알고⋯⋯. 어쨌거나 그렇다면 한숨 놓이네요. 그런데 저 그렇게나 한참 잠들었나 봐요. 어, 그러고 보니 분명 아까 숲에서 졸다가⋯⋯ 누가 업어 가도 모르게 깊이 잠든 거 있죠."

눈을 마주한 채로 명서가 빙긋 웃었다. 반으로 접히는 눈매가 마냥 고왔다. 휴는 짐짓 엄한 표정을 지었으나 머리카락을 쓰다듬는 손길이 다정했다.

"쯧. 무엇을 했기에 옷은 입다 만 채로⋯⋯."

"그것이 오랜만에 물장난을 좀."

휴가 계면쩍게 웃는 명서의 턱을 들어 올렸다.

"앞으로는 네 벗은 몸을 누구도 보게 하지 마라. 그것들 눈알이 성치 못할 테니."

질투를 숨기지 않는 휴의 말투에 명서가 새빨개진 얼굴로 그를 직시했다.

"그, 그러면 스승님도요?"

순진무구한 주제에 도발은 또 어찌 이렇게나 강렬한지. 명서의 말에 휴가 으르렁거리듯 낮게 웃었다. 그러고는 도톰한 명서의 귓 불을 살짝 깨물어 비틀었다.

"아."

짧은 비명이 끝나기도 전에 휴의 이가 목덜미와 손목에 박혔 다. 아픈 기색으로 물린 자리를 문지르는 명서를 향해 휴가 속삭 였다.

"내게는 아낌없이 보여야지. 나도 그리할 테고."

"우와아! 단주님 기다리겠다."

벌떡 일어선 명서가 후다닥 방을 빠져나갔다. 휴는 명서의 침 상에 모로 누워 눈을 가늘게 떴다. 방금 전까지 명서가 누웠던 자 리라 온기와 향기가 남아 있었다. 휴는 그곳에 뺨을 대고 손을 까 딱거렸다.

"그래서 나는 얼마나 참을 수 있을 것 같으냐."

위험하고 아름다운 산짐승처럼 휴의 눈동자가 검게 출렁이고 있었다.

명서는 붉어진 뺨을 손부채로 식히고 두근거리는 마음을 심호 흡으로 달랬다. 겨우 열이 가라앉자 사로가 있는 연리지 앞뜰로 갔다. 달이 유난히 훤하기도 하고 묵이가 둥근 둥 몇에 불을 피워 사방이 밝았다.

"어?"

온통 하얀 사로를 본 명서가 제자리에 멈췄다. 눈을 비비고 다시 보는데 사로가 먼저 이쪽으로 왔다.

"놀랐니?"

"조금요. 어떻게……."

된 일이냐고 차마 묻지 못하고 말끝을 흐렸다. 그런 명서를 보고 이번에도 사로가 먼저 웃었다.

"나도 며칠 전에야 알았어. 태어나 지금까지 부모님과 유모가 이 비밀을 지키려고 하루도 빠짐없이 약을 먹게 했거든. 난 그냥 조금 귀찮은 지병이라고 생각했는데…… 이형이더구나. 이 모습을 본 사람들의 눈빛…… 그 악독하고 더러운 걸 명서, 넌…… 평생 짐 져 왔었구나."

너무 덤덤해서 도리어 안타까웠다. 명서는 저도 모르게 손을 뻗었다.

"괜찮으세요?"

"이런 내가 이형인 널 물건처럼 사고팔았어. 비겁하지만 다른 이들도 이형을 그리 대하니 나만 못된 것은 아니라 여겼지. 이형이니까, 이형이라서…… 네 마음이 어떨까 미처 생각지도 못하고. 그런 내가 이형이니 명서, 넌 통쾌해해도 돼. 그게 당연해."

가만 보니 사로의 눈언저리가 붉었다. 명서가 천천히 고개를 가로저었다.

"아니요. 단주님이 이형이라는 걸 어떻게 통쾌하게 생각해요. 그게 얼마나 무겁고 아픈 멍에인지 아는 제가 그게 뭐 기쁠 일이라고 좋아해요. 이렇게 힘들어하고 괴로워하는 게 보이는데 도와주지는 못할망정……."

"내가 이런 모습이라도 걱정해 주는 거니?"

"당연하잖아요. 겉모습이 어떻든 단주님은 그대로고 또……."

말 중간에 그만 울컥해져 명서는 크게 숨을 내쉬었다. 사로가 설핏 웃는 게 보였다.

"역시나 너도 내가 이형이라고 달리 보지 않네. 정말…… 고마워. 그런데 인간들은 그렇지가 않아. 나 역시도 최근까지 그랬고. 그래서 난 아직 이형이란 걸 드러낼 용기가 없어. 그러니 돌아가 혼인을 치를 거고 모습을 감출 다른 방법을 찾아볼 거야. 하지만 이형이 된 내가 전과 같이 살 수는 없겠지. 앞으로 이리 사담을 나눌 기회도 별로 없을 거야. 그래서 말인데 명서야, 어떤 일이 닥쳐도 부디…… 모다 견뎌 내고 행복하렴. 그러길 빌게."

명서는 희게 반짝이는 사로의 머리카락을 바라보다 물었다.

"단주님의 결심이 그러하다면…… 연람 님은요?"

"그분은 괜찮을 거야."

그건 확신이라기보다 절실한 바람 같았다. 사로가 가만히 말을 이었다.

"끝을 알면서 시작하기엔 난 너무 계산적이니까."

그 말을 들은 명서가 고요한 눈으로 사로를 쳐다보았다. 자신 역시 잠시 번뇌했었다. 하지 않을 수 없었다. 휴는 신이고 저는 인간임을 누구보다 잘 알고 있었다.

"알아요. 신과 인간은 사는 법도 살아가는 시간도 다르다는 거. 언젠가 인간은 늙고 죽겠지요. 그 유한함이 버거운 건 너무 당연하잖아요. 그런데 짧게 피고 지는 인간만 슬프고 아픈 건 아니에요. 내가 사랑한, 날 사랑했던 신은 그 후로도 여기 홀로 남겨지겠죠. 기억을 고스란히 안고 사는 거, 남겨 두고 가는 것만큼 힘들 거라고 생각해요. 그럼에도 상대가 용기를 내 준다면 그것만으로 이미 벅차서…… 나 또한 이 선택을 후회하지 않게 돼 버리고 말아요."

명서의 말에 사로의 눈동자가 심하게 흔들렸다가 멈췄으나 곧 원래대로 차분하게 인사를 건넸다.

"잘 지내."

"단주님도요. 언제든 오시길 기다릴게요."

사로의 입가를 스친 미소가 참으로 허망하여 명서는 붙잡지 않고 고개만 숙여 보였다.

사로가 돌아가고 명서는 한참이나 제자리에 서 있었다. 그런 명서의 등을 휴가 가만히 끌어안았다.

"다 들으셨죠. 죄송해요."

"무엇이?"

짙게 어둠이 드리웠는데 몸은 따스해졌다. 명서가 그의 손에 제 것을 겹쳤다.

"짝사랑은 해가 되지 않을 거라 여겼어요. 그런데 마음이 자꾸만 커져서 스승님도 나와 같으면 좋겠다고 바라고…… 영원히 함께할 수도 없는데……. 저 때문에 언젠가 스승님은 또 여기 혼자……."

"쯧. 쓸데없는 걱정 따위."

정말 성가시다는 듯, 휴가 혀를 찼다. 그러면서 표식이 남은 자리에 입술을 댔다.

"스승님."

"네 아니면 그저 캄캄하였을 것이다. 보는 것, 딛는 걸음, 들리는 소리, 마음마저 그랬을 게다. 언제나처럼."

명서의 은색 눈동자가 흔들렸다. 이어지는 말에는 눈물을 막기 위해 입을 틀어막아야 했다.

"너로 인해 이제 나는 어둠을 벗어난 세상에 있다. 허니 만남보다 기다림이 길어도 상관없어. 네 있는 하늘만 빛나는 것을. 짧게 빛나도 넘치게 아름다워."

딱딱하고 무미건조한 음성. 그런데 빼곡한 연정.

"안 어울려요. 그런 말씀."

명서는 제 뺨에 흐른 눈물을 닦아 내는 휴를 뒤돌아 마주 안았다.

"그저 넌 몇 번이고 찾아와. 어김없이 알아보고 사랑할 것이니."

"남의 일이라고 쉽게 말씀하신, 진짜. 어디 환생이 제 맘대로 됩니까."

"예서 널 기다리는 일만 하려고."

퉁명하게 말하고 핏 웃는 휴야말로 아름다웠다. 명서는 눈을 흘기는 척하다 따라 웃고는 손등으로 눈물을 쓱 닦아 냈다.

갑자기 명서가 동작을 멈췄다. 불현듯 이 처연한 연심도 벅찬 감격도, 잊을 수 없을 온기마저 모다 또 한 번 기시감이 든 것이다. 통증이 사르르 심장으로 번졌다. 명서는 깊게 눈을 감았다 떴다.

"스승님."

"또 어찌?"

"……."

명서는 바로 답을 하지 않고 휴를 직시했다. 무엇에고 흔들리지 않고 그만을 보자 결심했다. 후회하지 않을 만큼 사랑해서 남겨질 그에게 조금이라도 덜 미안하자 했다. 그러니까 부끄러워도 지금의 기분을 전하고 싶었다.

"안아 주세요."

명서는 새빨개진 얼굴을 감추지 않았다. 휴를 향한 시선도 거두지 않았다.

"의미는 알고 있겠지?"

"물, 물론이지요."

다행인지 불행인지 덜덜 떨리는 입술을 휴가 엄지로 지그시 눌러 내렸다. 그가 얼마나 색정적으로 사람을 바라보는지 하마터면 심장이 터질 뻔하였다.

손가락에서 손목, 어깨로 이어지는 담백하고 부드러운 손길에 온몸이 어찌 그리 예민해지는지 소름이 돋을 지경이었다. 목덜미를 지나 귓불과 턱선을 따르던 휴의 손가락이 명서의 입술 위에 닿았다.

먹이를 앞에 둔 짐승처럼 표독스럽게 이를 드러낸 휴가 명서의
입술을 가벼이 물었다 놓았다. 귓가에 속닥이는 그의 목소리가 낮
고 위험스러웠다.

"허면 더 기다리지 않으마."

어찌할 바를 모르고 움찔거리던 명서가 고개만 주억거렸다.

인우는 벌써 몇 구째 실려 나오는 시신을 보고도 태연했다. 기
껏 새 태(態)를 갖춘 어둠 부스러기를 굶길 수는 없는 바, 악인이
라 소문난 자들을 옥사에서 빼돌려 제집 지하 서고로 몰아넣었더
랬다.

결과는 만족스러웠다. 하루가 다르게 힘이 오르고 악랄해져 가
는 부스러기에게 인우는 해치다란 뜻의 잔(殘)을 써 이름을 붙여
주었다. 본시 살고자 하는 욕망이 강하고 근본부터 비뚤어져 썩은
존재인 잔은 이해타산이 맞는 인우의 말에 비교적 순응했다.

아직 잔의 힘은 인우나 예 가문 사람들의 통제를 벗어날 정도
가 못 되었다. 그 정도까지 힘을 키워 줄 작정도 아니었다. 고작
이형의 계집 하나 죽이는 정도면 충분했다. 물론 신의 숲에 휴가
부재해야 한다는 전제가 깔린 조건이지만 말이다. 하지만 그 역시
생각해 둔 바가 있으니…….

인우는 음흉하게 눈을 빛내며 대나무 잎을 띄운 차 한 모금을

마셨다. 이제부터는 사로, 그 건방진 계집에 관한 문제를 해결할 차례였다.

인우가 부채를 착 소리 나게 치자 휘장 밖으로 인영이 나타났다.

"그래, 혼인을 하겠다고?"

휘장 밖의 인영이 이쪽을 똑바로 응시하는 것이 느껴졌다. 인우의 얼굴에 우월감에 찬 미소가 퍼졌다.

13
장

입맞춤 다음이 무엇일지 상상이야 했더랬다. 그러니까 휴가 제 옷을 홀랑 벗겨 내도 놀라 비명을 지르거나 있는 힘껏 도망치지는 않았다.

명서는 동그래질 대로 동그래진 눈으로 바닥에 떨어지는 옷가지를 보았다. 속옷마저 벗겨지려는 찰나, 명서가 눈을 질끈 감고 소리쳤다.

"부끄러워요! 허니 스승님도 좀……."

"좀?"

하얀 목덜미를 찬찬히 쓰다듬던 휴가 반쯤 눈을 내리깔고 물었다. 음성에는 놀리는 듯한 웃음기가 배어 있었다. 명서는 정신이 아득해질 만큼 기려한 미소를 외면하고 떠듬떠듬 말을 이었다.

"그, 저…… 옷을……."

"옷을?"

"좀 벗으시라고요!"

너무 창피하다 보니 도리어 목소리가 커졌다. 명서는 호통치고는 다급히 입을 막았다. 이제 휴가 대놓고 비웃고 있었다. 그러다 눈을 맞추며 흐드러지게 미소를 지어 보였다.

휴는 명서에게서 시선을 놓지 않고 한순간의 망설임도 없이 입은 옷 전부를 벗었다. 길게 드리워진 검은 머리카락과 위험하게 빛나는 눈동자의 요사스러움이야 말할 것도 없고 넓은 어깨와 탄탄한 가슴, 음영이 확실한 배와 허리 그리고 치골 아래의…….

"끼엑."

결국 비명을 터뜨린 명서가 두 손으로 얼굴을 가렸다. 휴가 느긋하게 다가와 턱을 들어 올렸다.

"그럼."

무감하고 심드렁하게 물어도 눈이 웃는 게 다 보였다. 명서는 손가락을 벌려 그를 노려봐 주고는 입술을 앙다물었다.

"어서."

휴가 재촉하며 어깨를 문지르자 결국 명서는 주춤주춤 제게 남은 옷을 벗고 후다닥 침상으로 달려갔다. 이불을 찾아 온몸을 가릴 생각이었다.

하지만 휴가 한발 빨랐다. 그는 멀찌감치 서서 감상하듯 명서를 보더니 손가락을 튕겨 이불을 모조리 태워 버렸다.

울상을 짓는 것도 잠시, 휴가 다가와 명서를 번쩍 안아 올렸다. 조금 전처럼 놀리지 않고 부드럽고 상냥하게 눈을 맞추어 주었다.

신기하게도 점점 긴장이 풀리고 마음이 찌릿찌릿해져 갔다. 맞닿은 살결의 감각과 체온이 선명해지며 미열이 오르는 것 같았다.

약속한 것처럼 두 사람의 입술이 겹쳐졌다. 살며시 매끄럽게 다가가 촉촉하게 감기고 마침내 격정적이고 농밀한 입맞춤으로 이어졌다. 혀가 섞이고 뜨거운 열기가 피어올랐다.

명서는 얼얼해진 입술을 놓고 뺨과 목, 어깨와 가슴을 타고 내려가는 휴 덕분에 숨을 가쁘게 내쉬었다. 그의 속도를 따라가기 버거웠지만 놓치고 싶지도 않았다. 명서는 휴의 목덜미를 꽉 끌어안았다.

그 마음 안다는 듯 휴가 부드럽게 입 맞추고 가냘픈 쇄골 아래 작고 앙증맞은 가슴을 움켜잡았다. 명서가 흠칫하며 바르작거리자 휴가 더 힘을 주며 분홍빛 돌기를 살짝 비틀었다.

"아."

명서가 신음하자 휴가 희고 보드라운 젖가슴을 덥석 베어 물었다. 입 안 가득 물고도 부족한 듯 척추를 훑어 내리는 손길이 집요했다. 명서의 몸이 활처럼 휘자 휴는 가슴을 입에 문 채로 허리와 배를 쓰다듬었다.

살결이 스쳐 꽃이 돋는 듯, 휴가 닿는 모든 곳이 뜨겁고 아리고 신비로운 감각으로 가득 찼다.

가슴 돌기가 입 안에서 꼿꼿하게 서자 휴의 손이 서두르지 않고 명서의 여리고 깊은 곳으로 향했다. 누구에게도 허락한 적 없는 곳을 침범한 그의 손끝이 고운 숲을 지나 막 촉촉해진 여성으로 향했다.

명서가 버둥거리기도 전 휴가 몸을 압박하고 입맞춤을 퍼부었다. 동시에 그의 손가락이 깊은 숲 안을 두드렸다. 천천히 공들여 매만지자 촉촉이 반기며 열리는 숲 안으로 그가 들어갔다.

하나, 둘 서서히 수를 늘려 충분히 열어 둔 휴는 깊고 진한 입맞춤을 했다. 귓가에 속삭이는 목소리가 감미로웠다.

"힘을 빼."

잔뜩 굳어져 있던 명서가 두려운 듯 몸을 떨자, 휴는 움직임을 멈추고 오랫동안 이마와 뺨, 턱과 목에 입맞춤을 퍼부었다. 얼마든지 기다려 주겠다는 말 같아서 안심이 됐다. 명서는 그의 너른 등을 양팔로 감싸 안고 매끈한 가슴에 살짝 입술을 댔다.

그 수줍고 엉성한 행동이 기폭제였던 모양이다. 휴가 명서의 팔을 위로 올리고 바짝 몸을 붙여 왔다. 어둠처럼 깊고 아름다운 눈동자에 오롯이 명서가 들이찼다.

"흡."

좁은 입구를 비집고 들어오는 그가 버거워 명서가 아랫입술을 깨물었다. 아플 거라더니, 정말 눈물이 찔끔 날 정도의 통증이 찾아왔다. 데인 듯 화끈해진 입구를 지나 점점 깊숙이, 휴가 들어왔다. 이제 명서의 얼굴은 하얗게 질릴 정도였다.

"천천히 숨 내뱉어."

명령조지만 걱정 어린 말투. 명서는 휴의 팔에 매달린 채로 심호흡을 했다. 그의 손이 부드럽게 명서의 등을 어루만져 주었다. 꽉 들어찬 아래의 생경함은 여전하나 아까처럼 찢어질 듯한 아픔은 어느 정도 사라졌다. 명서가 가만히 제 안을 차지한 남자를 바라보았다.

"진짜 아파요."

"허면……."

"근데 참아 볼래요. 이 너머에는 분명 스승님과 저만 함께 느끼는 것이 있을 것 같거든요."

말을 마친 명서가 불쑥 휴의 허리를 당겼다. 조금 더 가까워지며 몸속 가득해진 사내에 명서가 혹 하고 숨을 뱉었다.

잠시 바라보던 휴가 이마와 뺨, 턱에 차례로 입을 맞추었다. 여전히 긴장한 채였지만 간지럽고 다정한 접촉이 좋아서 명서가 조금 웃었다.

"명서야."

역시 휴가 부르면 마음 어딘가가 녹아 흐르는 것만 같았다.

"사랑한다."

기습적으로 이어지는 고백에 명서의 눈이 크게 열렸다가 화사한 반달을 그렸다. 저도 그러하다고, 결코 스승님께 지지 않는 마음이라 말하고 싶지만 입을 열면 그대로 눈물이 툭 떨어질 것 같아 잠자코 웃기만 했다.

어느새 몸이 자연스럽게 열려 그를 감쌌다. 휴가 느릿하게 움직이기 시작했다. 마치 온몸을 꿰뚫는 것 같던 고통 저편에서 차츰 미지의 감각이 끌려 올라왔다. 휴가 조금 더 깊고 빠르게 움직일수록 그 감각은 또렷해졌다.

"아……."

고통이 아닌 낯선 환희가 배 안쪽을 찌르르 전율하게 만들었다. 명서는 저도 모르게 신음했다. 행위가 이어질수록 아래는 축축해지고 통증 대신 전율이 잦아졌다.

온몸이 붉어져 땀투성이가 된 명서가 열에 들뜬 눈으로 휴를 보았다. 사랑스러운 마음이 그득해 저도 모르게 그의 뺨을 쓰다듬었다.

"넌 정말……."

휴의 기려한 눈동자가 살짝 이지러지는가 싶더니 명서의 가슴을 사납게 베어 물었다. 명서의 몸이 바르르 떨리며 착 감기었다.

"날 미치게 만드는구나."

감미롭고 자극적인 목소리가 맴도는 귓가에는 질척하고 야한 마찰음이 퍼져 갔다. 머릿속이 하얗게 비워지고 숨과 숨, 열기와 열기만 솔직하게 맞닿아 아득히 깊고 깊었다.

마침내 휴가 명서 안에서 폭발했다. 점멸하는 빛이 보일 만큼 절정은 지독했다. 명서와 휴는 동시에 가파른 숨을 토해 내며 입을 맞추고 서로를 끌어안았다.

그 후로도 휴는 몇 번이라도 부족하다는 듯 명서를 안고 또 안았다. 둘은 수없이 많은 절정 끝에서 녹아들고 미소 짓다 굳게 손을 잡았다.

아침 햇살이 창가 앞에서 톡톡 문을 두드릴 때쯤이었다. 명서는 녹초가 되어 그의 품에 쓰러지고 말았다. 그러고는 무어라 말할 새도 없이 잠에 빠져들었다.

휴가 그런 명서를 빈틈없이 꽉 끌어안았다. 잠결에 뒤척이지도 못할 만큼 몸을 밀착시킨 그가 명서의 어깨를 가만가만 쓸었다.

날카롭고 새까만 눈동자에는 아직 짙게 남은 욕망과 함께 매혹적인 미소가 걸려 있었다.

눈을 뜨자 등 뒤는 물론 온몸 구석구석에 얽힌 사내의 팔과 다리가 보였다. 이불 한 장 없이 잠이 들어도 춥지 않았던 이유가 이거였나 보다. 명서는 맨살의 포옹을 조심스럽게 풀고 침상을 빠져나갔다.

"으억."

일어서려는데 다리가 휘청거리며 몸이 푹 쓰러지고 말았다. 다리도 허리도 그곳도 아니 쑤신 곳이 없었다. 숨 고르고 다시 몸을 일으켜 겨우 한 걸음 걸었을까. 주르륵 휴의 것이 안에서부터 쏟아져 내렸다. 당황한 명서가 우왕좌왕하는 사이, 순식간에 몸이 들렸다.

"어?"

심술궂게 웃는 휴가 보였다. 명서가 새빨개진 얼굴로 뭐라 하려는데 그가 선수를 쳤다.

"이 꼴로 어딜 가려느냐."

휴가 실오라기 하나 걸치지 않은 채로 명서를 번쩍 안고 아래층으로 향했다. 뜨거운 김이 서린 동굴 안 온천으로 가 안은 그대로 물에 들어갔다.

"내려 주세요."

아침 해가 뜰 때까지 살을 맞댄 사이라도 아직 부끄럽기는 마찬가지, 명서가 감탄이 나올 것처럼 근사한 휴의 가슴팍을 슬쩍 외면했다. 그러나 휴는 조금도 그럴 마음이 없다는 듯 허벅지며 등을 살살 문질러 닦아 주기 시작했다.

"그, 제…… 제가 하겠습니다."

"제대로 서지도 못하는 몸으로?"

"그야 스승님이 너무……."

명서가 뒷말을 흐리자 휴가 짓궂게 되물었다.

"너무?"

"또 그러신다. 아시면서……."

"내게서 빠져나갈 힘이 있다면 침상 위에서나 쓰도록 해."

위협적이고 강압적인 표정을 짓고 있으나 여전히 스승의 눈동자에는 웃음기가 스며 있었다. 곤란한 기색이던 명서가 멍하게 그를 보다 두 팔을 양옆으로 벌리고 휴를 돌아보았다.

"그럼 어디 솜씨 좀 볼까요?"

능청을 떠는 것치곤 붉어진 뺨이며 목덜미가 수줍었다. 휴가 손바닥으로 작은 가슴을 감싸며 낮게 웃음을 터뜨렸다. 간지러움 때문에 이리저리 몸을 비틀던 명서도 그를 따라 웃고 말았다.

인우가 손짓을 하자 휘장이 걷히며 홍 상단의 장남이 모습을 드러냈다. 친척이라고는 해도 일 년에 두어 번 만나는 게 전부인

사이였다.

그가 수 상단의 단주에게 연심을 품고 있다는 것도 이번에 알게 되었다. 혼인으로 엮여 힘이 모이는 것이야 환영할 일이지만 상대가 어려웠다. 사로라면 분명 홍 상단 전체를 거머쥐고 예 가문까지 뒤흔들 여자였던 것이다.

약점이 없어, 약점이. 인우는 매번 그리 혀를 차곤 했었다. 틈이 있어야 파고들어 원하는 것을 얻을 것인데, 사로는 워낙에 완벽한 모습이었다.

그럼에도 홍 상단에서 가져온 혼인 소식은 반가웠다. 관계가 관계이니만큼 아무래도 전보다 예 가문을 신경 쓰지 않을 수는 없을 게다. 신랑 자리가 썩 똑똑치는 않으니 적당히 함정을 파 놓고 기다리면 언제고 한 쓸모는 되어 주지 않을까 했다. 그걸 빌미로 이형의 일에 사로를 끼워 넣을 수 있다면 그보다 큰 힘은 없을 터였다.

인우는 지극히 가식적인 미소로 축하의 말을 건넸다.

"축하하네."

"가주님께서 힘써 주신 덕분입니다."

"뭐, 그야. 허면 언제부터 열흘의 침봉례를 시작할 것인가? 알겠지만 가문의 오랜 풍습인지라 준비함에 모자람이 없어야 할 것이네. 보는 눈들이 많거든."

예 가문의 피를 타고난 자들은 모다 혼례 전 침봉례를 거쳤다. 남녀 구분 없이 열흘의 시간 동안 배우자가 될 이에게 사당에 바칠 꽃의 준비부터 여러 가지 가풍을 익히게 하는 과정이었다. 집 안의 어른과 식솔들과도 얼굴을 익히도록 열흘은 사당에 딸린 작은 별채에서 기거하도록 했다. 꽃 장식 수백 개를 사당 거리에 장식하는 것으로 마무리되는 침봉례는 전통과 아름다움 때문에 마을은 물론 멀리서도 구경 오는 이들이 꽤 많았다.

인우의 말에 홍 상단의 장남이 머뭇거리며 답했다.

"그것이 침봉례는 아니할까 합니다."

"그 무슨 말도 아니 되는 소린가. 왜, 수 상단의 단주가 바쁘고 번거로우니 생략하자 하던가? 그렇다면 이는 우리 가문과 자네를 무시하는 처사가 분명하니 내 당장 서찰을 띄워……."

"아닙니다. 그것이 아니오라…… 일신의 문제로……."

상단을 이끌 만큼 영리하지는 못해도 잔머리는 제법 굴리는 사내가 빠르게 눈빛 바꾸는 것이 보였다. 무슨 꿍꿍이가 있는 것이 분명하다. 인우는 부러 아까보다 더 역정을 내었다.

"그리할 양이면 이 혼인, 파하는 것이 나을 걸세. 나를 비롯한 가문의 어르신들 모다 찬성치 않으실 게야."

"부득이한 사정을 설명하면……."

"나 하나도 설득하지 못하는 자네가 무슨 수로! 모르지. 수 상단 단주가 직접 와 청하면 들어 보고 마음을 바꿀지도. 그런데 침봉례도 아니 치르겠다는 사람이 여길 오려고나 하겠나."

인우가 부채를 펼쳐 들고 넌지시 장남을 떠보았다.

사로가 만만치 않을 것은 알지만 그리 찾아오게 되면 제 체면도 살고 사전에 기도 누르는 꼴이 되지 싶었다. 이형에 관해 생각이 바뀌었는지도 넌지시 물어보기도 하고 말이다.

"방문은 여쭈어보겠지만, 그것이 저…… 단주에게는 이미 침봉례는 없을 거라 말씀드린 후고 또 워낙에 몸이 불편키도 하셔서 아무래도……."

"꼴사납군. 자네 혼인을 하려는 것인가 아니면 상전을 모시려는 건가. 둘 사이가 어떻든 내 알 바 아니지만 가문에 관련한 일은 나도 더는 양보 못 하니 알아서 하게. 무슨 사정이 있는 지 말을 해야 도와주지, 원."

그 말을 끝으로 돌아서자 홍 상단의 장남이 인우를 불러 세웠다.

"가주님."

"……."

인우가 눈빛을 보냈다. 할 말이 있으면 해 보라는 뜻이었다.

"허면 사정 말씀을 드릴 터이니 다른 이들을 좀 물려 주시면……. 꽤 중한 일인지라."

그의 말에 인우는 교활한 미소를 감추고 신중하게 고개를 끄덕여 보였다.

몇 시진 뒤, 인우가 서찰 한 통을 종복에게 건넸다. 발 빠르게 다녀오라 이르고 아끼던 부채를 일별했다. 핏방울이 튀어서 아무래도 버려야 할 성싶었다.

인우는 시체와 핏자국을 치우느라 분주한 사내들에게 부채를 던졌다.

"함께 태워."

고개 숙이는 이들에게서 등 돌려 걷던 인우가 서고 중앙에 멈춰 미친 듯 웃기 시작했다. 하늘이 저를 돕는 기분이었다. 그렇지 않고서야 이리 시기 적절하게 어둠 부스러기를 잡아 길들이고, 수상단 단주의 치명적인 약점을 움켜쥘 수 있었을까.

"하하하하하. 이것으로 수호 가문의 절반이 이형을 처리하는 일에 찬성하게 되는 셈인가. 뒤탈이 생기면 수 상단에게 몰아 버릴 수도 있겠고."

서고 중앙에서 피어오르는 검은 기운이 꽤 강해져 있었다. 머지않아 시작해도 좋겠다. 인우는 감히 제게 들러붙는 검은색 연기를 짓이기고 마을 쪽을 건너다보았다.

서찰을 받은 사로는 책상 앞에 앉아 두 손을 모았다. 예측했던 전개 가운데 가장 최악이었다.

혼인을 결정하고 홍 상단 장남과 짧게 만난 자리에서, 그가 인우에게 비밀을 말하는 일은 없어야 한다고 못을 박았더랬다. 사내는 그저 사로가 다른 수호 가문의 가주에게 이형임이 밝혀지는 것을 겁내 한다고만 여겼겠지만, 기실 이런 사태를 염려한 것이었다.

수호 가문에의 긍지와 자부심 높은 인우가 수 상단 단주의 결점을 아는 그를 살려 둘 리 없었다. 인우는 벌써부터 사로의 약점을 쥐고 이용할 궁리를 하고 있을 것이 뻔했다.

생각을 정리한 사로가 심복을 불러들였다. 변한 사로를 용케 아무렇지 않은 얼굴로 대하는 자였다.

"예 가문의 움직임을 살필 자들을 보내게."

"홍 상단의 장례는 어찌할까요? 그쪽에서는 와 주셨으면 하는 모양입니다."

"이제 피차 알 바 아니지. 단칼에 거절해. 그보다 긴급회의는 금일도 열리나?"

"그렇습니다."

심복의 대답에 사로가 덤덤히 고개를 끄덕였다. 그녀를 상단 우두머리에서 끌어내리고자 마련된 자리임을 누구보다 잘 알고 있었다.

"수호 가문의 가주가 이형이라니, 용납할 수 없겠지."

사로는 그를 내보내고 창 앞에 섰다.

인우에, 상단에, 사람들의 시선에…… 상대해야 할 것이 너무도 많았다. 과연 앞으로 설 자리가 있기는 할까. 여태 꽤 영리하고 능력도 출중하다고 여겼는데 그도 이형인 채로는 소용없었다. 사로는 한숨을 삼키며 흰 머리카락을 쓸어 넘겼다.

창가에 드리운 색 예쁜 비단 천이 하늘하늘 춤을 추었다. 그러자 숨기려 해도 그리운 얼굴이 유리에 맺혔다. 사로는 연람을 떠올리며 입술을 꾹 깨물었다.

그 시각, 정하와 한팔이 휴의 거처로 쳐들어갔다. 몇 차례 식신을 보내었으나 휴가 영역 안에서 꼼짝 않으니 기어코 만나러 온 것이었다.

"시꺼멓고 우중충한 숲에 뭐 좋을 일 있다고 그리 딱 붙어서 는."

앉자마자 독설을 날린 정하가 제 앞에 놓인 찻잔을 퉁명스럽게 낚아챘다. 한괄은 차는 입에 대지도 않고 근심스러운 얼굴로 입을 열었다.

"연람 말일세. 아무래도 수면기에 들어갈 모양이야. 어둠과 달리 물이나 바람, 불은 힘의 균형이 깨지는 일이 좀처럼 없을 텐데 어찌 된 영문인지 균열이 번지고 있다더군. 스스로도 분노와 광기를 제어하는 게 어렵다고 판단한 듯해."

삶이 무한한 신인지라 때로 보거나 듣지 않고, 생각마저 멈추고 싶어지는 순간이 있었다. 그것을 수면기라 불렀는데, 이는 갑작스럽게 힘의 균형을 잃거나 균열이 예상될 때도 적용됐다.

다만 수면기 동안, 세상에는 그 신의 힘을 토대로 한 것들이 약해지기 마련이라 섣불리 결정할 수는 없는 일이었다. 따라서 수면기 동안 힘의 균형을 잡아 줄 나머지 신들의 동의가 필요했다.

"……그의 결정이라면."

휴는 긴말 않고 동의했다. 연람이 이성을 잃고 날뛰는 연유를 헤아린 듯했다. 그러자 정하가 또 발끈해 나섰다.

"넌 또 왜 그래. 그게 말이 돼? 요즘 휴 네 균열이 심상치 않았잖아. 만약 연람이 잠든 시기에 또 달 없는 밤이 찾아오면 어쩌려고? 연람 없이 우리끼리 괴물 같은 널 어찌 막아? 만약 어둠의 신이 폭주라도 하면 신은 물론이고 세상천지가 가루가 되고 말걸. 차라리 한팔, 네 그 바람 계곡에다가 연람을 며칠 처넣어 놓자니까. 신 아닌 것들은 죄 죽어도 우리야 뭐, 며칠 힘도 제대로 못 쓰고 빙빙 바람 속만 떠돌게 되잖아. 밖에서도 안에 든 녀석 생사도 확인할 수 없는 건 좀 께름칙하지만 실컷 방황하다 보면 연람도 정신을 차리겠지."

"정하의 말이 아주 틀린 건 아니야. 휴, 나 역시 네 문제가 부담스러워 쉽게 동의를 못 하고 있으니까."

삑삑거리는 정하를 한팔이 힘으로 눌러 앉혔다. 휴가 입술 한쪽을 비틀며 그를 보았다.

"요컨대 연람이 없는 사이 내 힘이 균형을 잃고 폭주할까 봐 겁이 난다?"

"혼자 잘난 것처럼 굴지 마. 나와 한팔도 신이고 네놈 멱따는 정도는 우스워. 단 세상에 미칠 여파를 걱정하는 어른의 입장으로……."

요란하게 팔을 버둥거리는 정하를 향해 휴가 냉랭하게 경고했다.

"닥쳐."

"이 무례하고 시꺼먼 놈아. 오냐, 금일 누가 죽어 나갈 때까지 싸워……."

거품 물고 덤비는 정하를 멈추게 한 건 명서의 청량한 음성이었다.

"말씀 중에 죄송합니다만."

명서가 새콤달콤한 향을 풍기는 말린 과일을 내놓았다. 그러고는 한 발짝 물러나 머리를 조아렸다.

"감히 한 말씀 올려도 괜찮을까요?"

그에 한괄이 웃으며 고개를 끄덕이자 정하도 마지못해 팔짱을 끼고 들을 채비를 했다. 휴는 감정을 읽을 수 없는 표정을 지으며 명서를 바라보고 있었다.

"스승님은 결코 세상을 망가트릴 분이 아니십니다. 어둠을 다스려 내는 것도 달 없는 밤을 힘들게 보내시는 것도, 세상을 지키기 위함인 것을요. 그러니 앞으로 어떤 일이 일어나도…… 스승님은 세상을 등지지 않을 겁니다."

"하아? 네 멋대로 그리 생각하면 그만인 가벼운 문제가 아니다. 고작 인간이 무슨 도움이 된다고……."

정하가 비아냥거렸으나 명서는 생긋 웃으며 답했다.

"알고 있습니다. 하여 언령을 맺으시면 어떨까 생각했습니다. 서로 간에 언령을 맺으면 그에 이중으로 묶이니, 만일의 사태가 일어나도 섣불리 깨트릴 수 없을 테지요."

"호오! 너, 꽤나 똑똑하구나. 제법이야. 그래, 신들 간의 언령이라면 그 무게가 남다르지. 썩 괜찮은 방법이다. 기분이 좋으니 특별히 표식을 주마. 너라면 언제든 내 영역에 놀러 와도 좋다."

정하가 어울리지 않게 환히 웃으며 속에 물이 찰랑이는 보석 하나를 명서에게 건넸다. 한괄도 잎사귀가 팔랑거리는 나뭇가지를 주었다.

"나도 진즉 영역의 결계를 열어 주려 하였지만 늦었네. 정하가 있는 강도 그렇고 마음 내키면 내 계곡에도 놀러 오렴."

신들이 건넨 표식이 희미하게 반짝거렸다. 명서가 빛 고운 보석과 싱그러운 나뭇가지를 번갈아 보다 제 손목과 입술을 더듬거렸다.

"어라, 표식이라는 게 이렇게 간단히?"

혼잣말에 가까운 명서의 물음에 정하가 간략히 설명했다.

"어떤 종류든 신의 허락이 담긴 것이면 되니까."

"아."

명서가 입술을 손끝으로 만지작거리다 말고 휴를 흘깃 쳐다보았다. 한괄은 그 시선을 조용히 따라갔다. 휴가 슬쩍 눈길을 회피했고 그를 노려보던 명서가 어쩔 수 없다는 듯 웃고 말았다.

그런데 그 맑고 해사한 웃음 끝에 애잔하게 나비치는 슬픔이 보였다. 그리 웃는 명서는 본 일이 없었다. 마치 모든 것을 잃고 그 아픔 전부를 감내한 사람처럼 말이다.

어째서……. 한괄은 은빛 머리카락을 휘감고 사라지는 바람을 휘어잡았다. 스르륵 녹아내리는 바람줄기 끝이 공연히 안타까웠다.

"그럼 전 이만 가서 연람 님께 드릴 것을 좀 꾸릴게요. 천천히 이야기 마저 나누셔요."

아까의 미소가 거짓이었던 것처럼 명서는 씩씩하게 손을 흔들어 보였다. 정하가 또 보자 인사하는 동안 한괄은 그저 가만히 지켜보았다. 명서가 맑은 웃음 남기고 돌아서는데 휴가 그녀를 불렀다.

"명서야."

"걱정 마세요. 스승님 다 괜찮을 거예요."

휴가 무슨 말을 하기도 전에 명서는 그렇게 말하며 또 한 번 눈부시게 웃었다. 해가 드리워져 반짝이는 은빛 눈동자 위로 우수수 숲이 지나갔다.

'괜찮을 거예요.'

한괄은 명서가 남긴 그 말을 무한히 되풀이하며 찻잔을 이리저리 돌렸다.

14
장

신들이 대화를 나누는 동안, 명서는 연리지 층간에 앉아 햇빛을 즐기고 있었다. 묵이 간식거리를 챙겨 들고 나오자 해는 한층 진해져 있었다.

멀리서 들리는 신들의 음성이 숲 바람에 섞여 우수수 날렸다. 그 바람결에 한 점, 한 점 나풀거려 떨어지는 빛을 바라보노라니 그만 어지럼증이 일었다. 명서는 흔들리는 몸을 지탱하려 팔을 뻗었다.

뭔가에 닿으며 구르는 소리가 났다. 그러면서 또 세상이 뒤흔들리고 기시감이 들었다. 명서는 앞으로 일어날 일을 저도 몰래 중얼거렸다.

"분명 묵이 주려고 챙겨 둔 과일 그릇을 엎어서……."

생각이 끝나기도 전 이미 그릇에 있던 과일이 층간을 통통 튀어 내려가고 있었다. 묵이가 쪼르르 달려가며 한 알씩 주워 먹는 모습을 보고 있던 명서가 나직하게 속삭였다.

"그리고 분명 치맛단에 작게 복숭아 물이 들어 있었어."

혹시나 하는 심정으로 여기저기를 살피는데 다행히 물든 부분은 없어 보였다. 안도하며 엎어진 그릇을 챙기는데 몰려나온 뒤쪽 치맛단 아래에서 희미한 색을 발견했다. 명서는 그대로 동작을 멈추었다. 뒤엉켜 버린 머리가 터질 듯 아파 왔다.

"그럴 리가 없잖아."

평범한 인간이라면 똑같은 상황과 감정을 반복해 겪어 보았을 리가 없다. 허나 망상이라 치부하기엔 너무도 선명했다. 다행히 차츰 두통이 가라앉으며 더는 뭔가가 겹쳐 보이지 않았다.

스승님께 여쭈어보는 것도 방법이겠다. 하지만 어쩐지 그에게만은 이 기시감을 설명하기 두려웠다.

복잡한 마음을 애써 감춘 명서가 뜰을 내려다보았다. 흩날리는 검은 머리카락을 쓸어 넘기던 휴도 이쪽을 보았다. 그 깊고 아름다운 눈동자가 가슴에 콕 박혔다. 그러면서 한참이나 만나지 못했던 것처럼 그립고 아련한 기분이 들었다.

드실 것을 핑계로 얼굴이라도 뵙고 와야지. 명서는 이내 웃으며 자리를 털고 일어났다.

명서가 쟁반을 들고 뜰에 도착했을 때 이야기는 무르익고 있었다. 정확히는 격앙돼 있다는 게 맞겠다. 신들의 목소리가 평소 같지 않게 커져서 떨어진 거리에서도 나누는 말이 고스란히 들렸다.

나중에 다시 오는 게 좋을 것 같았다. 조용히 물러나던 명서가 걸음을 멈춘 것은 정하의 말 때문이었다.

"괴물 같은 널 어찌 막아? 만약 어둠의 신이 폭주라도 하면 신은 물론이고 세상천지가 가루가 되고 말걸."

명서는 망설이지 않고 그들에게 갔다.

스승인 휴는 괴물 같은 게 아니다. 자신은 어둠에 갇혀도 세상을 위해 기꺼이 정화를 맡고 있었다. 괴물이 되고 세상을 멸하면 스스로가 가장 견딜 수 없어 할 분이셨다.

그렇게 만들고 싶지 않아. 그를 지독히 외롭고 환멸스러운 후회와 맞닥뜨리게 할 수는 없어.

스스로도 알 수 없는 깊고 오랜 바람이 명서의 입을 열게 만들었다. 언령 이야기는 자신도 뜻밖이었다. 다만 꼭 해야 할 말이라는 건 알았다. 그것이 스승과 이 세상을 구하게 될 거라는 것도.

다행히 명서의 의견은 받아들여졌다. 그래서 웃었고 그러면 뒤엉킨 머릿속은 아무도 모를 거라 생각했다.

"명서야."

휴가 그리 불렀을 때는 저도 모르게 눈물이 핑 돌았더랬다.

"걱정 마세요. 스승님 다 괜찮을 거예요."

그렇게 의연한 척 굴어야 했다. 몇 번이나 되풀이된다고 해도, 몇 번을 아파도 그리 말했을 거다. 명서는 표정을 읽을 수 없는 휴를 말갛게 보았다.

당신은 아프지 않기를.

당신만은 눈물짓지 않기를.

겹쳐지는 장면이나 알 수 없는 기시감이 무엇이라도 상관없었다. 제 사랑하는 이가 상처 입지 않고 슬프지 않다면 그것으로 족하다는 생각이 들었다. 하여 명서는 부러 밝게 웃었다. 무엇 하나 걱정 끼치지 않으려 더 티 없고 말갛게 웃을 수밖에 없었다.

명서는 본래 잘 웃는 계집아이였다. 본인이야 모르겠지만 참말 마음 녹이게 달고 곱게 웃곤 했다. 그런 명서가 웃는데 가슴이 아렸다. 어찌 이리 아플까 싶게 먹먹했다.

휴는 정하와 한괄이 돌아가자마자 명서에게 물었다.

"혹 무슨 근심이라도 있느냐?"

"제가요? 그럴 일이 뭐가 있다고요. 스승님도 참."

태연히 웃으며 대꾸하는 명서는 여느 때와 같았다. 휴는 희고 작은 얼굴을 두 손을 감싸고 다시 물었다.

"정말 내게 숨기는 것 없느냐?"

"그랬다가는 저보다 스승님께 먼저 들킬 텐데요."

은색 눈동자가 물처럼 투명해 잠길 듯 찰랑거렸다. 휴는 천천히 입을 맞추고 보드라운 목덜미를 어루만졌다. 금세 얼굴 붉어진 명서가 그의 커다란 손에 폭 기댄 채로 가만히 미소 지었다.

"명서야."

부르자 잠깐 눈을 감았다 뜬 명서가 그의 허리에 팔을 둘렀다. 서툴게 다가오는 그 동작이 얼마나 어여쁘고 감질난지 하마터면 명서의 가냘픈 어깨에 잇자국을 낼 뻔하였다.

휴는 아직 환한 볕을 감추려 휘장을 내리고 침상 위로 명서를 안아 던졌다.

나신이 된 명서는 눈부셨다. 제가 남긴 붉은 입술 자국으로 가득한 희고 흰 살결은 숨 막히게 탐스러워서 소유욕과 독점욕이 자연스럽게 들끓어 올랐다.

파헤쳐 엉망으로 된 옷가지를 들추고 작은 가슴을 찾아내 입 안 가득 머금고 손바닥 가득 말랑말랑한 엉덩이를 움켜쥐었다.

늦은 오후가 저녁이 되고 밤이 깊어 새벽이 가까워질 때까지, 휴는 명서가 지쳐 쓰러질 때까지 안고 또 안았다.

휴가 제 품에서 잠든 명서의 머리카락을 쓸어 올리고 이마와 턱에 입맞춤을 퍼부었다. 움찔거리는가 싶더니 다시금 깊은 잠에 빠진 명서가 사랑스러워 휴는 웃음을 감추지 못했다.

이다지도 애중하고 벅차서 훗날 곁에 없으면 얼마나 공허하고 외로울까 싶다가도 매 순간 넘치도록 행복해 그런 짧은 고민을 잊곤 했다. 휴는 명서의 희고 고운 뺨 위로 번진 홍조를 매만지며 애잔히 미소했다.

"이리도 깊이 박혀 정녕 너 없이 어찌 살까 하면서."

생각하고 싶지 않은지도 모르겠다. 명서 없이라니. 그녀가 다시 찾아올 때까지 어찌 버틸까.

명서 앞에서는 대범하게 굴었지만 매 순간이 두려웠다. 인간인 그녀의 짧은 생을 이토록 안타까워하고 불안해하는 것을 들키고 싶지 않았지만 그에서 자유로울 수 없었다.

어둡고 사특한 것들 위에 군림하는 신이라도 사랑하는 여자 앞에서는 속수무책이었다. 휴는 잠든 명서를 으스러지게 안고 그 고운 맥박을 쓰다듬었다.

몇 번이나 저를 가득 품었던 명서의 몸을 조심스럽게 보듬어 안았다. 작고 여린 것이 제 안에서 벅차도록 꽉 차올랐다. 휴가 제 가슴에 얼굴 묻어 오는 명서를 향해 나직이 속삭였다.

"사랑해."

너무 커져 온통 흔들리면서도 행복하고 또 불안하고 그러면서 또 웃게 되는, 너라는 절대적이고 유일한 존재라니. 휴는 입술 한 쪽을 비틀어 묘한 미소를 지었다.

그 곁에서 잠들었던 휴가 깨어난 것은 날빛이 새어 들 무렵, 명서가 조용히 몸을 뒤척거릴 때부터였다. 그는 제 품에서 눈을 반짝 떠 이리저리 살피는 명서를 감상하며 잠든 척을 하고 있었다.

"스승님."

깨우려 부르는 것이 아니라 그저 소중해 새겨 보는 것임을 알 수 있었다. 휴는 단번에 답하고 싶은 마음을 애써 꾹 눌렀다. 명서가 그의 턱과 입술을 조심스럽게 매만지는 것이 느껴졌다.

그러다 명서가 아무것도 걸치지 않은 맨가슴에 얼굴을 가만히 묻어 왔다. 그대로 뭐라 중얼거리는데 말소리가 잘 들리지 않았다. 결국 휴가 눈을 떠 제 여인의 이마에 입술을 내렸다.

"다시 말해 보아라. 무엇이든 들어줄 테니, 어서."

한 마디도 놓치고 싶지 않은 존재라 재촉을 곁들였다. 그런데 명서는 잠시 그를 빤히 보다 여느 때처럼 방긋 웃고만 있었다. 감추는 게 능치 못하면서 고집은 센 명서라, 말하지 않기로 했다면 아무리 캐물어도 쉬이 대답치 않을 것을 알았다.

휴는 심술궂게 입술을 비틀다 마른 등을 손톱으로 길게 쓸어내렸다. 그러면서 태연히 가슴을 부여잡고 분홍 돌기를 손끝으로 돌리며 괴롭혀 댔다. 명서가 몸을 비틀며 작게 비명을 질렀다.

역시나 아까의 대답은 하지 않고 있었다. 휴는 그런 명서를 번쩍 들어 제 무릎 위에 앉혔다. 허벅지 사이에 닿은 여린 살결이 달콤했다.

"난 꽤 집착이 강한 편이니 당장은 아니라도 반드시 말하게 해 주마."

휴의 손길이 아래로 가 농염하게 움직였다. 명서의 입술을 쉴 새 없이 탐하던 휴가 척추를 훑어 내려가 가슴으로 고개를 꺾었다. 작고 보드라운 것을 입 안에 가득 물고 위험하게 눈을 빛냈다. 명서가 긴장한 듯 바르르 떨고 있었다. 휴는 촉촉해진 명서에게로 저를 불쑥 밀어 넣었다.

좁고 따스한 명서의 안은 현기증이 날 정도로 좋았다. 거기다 입술을 깨물며 흐느끼듯 내지르는 명서의 신음은 어찌나 자극적인지. 휴는 혀로 명서의 턱과 목덜미를 핥아 내렸다. 명서가 내는 작은 신음마저 삼키려는 것이었다.

휴가 몸을 움직일 때마다 명서의 떨림도 심해졌다. 마침내 명서가 뭔가를 중얼거렸다.

"좋아……해요."

"다시 한번."

비좁은 명서의 내부에 여전히 몸을 묻은 채로 휴가 말했다.

"좋아…… 하아…… 사랑해요."

그게 명서가 숨겼던 말인지는 알 수 없지만 몹시 마음에 들었다. 사랑한다고 말하는 명서는 미치도록 어여뻐서 그대로 집어삼키고 싶은 충동이 들었다. 휴의 움직임이 격렬해졌다. 명서의 숨도 덩달아 가빠지며 신음을 참지 못했다.

마침내 지극한 절정을 맛본 두 사람이 이마를 맞대고 거친 숨을 나누었다. 휴의 입가에 미소가 맺혔다. 마음이 닿아 몸이 열리고 이제 다시 마음이 묶여 영원이 되는 그런 존재가 있으니, 처음으로 이 세상이 아름다워 지켜 주고 싶어졌다.

그때의 휴는 분명 그랬다.

신의 힘에 면역이 없는 평범한 사람들에게는 어둠 부스러기인 잔조차도 치명적이었다. 인우는 초토화가 된 마을을 둘러보며 부채로 코와 입을 막았다. 벌써부터 살 썩어 가는 내가 진동했다.

"거둬들여."

그의 명이 떨어지자 주술의 원형으로 모여 섰던 이들이 부적으로 가득한 상자를 열었다. 피와 악에 취해 날뛰던 잔이 포효하며 거기로 빨려 들었다.

겨우 닫기는 했지만 상자가 들썩거리며 몹시 흔들렸다. 역시나 오래 데리고 있을 것은 못 되겠다. 인우는 미간을 찌푸린 채로 심복을 불렀다.

"넌 가서 수 상단의 단주를 모셔 오너라."

잠시 후, 미리 와 있던 사로가 그를 마주했다. 인우는 교활한 눈빛을 감추고 자리를 권했다. 그가 경멸을 담아 이형의 모습을 감춘 사로를 보았다.

"그래, 상심이 얼마나 크시오?"

홍 상단 장남의 죽음을 일컫는 말이었다. 사로가 그를 물끄러미 보더니 담담히 답했다.

"죽이진 않으셔도 됐을 것을요."

"허어. 그리 말씀하면 서운하오. 우리 단주님 비밀을 지키고자 내 얼마나 애를 썼는데."

인우는 사로가 아무 말 못 하자 껄껄 웃으며 말을 이었다.

"그래서 말인데, 단주. 날 좀 도와줬으면 하는데."

"대가입니까?"

"대가라니, 참 말씀 서운하게 하시오. 그래도 그 편이 편하다면 뭐. 어쨌거나 내 사리사욕이 아닌 우리 수호 가문의 영원한 영광과 발전을 위해 도모하는 일이 있는데 이 기회에 단주도 힘을 보태서……."

"거절합니다."

"이보시오!"

사로가 단번에 말을 자르자 인우가 버럭 소리쳤다. 지금 그녀는 감히 제 앞에서 목소리 높일 처지가 아니었다. 감히 천하디천

한 이형이 어디…….

그러나 사로는 언제나의 그 차분하고 무표정한 얼굴로 대꾸했다.

"홍 상단 일로 더는 대학사님과 제 사이에 얼굴 붉히는 일은 없었으면 합니다."

"물론 나야 그리하고 싶소만."

인우는 뒤틀리는 심사를 간신히 다잡았다. 저 같잖은 계집이 그리 나올 것을 예상치 못한 것은 아니었다. 그래 봤자 이형 주제에 어디서 고결한 척은. 인우가 가소롭다는 듯 웃으며 말했다.

"아들 잃은 홍 상단이야 조용히 지나갈 리가 없지. 조금만 들 쑤셔도 원흉을 찾아 복수한다고 난리가 나지 않겠소. 거기다 제 아들이 그리 바라 마지않던 짝이 더러운 이형 따위라니, 참을 이유가 없지."

"대체 무슨 짓을 하려는 것이오!"

"그저 수 상단을 치겠다는 홍 상단에게 병사 몇 빌려주었을 뿐이오. 아시다시피 나는 워낙에 싸움을 싫어해서 그 수가 많지도 않소. 겨우 천이나 될까. 수 상단의 재물은 불타고 목숨 붙은 것들은 죄 죽겠지만 뭐, 별 탈이야 있겠소."

"이 비열한!"

"저런. 말씀을 삼가시오, 단주. 내 아직 그들을 멈추게 할 수 있기에 이리 기회를 드리는 것이니."

인우는 부채를 펼쳐 웃는 입매를 감췄다. 그는 창백해진 사로를 향해 속삭였다.

"단주가 해 줄 일은 간단하오. 소환서에 수 상단의 직인만 찍어 주면 되니까."

세 가문 가운데 절반인 두 가문의 동의로 신을 인간 세상에 소환할 수 있었다. 물론 인간이 해결할 수 없는 다급하고 위급한 사건이 벌어졌을 때 최후의 수단으로 한정되는 것이지만 말이다.

"대학사, 당신이 감히……."

"염려 말래도. 우리를 떠받들고 모시는 인간들을 내 어찌하려는 게 아니오. 조금…… 수호 가문의 입지를 위해 아주 조금 피를 바치게 할 뿐이오. 그 정도로 저것들이 씨가 마르는 것도 아니고. 자, 수 상단과 단주의 몰락을 택할지 세 수호 가문의 영원한 번영과 안녕을 택할지 잘 생각해 보시오. 이형이란 하나같이 더러운 것들이나 단주라면 내 기꺼이 참아 주려고 하거든."

인우는 충격으로 떠는 사로를 보며 히죽거렸다. 그때 종복이 와서 무언가를 은밀히 고하고 갔다. 인우가 만면에 웃음을 띠고 사로를 보았다.

"벌써 시작한 모양인데, 어찌하시겠소? 수 상단이 초토화되기 전에 내 사병들을 물리라 할까, 그냥 씨를 말리게 둘까? 현명한 단주답게 처신하리라 믿겠소."

인우는 절망하듯 주저앉은 사로 앞에 종이를 던져 놓고 나갔다.

그로부터 며칠 후, 인우는 의기양양하게 서찰의 봉투를 봉했다. 각 신의 경계마다 한 통씩 전달하라 이른 그가 금일도 날뛰다 잡힌 잔을 기쁜 낯으로 쳐다보았다.

"그래, 그래. 곧 보내 주마. 네 있던 신의 영역으로. 때가 이러하니 숲의 것들이 나오지 못하도록 신경 써도 밖에서 안으로 들어갈 것까지는 생각지 못하지. 그럼, 그럼. 숲의 주인이 없는 때라면 더더욱 무방비가 되고말고."

인우의 요란한 장식 부채가 또다시 활짝 펴졌다.

때아니게 오소소 소름이 돋았다. 해가 말갛게 환하고 바람마저 고요한데 뜬금없이 찾아든 한기 때문에 온몸이 떨릴 지경이었다. 명서는 묵이 곁으로 가 녀석의 뻣뻣하나 따뜻한 몸을 꼭 끌어안았다. 햇볕 쬐며 꾸벅꾸벅 졸던 녀석이 명서 쪽으로 몸을 구부려 주었다.

목에 단 방울이 앙증맞았다. 명서는 한참이나 녀석을 쓰다듬다 주머니에서 말린 과일 한 줌을 꺼냈다. 반기며 할짝거리는 혀 때문에 손바닥이 간지러웠다.

명서가 눈을 찡긋거리는데 겁 많은 녀석이 꼬리를 잔뜩 내리고 훌쩍 자리를 떠나 버렸다. 명서는 아직 손에 남은 과일을 휙 던져 주고 바로 뒤에 선 휴를 확인했다.

아직 몸에 남은 한기를 애써 떨친 명서가 그를 향해 활짝 웃어 보였다.

"다녀오세요. 연람 님께 안부 전해 주시고요."

금일은 휴를 비롯한 정하, 한괄이 연람의 영역에서 모이기로 한 날이었다. 수면기라는 건 얼마나 지속될지 알 수 없어서 어쩌면 살아 있는 동안 다시는 연람을 보지 못할지도 몰랐다. 명서의 마음을 알아챈 것인지, 휴가 부드럽게 어깨를 감쌌다.

"시끄러운 녀석이라 얼마 안 가 깨어날 거다."

"후후, 그러게요. 길잡이가 기다립니다. 이만 다녀오세요."

명서가 휴의 손을 잡아 이끌었다. 연람이 보낸 주홍빛 새가 결계를 열고 그 앞에 얌전히 고개를 처박고 있었다.

"잠 정도는 혼자 들어도 될 것을. 하여간에 못난 녀석."

싸늘하게 말하며 결계로 걸어가던 휴가 문득 뒤돌아 명서를 보았다. 명서는 두 팔을 활짝 펴서 그를 안았다.

"보고 싶을 거예요."

"나만 할까."

"아주 많이…… 그리울 거야."

"쯧. 고작 반나절을……."

"응. 그것도 못 참을 만큼 스승님을 사랑해요."

눈 한 번 깜박이지 않고 말한 명서가 풋 하고 웃음을 터뜨렸다. 두 사람은 몇 번이나 입을 맞추고 포옹한 끝에 손을 흔들었다.

휴가 들어서자 결계 끝에 불꽃이 일며 서서히 원이 작아졌다. 명서는 그의 모습과 결계가 완전히 사라지자 그 자리에 가만히 주저앉았다. 심장의 통증이 따갑고 쓰려 견딜 수 없을 지경이었다.

어느새 묵이가 다가와 끙끙거리자 명서는 애써 웃어 보였다.

공연한 걱정이나 할 양이면 쉬지 않고 일이나 해야겠다. 연리지 앞뜰도 쓸고 흩어진 나뭇잎이며 마른 가지도 말끔히 정리해 두어야지. 찻잎이 든 병이며 잔도 한 번 말끔히 닦아 두고 다반과 접시는 모양별로 꺼내 말끔하게 분류해 두어야겠다. 이불은 반짝이는 햇살 아래 탁탁 털어 말리고 연못 앞에서만 자라는 연보라색 꽃을 꺾어다 스승님 침상을 장식해도 좋겠다. 노랗고 새큼한 열매는 잘 말려 군것질거리로 내드려야지.

그러고 나면……. 빙글빙글 머릿속을 또 헝클이고 가는 기시감 때문에 명서는 다급히 몸을 웅크렸다.

겹쳐지는 장면에 처참히 무너져 내리는 휴가 보였다. 그 아름다운 눈이 짓물러 피 울음이 나도록 절규하고 있었다. 그에게 닿지 못하고 차갑게 떨어져 내리는 제 손이 허망해 분기마저 일었다.

명서는 비명이 터져 나오려는 입을 막고 몸을 잔뜩 움츠렸다. 제 고통이 아니라 휴의 아픔이 잡힐 듯 선명히 심장을 난도질했다.

우지 마시라고. 제발 저 때문에 당신께서 가슴 아파 통곡하지는 말아 달라고, 마음 깊이 애원이 터져 나왔다.

"어떤 결말도 스승님을 사랑해 나는 행복했으니…… 그러니 부디 그대도……."

스스로도 의미를 헤아릴 수 없는 말을 내뱉고 한참 붙박인 듯 섰던 명서가 파란 하늘을 올려다보았다. 구름마저 투명한 하늘은 높고 청명해 한없이 고요했다. 마치 아무 일도 없을 것처럼 말이다.

연람의 거처에 가장 먼저 당도한 것은 한팔이었다. 그는 시들어 버린 꽃처럼 기운이라고는 없어 보이는 연람의 어깨를 가볍게 두드렸다.

　"마음 편히 쉬게."

　"한팔…… 내 지금 지친 탓일까. 자꾸 헛것이 보여."

　"무슨 말인가?"

　"끝없이 가라앉으니 뜻밖에 심연의 것들이 밀려오곤 해. 그런데 말이야, 그것들은 하나같이 경고를 한다네."

　역시 제정신이 아니려나. 연람의 어여쁜 눈동자는 생기를 잃고 처연했다. 한팔이 그런 사내를 안타까이 바라보며 형식적으로 물었다.

　"뭐라고?"

　"휴가 세상을 멸망시킬 거라고. 어둠이 분노해 모두 사라지게 될 거라고 말이야. 그런데 난…… 그게 마음에 들어. 이깟 세상…… 그리 매정한 계집 따위 사라져 버렸으면 좋겠거든."

　연람의 말이 끝나자 한팔은 묵묵히 제 몫의 결계를 치기 시작했다. 균열이란 것이 이리도 무서운 것임을 절감한 그는 정하, 그리고 휴가 도착할 때까지 쉬지 않고 움직였다.

15
장

눈꺼풀을 위아래로 움직이는 것조차 무의미했다. 아무리 비워도 생각이 차고 그리움이 넘쳐 또렷하게 형상을 만들어 냈다. 연람은 눈앞에 맺히는 사로를 멀뚱하게 보았다.

어차피 허상인 것을 알아서 이제 더는 놀라지도, 소리치거나 외면하지도, 붙들고 애원하는 일도 없었다.

가라앉아 잠들면 잊을 거라고, 그것만이 이 끔찍한 고통에서 벗어나는 길이라고 믿었다. 허면 이번이야말로 사로의 모습을 보는 마지막일 것이다. 연람은 허공에 손을 뻗어 붉고 도톰한 입술을 더듬었다.

그의 주변으로 수면기를 위한 힘의 결계가 완성돼 가고 있었다. 정하와 휴, 그리고 한괄이 치솟은 서로의 신력을 교차해 사방을 에워쌌다.

연람은 주홍빛 불길을 고치처럼 두르고 사라져 가는 사로의 잔상에만 시선을 고정했다. 차츰 시야가 흐려졌다. 몰려드는 잠은 거부할 수 없이 깊고 달아서 연람은 손을 뻗은 채로 천천히 눈꺼풀을 내렸다.

연람을 잠재우고 각자의 처소로 흩어지려는 찰나, 신들은 경계 밖을 떠도는 서찰을 발견했다. 인우가 연람의 몫으로 보내온 것이었다. 무심히 지나치는 휴와 크게 관심 보이지 않는 한괄과 달리 정하는 경계에 얼굴을 바싹 들이밀고 보낸 이의 이름을 확인했다.

"이거 보통 일이 아닐지도 모르겠는데."

휴와 나란히 걷던 한괄이 뒤를 돌아보았다.

"단순한 문안 편지겠지."

"아니, 분명히 신을 소환하는 문양 아래 수호 가문의 후계자 둘이 직인을 찍은 것이 보여."

코까지 밀어 올리며 글자를 읽어 낸 정하가 의기양양하게 말했다. 휴와 한괄이 냉정하게 시선을 교환했다.

"일단 각자의 경계를 확인해 보고 다시 모이도록 하지."

한괄의 말에 다들 고개를 끄덕였다. 휴가 가장 먼저 자리를 뜨고 정하는 느릿하게 길을 열며 짜증을 냈다.

"연람도 인간들도 성가셔 죽겠어. 제 일은 좀 똑 부러지게 알아서들 하면 안 됨. 하여간에 모자란 것들은 기어코 남한테 기대려 들지, 고마운 줄도 모르고."

"능력이 있다는 건 그만큼 책임도 크다는 거니까."

"영감같이 꼬장꼬장하기는. 알아, 아니까 더 짜증 나."

한괄의 모범적인 답에 정하가 기어코 버럭거렸다. 흥분하면 눈꼬리가 사납게 치솟는 정하라 그 모습이 흡사 고양이 같았다. 한괄은 그런 정하의 어깨를 툭툭 두드려 주었다.

"착하지."

"흥. 감히 어디서."

치켜뜬 눈으로 노려보던 정하가 몸을 돌리며 말을 덧붙였다.

"한괄, 너 말이야. 생긴 것과 다르게 제일 정에 약하잖아. 휘둘리지 말고 선을 지켜. 신이란 때로…… 냉혹해야만 하니까."

"그렇지. 그랬어야 하는데……."

한괄이 멋쩍은 얼굴로 머리를 긁적였다. 정하의 눈초리가 한층 매서워졌다.

"너, 설마……."

연람의 봉인을 마지막으로 확인한 이가 한괄이었다. 세상 무슨 일이 있어도 안에 잠든 신은 알아채지 못하게 완벽한 고립이 완성됐어야 했다. 그런데……. 곰처럼 웃는 한괄이 사실은 가장 영악하다고 생각하며 정하는 깊은 한숨을 내쉬고 말았다.

한편 상단으로 돌아간 사로는 망연자실하여 두 눈을 질끈 감았다. 인우의 말은 단순히 파렴치한 겁박이 아니었다. 그가 던져 준 종잇조각에 이름을 써넣을 때까지 반나절을 망설였다. 그 대가로 상단의 절반이 불타 버렸고 수십의 사람이 죽고 다쳤다.

사로는 온통 시꺼멓게 그을린 나무 기둥과 달려와 눈물 바람 하는 유모를 처연히 바라보았다.

"어찌합니까. 어째요. 사람들이……."

유모가 하지 못한 말은 이미 들어 알고 있었다. 예까지 오는 길에 벌써 몇 번을 들었는지 몰랐다. 이형 따위가 수장의 자리에 있어 그렇다고들 했다. 불길하고 더러운 존재가 불운을 불러온다고. 사로는 어금니를 꽉 깨물었다.

"적들은?"

"초반에 몰아붙이던 기세와 달리 대개의 병력은 하루 만에 퇴각했습니다. 덕분에 수월하게 진압했고요. 홍 상단의 우두머리는 잡아 두었고 관아에서 나와 경위를 파악하고 있습니다."

우는 유모를 대신해 심복이 말했다. 그을음이 묻은 얼굴과 잿더미로 뒤덮인 머리카락이 그의 노고를 말해 주고 있었다. 사로는 침착하게 고개를 끄덕이고 몇 가지 지시를 내렸다.

"사라진 병력들은 아직 이 주변을 에워싸고 있을 것이네. 내 행동을 감시하며 언제든 다시 쳐들어올 준비를 하고 있겠지. 룽산에게 연락을 취해 보겠지만 그가 도와줄지는 알 수 없어. 그러니 자네는 사람들을 가능한 멀리 대피시키도록 해. 그리고 불탄 창고에 있던 물건들 중 기한이 촉박한 것부터 순서대로 목록을 만들어 옮기고 부족한 것은 이문 생각지 말고 사들여 날짜를 지키도록 하게. 수 상단의 신용은 지켜야지."

단주로서 할 수 있는 방비는 전부 해야 했다. 하지만 인간인 자신은 어떠한가. 명서에게로 무거운 짐을 넘겨 버리지는 않았나. 사로는 피곤에 지친 얼굴을 쓸어내렸다.

인우가 신들을 영역 밖으로 끌어내리려는 이유는 끝내 알아내지 못했다. 명서를 노리는 것은 분명한데 어찌하려는가는 짐작도 가지 않았다.

경고하고 싶었으나 방도가 없었다. 이미 인우의 첩자가 사방에 깔려 있었고 이형의 모습이 되면서 제 말을 따라 주는 이도 희박했다. 그대로 아무 일 없이 지나가 주기를 바라는 것밖에는…….

"비겁해. 저열해. 이렇게는…… 나와 대학사가 다를 게 없어."

사로는 주먹을 움켜쥐어 책상을 내리쳤다.

인우가 내민 종이에 이름을 쓰면서 목숨 하나와 목숨 여럿의 차이라 애써 자위하였다. 명서 하나를 외면하면 상단의 수많은 목숨을 지킬 수 있으니 별다른 길 없다 변명하였다. 다 알면서, 명서가 위험해질 것을 예상하고도 제 안위를 우선에 두었다.

요란한 움직임 때문에 머리 가리개가 벗겨졌다. 사로는 하얗게 나풀거리는 제 머리카락을 힘껏 거머쥐었다.

그래, 아직 할 수 있는 일이 있을 거다. 해야만 할 일이 있다. 그러니까 더는 숨지 않고 전부를 내보여야 했다.

사로가 긴급회의에 모습을 드러내자 회장이 술렁였다. 단주가 이형이란 것을 눈으로 직접 확인한 이들은 당황한 한편으로 멸시의 눈초리를 보냈다.

사로는 그녀들을 가로질러 단상 위로 가 가장 높은 자리에 섰다. 사방을 둘러보는 그녀의 눈동자는 담담했다.

"갑작스러운 일로 모두들 경황없을 것이라 생각하오. 수습은 했으나 아직 남은 일도 많고 갈 길도 멀어 염려도 많을 테고. 이런 때라 미안하지만 지금이 아니면 안 될 일이기에 이 자리에서 말씀드리고자 합니다. 나는 수 상단의 단주 자리도 수호 가문의 후계자 자리도 내놓을 생각이 없소. 그러니 하얀 머리카락과 눈동자 이외에 내가 이 자리를 지키지 못할 이유를 말해 보시오."

순식간에 주변의 공기가 바뀌었다. 웅성거림은 점점 더 커졌고 분노하는 자들도 있었다. 말을 마친 사로는 그대로 자리를 지키며 입술을 꾹 깨물 뿐이었다.

명서는 읽다 만 서책을 들고 폭신하게 자란 잔디에 누워 커다란 나무 기둥에 발을 올렸다. 책을 다 읽고서는 바람에 부풀어 오르는 치맛자락을 붙들고 까르르 웃다가 뒹굴거리는 묵이를 쓰다듬기도 했다.

"슬슬 점심이나 준비해 볼까. 스승님이 돌아와 시장하실지도 모르고."

명서는 웃음기 남은 얼굴로 기지개를 폈다. 작은 바구니 하나 챙겨 들자 묵이가 꼬리를 살랑거리며 따라붙었다.

휘어진 나뭇가지 밑으로 쏙쏙 파고든 햇살이 눈부셔 콧노래가 절로 나왔다. 남은 걱정마저 날려 버릴 요량으로 조금 더 소리 높여 흥얼거렸다. 덕분인지 정말로 즐거운 기분이 들었다.

역시나 고민은 짧을수록 좋다. 명서는 커다란 버섯을 보고 휴가 싫어하는 얼굴을 떠올리며 키득거렸다. 탱글탱글하게 여문 호박을 따고 풋풋하게 자란 부추도 한 줌 담았다. 마지막으로 대추한 알 따서 맛을 본 명서가 묵이에게도 주었다. 아직 푸르고 댕댕해 과육이 상큼했다.

"어?"

흐뭇하게 보고 있던 명서가 갑자기 바구니 옆에 쪼그려 앉았다. 대추나무에서 떨어진 것인지 작은 녹색 벌레 하나가 뒤집어진채로 버둥거리고 있었다. 대추를 다 먹어 치운 묵이가 대번에 혀를 날름거리며 달려들었다.

명서는 묵이의 얼굴을 살짝 밀어 내고 잎사귀를 따 벌레를 옮겨 주었다.

"이건 두자. 잘 따라오면 대추 또 줄 테니까 서운해 말고."

그러고는 침 흘리는 묵이와 아직 굳어 있는 벌레에게 대추 하나씩을 주었다. 불만이 남은 눈으로 와사삭 대추를 깨물어 먹던 묵이는 명서가 흔드는 말린 육포에 펄쩍 뛰어올랐다. 꼬물거리는 벌레 따위 이미 안중에도 없는 듯 명서 주변을 정신없이 빙빙 돌고 있었다.

바구니를 한쪽 옆구리에 낀 명서가 육포를 잘게 조각내 하나씩 휙휙 던졌다. 그때마다 묵이가 멋지게 날아올라 단번에 육포를 낚아챘다. 그 모습이 지나치게 진지하면서도 용맹스러워서 저절로 웃음이 났다.

"보답이다."

그때였다. 또다시 이명인지 환청인지가 들려왔다. 명서가 빠르게 사방을 살폈다. 평화롭고 고요한 숲에는 묵이와 저뿐이었다. 육포 덕에 기분이 좋아진 묵이가 갸륵갸륵 요상한 소리를 내고 있었다. 아마도 저것을 잘못 들은 게지. 명서는 산뜻하게 고개를 끄덕이며 걸음을 재촉했다.

경계에 걸린 서찰이 위태롭게 나부끼고 있었다. 벌써부터 인장 주변이 시꺼멓게 좀먹기 시작한 것을 보아 당도한 시각이 연람의 것과 비슷하리라. 허면 정말 소환 서찰이 맞을 터다.

휴는 검게 나부끼는 머리카락을 신경질적으로 쓸어 올렸다. 선정적으로 붉은 입술이 한껏 일그러져 있었다.

하필 이런 때. 연람이 수면기에 들었다. 정하나 한괄도 있으니 크게 신경 쓰일 것이야 없지만 소환은 가볍지 않은 문제였다. 서찰에 쓰인 것이 사실이라면 사태의 중심은 제 영역에서 흘러 나간 부스러기였고 그 말은 인간 세상에 휴, 자신이 직접 가 봐야 한단 말이었다.

휴는 미간을 찌푸렸다. 아무것도 겁이 나는 것이 없던 예전과 달리 염려스러운 것도 걱정스러운 것도 많았다. 그러나 그게 싫지 않았다. 중한 것이 생겨서, 지키고픈 것이 있어 그리 변한 것이라 느닷없이 충만하기도 하였다.

명서가 채워 준 팔찌를 보는 그의 눈동자가 깊어졌다. 달랑달 랑 작고 하얀 돌멩이 하나가 바람을 읽고 해에 기울어져 가는 소 리가 들렸다.

감정은 성가시다. 특히나 연정은. 명서가 아니면 당장에 내팽 개칠 만큼 복잡하고 난감하고 예민했다. 어찌해 볼 도리 없이 속 수무책 빠져들어 어리석고 맹목적인 데다 집요하고 고약해 미칠 것처럼 한 사람만 바라보게 한다.

명서를 만나고 확실히 균열은 심각해졌다. 허나 한 번을 후회 한 적이 없었다. 신력은 불안정해졌을지 몰라도 그 자신은 명서로 인해 치유되어 단단해져 가고 있었다. 텅 비었던 영혼이 따스하고 오롯하게 차오르는 순간은 기적 같아서 때론 말문이 막혔다.

이만하면 그 짙고 묵직한 어둠을 찢고 태어나 살아온 이유를 찾았다고 생각한다. 근원조차 어둠인 저라도 뉘에게는 빛도 되고 안식도 되며 웃게 할 수 있음이 벅찼다.

휴는 새까맣게 기운을 모아 응집시켰다. 서찰만 들고 다시 모 이기로 한 터라 시간이 촉박했다. 연리지로 뚝 떨어져 내리자 제 처소에 꽃 한 아름을 안아 들어가는 명서가 보였다.

"쯧."

그를 발견한 명서가 허둥거리다 꽃 가시에 손을 다치고 말았 다. 휴는 혀를 차며 하얀 손가락을 당겨 물었다. 보기보다 깊이 찔렸는지 피 맛이 한참이나 번졌다.

"금세 나을 것을요."

피가 멎자 서둘러 손을 빼낸 명서가 쑥스러운 기색으로 말했다. 휴는 제 상처 돌볼 줄 모르는 명서를 물끄러미 바라보았다.

"너 말이다. 정녕 나 없이는 아니 되겠구나."

"예?"

휴는 명서가 안고 있는 꽃다발에서 가장 탐스럽게 예쁜 한 송이를 뽑았다. 은빛 결 고운 머리카락을 쓰다듬고 투명한 뺨을 가만가만 매만진 그는 명서의 귓가에 꽃을 꽂아 주었다.

"청혼, 받아 줄 테지?"

"그야……"

여전히 무감한 표정이나 휴의 눈동자가 엷게 미소를 머금었다. 그의 눈은 목이 빠지지나 않을까 싶게 열렬히 고개를 끄덕이는 명서를 담고 있었다.

"침상에서 다시 한번 들려 다오."

"음흉하시네요."

"여러모로 절륜한 것이지."

"어이쿠."

눈물을 그렁그렁 매단 명서가 지지 않고 대꾸하자, 휴는 귀엽다는 듯 쪽 소리가 나게 입을 맞추었다. 마음 같아서는 이대로 놓아주고 싶지 않았지만 정하와 한괄이 기다리고 있었다.

"인간 세상에 잠시 다녀와야 할 듯하다. 오래 걸리지는 않겠지만…… 어쨌거나 그동안 묵이 놈 꼭 끼고 다니고. 만일에 대비해 다른 신들이 네게 열어 준 결계의 존재도 잊지 말아라."

"어디 멀리 가시는 것도 아닌데 왜 이리 걱정이 많으셔요. 날 새겠다. 스승님 출타하시는 일이 처음도 아니고 말씀처럼 묵으며 다른 신들도 계시는걸요. 그리고 청혼까지 받은 마당에…… 저 좀 많이 우쭐해서 놀고 있을 거라 바빠요."

우스갯소리도 배시시 웃는 얼굴도 그저 모다 사랑스럽다. 휴는 말 마치기 무섭게 폭 안겨 드는 명서를 힘껏 끌어안았다.

"예, 저도요. 저도 사랑해요."

겨우 코와 입만 품 밖으로 빼낸 명서가 그의 등을 부드럽게 쓸어내리며 말했다. 휴가 동그란 이마에 입술을 꾹 내렸다.

"쯧쯧. 감히…… 어찌 나만 할까."

그 말에 명서가 해죽이며 까치발을 해 휴의 입술에 제 것을 겹쳐 왔다. 오랜 입맞춤이 끝나고 휴는 결계 앞에서 한 번 더 명서를 돌아보았다. 햇빛이 눈부셔서 그랬는지, 안고 있는 커다란 꽃다발이 워낙에 오색찬란해 그랬는지, 명서가 사라질 듯 투명해서 가슴이 쿵 내려앉는 느낌이었다.

"명서야."

채 부르기도 전에 결계가 닫혔다.

위이이잉. 시끄럽게 돌아가는 문자 안에서 휴는 손목에 찬 팔찌를 바라보았다. 희고 작은 조약돌이 명서인 듯 천천히 보듬어 쓸어내렸다.

결계가 닫히고도 한참 명서는 휴가 사라진 공간을 바라보았다. 그러다 천천히 가슴을 움켜쥐었다. 또다시 심장 부근이 구멍 난 것처럼 아파 왔다. 당황스러운 건 통증이 아니라 밀려드는 감정이었다. 어쩐지 슬프고 어딘가 모르게 서러운 마음이 뒤엉켜 있었다.

"나도 참."

걱정은 짧을수록 좋다던 어머니 말씀 떠올리며 마음 다잡는데 저도 모르게 찔끔 눈물이 났다. 명서는 손등으로 눈물을 훔치다 휴가 청혼하며 꽂아 준 꽃을 조심히 매만졌다.

욕심이 과하면 괴로움이 따른다. 그 괴로움이 휴에게까지 번지는 일은 없어야 했다. 현재의 사랑이 먼 미래 언젠가의 휴를 슬프게 하고 망쳐 놓을 것을 늘 염려했다. 자신이 떠난 후 홀로 될 휴가 가시처럼 마음에 걸렸더랬다.

그에게 어떤 약속도 해 줄 수가 없는 처지다. 다시 태어나 그를 찾겠다는 말도 쉽게 건네지 못했다. 환생할 수 있을지, 한다 해도 어느 때 어떤 모습 어떠한 기억으로 존재하게 될지 조금도 예상할 수 없는데 확약은 잔인하다 여겨졌다.

그저 이 계절 숲처럼 자연스럽게 지고 잊혀 기억에서만 이따금 반짝거리면 충분하다고 생각했다. 먼 훗날의 외로움과 고독, 기다리는 슬픔마저 덤덤히 그리고 당연히 받아들이는 휴가 못내 고맙고 또 안타까워 더는 욕심내지 말자 했다.

하여 감히 그와의 혼인을 꿈꾸어 본 일이 없었다. 인간의 삶은 유한하나 이 연심만은 시간을 거슬러 영원할 것이다. 형식이 없어도 사라지지 않고 말로 엮지 않아도 변치 않을 것을 맹세할 수 있었다.

수줍은 가시버시 맺은 지아비고 아끼고 사랑하며 지키고픈 제 사람임에 분명하니 다른 건 필요 없다고 스스로를 설득해 왔다.

그렇게 마음 정했으면서도 휴의 청혼이 몸서리치게 기뻤다. 마음 깊은 곳에서는 휴와 좀 더 단단한 실로 묶이고픈 욕심이 남았나 보다. 그 곁에 반려로 설 수 있다는 것은 상상 이상으로 감격스러웠다.

거절하고 싶지 않았다. 무미건조한 말투 아래 숨은 온기와 상냥함을 저만 알아서 더 귀했다. 원하고 바랐던 것이 드문 만큼 간절했다.

그러니 이 욕심이 미안해지지 않도록 온 힘을 다해 사랑하는밖에 도리가 없다.

"문득 생각나면 웃게 될 일들을 더 많이 만들어 드려야겠다."

명서는 아련한 눈동자로 흐트러진 머리카락을 만지작거렸다. 인간이니 신이니 하는 차이에도 눈 하나 깜박이지 않는 휴도 대단하지만 다 알고도 덤벼드는 저도 만만찮다니까.

이래서 하나뿐인 서로의 짝인 거겠지.

웃으며 아까 가져다 놓지 못한 꽃다발을 옮기는데 머리가 핑그르르 돌았다. 단순한 어지럼증이 아니었다. 명서가 휘청거리다 벽에 쿵 몸을 부딪쳤다. 꽃잎이 사방으로 튀어 올라 흩뿌려졌다.

역시나 소환에 응하는 것은 휴로 정해졌다. 원인이 다름 아닌 어둠 부스러기라는데 이견이 있을 리 없었다. 거기에 한괄이 동행

키로 했다. 인간들과의 관계가 껄끄러운 휴라서 중재할 이가 필요
한 때문이었다.

연람이 있었다면 그가 했을 일이나 남은 이들 가운데 그나마
말투가 정중하고 인간들과 소통 가능한 것은 한괄 정도밖에 없었
다. 휴는 무엇 하나 토를 다는 법 없이 자리만 지키고 있었다.

"휴."

결국 정하가 먼저 입을 열었다. 휴의 어깨밖에 오지 않는 키에
볼 통통한 앳된 모습이면서도 정하의 목소리나 눈빛은 날카롭고
매서웠다. 물론 휴는 담백하게 그를 내려다볼 뿐이었지만 말이다.

"내게 하고픈 말이 있을 텐데."

"……."

멀거니 쳐다보던 휴가 결계를 여는 일에 집중하자 정하가 심통
이 나서 소리쳤다.

"명서를 잘 부탁한다고 말하고 싶지?"

명서라는 단어에 휴의 얼굴이 딱딱하게 굳었다. 불쾌감을 고스
란히 드러낸 휴가 정하의 면전에다 나직하게 속삭였다.

"그렇게 듣고 싶다면 말하지. 난 내 여자를 다른 사내에게 부
탁할 마음이 없어. 경고라면 모를까. 정하, 잘 지켜. 만약 명서에
게 무슨 일이 생기면 난…… 널 산 채로 짓이겨 그대로 마셔 버
릴 거다."

꿀꺽 삼키는 모습까지 흉내 낸 휴가 미련 없이 돌아서자, 정하
가 발끈해 주먹을 부르르 떨었다. 한괄이 안타까운 얼굴로 그런
정하의 머리카락을 북북 쓰다듬고 갔다.

몇 걸음 안 가 멈춘 휴도 되돌아와 정하의 머리카락을 똑같이 헝클여 놓았다.

"너 이, 이 돼먹지 못한……."

결국 정하가 새된 소리를 질렀으나 두 신 다 어깨만 가볍게 으쓱거릴 뿐이었다.

인간 세상으로 가는 길은 눈 깜짝할 새 열렸다. 한괄은 무심히 경계 밖을 바라보는 휴에게 말을 건넸다.

"머리카락은 심했어. 정하가 서열에 얼마나 민감한지 알잖아."

"널 따라 했을 뿐이다."

"나하고야 워낙에…… 여튼 알고 있겠지만 정하는 기뻐서 시비를 건 거야. 그 녀석 입장에서는 막내라고 생각하고 있으니 챙겨 줄 틈이 보이는 것이 좋았겠지."

"알아."

그래서 명서 곁에 있어도 괜찮다고 생각한 거였다. 정하라면 그 고고한 자존심을 다해 죽을힘으로 명서를 지킬 테니까. 휴는 느른하게 팔짱을 꼈다.

그의 검은 눈동자에 해가 들어차 점점이 회색으로 빛났다. 한괄이 혀를 내두르며 휴를 건너다보았다. 어지간하다는 표정이었다.

"헌데 어둠 부스러기 말인데. 어떻게 결계 밖으로 나간 건지. 균열과 관계가 있는 걸까?"

한괄의 물음에 휴가 여흑한 미소를 지었다. 기이하게 아름답고도 차가운 그것은 무시무시한 광증처럼 보였다. 무엇이 되었건 그대가는 톡톡히 치르게 될 거라는 건 그 눈빛만 보고도 알 수 있을 것이다. 한괄이 또 고개를 절레절레 저었다.

인우는 허물어진 책장에서 아끼던 서책을 꺼냈다. 금박으로 새긴 제목이며 가죽으로 입힌 겉장까지 죄 찢겨 있었다. 그에 반해 속은 앞이 조금 뜯어진 것을 제외하고는 멀쩡했다.

책장을 휘리릭 넘겨 본 인우가 책을 바닥에 던졌다. 어차피 읽으려 둔 것은 아니어서 겉이 못쓰게 되면 소용이 없었다.

"하나같이."

번지르르하지 못하면 끼고 있을 이유가 없다. 인우는 주변을 맴도는 노비들에게 괜스레 호통을 쳤다.

"뭣들 해. 어서 치우지 않고."

인우는 제 명에 긴장하며 분주하게 움직이는 이들의 모습에 비웃음을 지었다. 그러고 보니 어린 시절 예 가문 시비 중에도 제 또래 이형이 하나 있었더랬다. 순진한 척은 다 하더니만 아버지 눈에 들어 몸시중 들며 호의호식하던 더럽고 불결한……

남들 다 싫어하고 멸시하는 이형이지만 인우의 경우는 특히나 더했다. 희멀건 얼굴도 힘없이 웃던 낯짝도 끝내 맞서 싸우지도 않고 순순히 죽음을 맞이하던 나약함도 무엇 하나 곱게 보아 줄 것이 없었다. 그런 이형이 제가 모시는 신들 곁을 배회하는 것은 극도로 혐오스러운 일이었다.

불쾌한 기억을 지우듯 인우는 부채를 펼쳤다. 불호령 때문인지 서고는 곧 원래의 모습을 되찾았다. 어디에도 어둠 부스러기 잔이 있었던 흔적은 없었다.

녀석의 포악함은 이루 말할 수 없어 자리를 옮기는 날도 진법 안에 묶인 채로 한바탕 난리를 피웠었다. 덕분에 서고 일부가 무너지기까지 했고. 그 광기를 인간 마을에 풀어놓게끔 한 이후로도 변함이 없었다.

그로 인해 죽어 나가는 가문 사람들도 많고 건물이나 재물의 손해도 만만찮았지만 놈이 날뛰어야 상황이 제게 유리할 것이라 참아 주고 있었다.

다른 무엇보다 신에게 의심 사지 않아야 했다. 인간 세상 일도, 그 이형도 절대 저와 연관되어서는 아니 된다. 하여 그는 어디까지나 충직한 수호자로서 갑자기 일어난 검고 흉포한 사태를 우려하는 서찰을 보낸 것이고, 표면적으로는 그것이 전부였다.

이제 신이 올 날은 임박했다. 새까맣고 아득한, 가장 위험하면서 치명적인 어둠의 신이 곧 여기에 모습을 보일 것이다. 인우는 부채를 손바닥 위에 착착 치며 흡족한 얼굴을 했다.

처음 계획한 것처럼 모 가문에는 뒤늦게 이러한 사실을 알렸다. 긴급을 요하는 일이라 가까이 있는 인우와 사로가 신을 모셨다고 설명하였다. 모 가문 가주, 룽산의 외조부가 사는 지역을 잔의 공격지에 넣은 것 또한 철저히 계산된 것이었다. 제아무리 뛰어난 장수 룽산이라도 한동안 정신을 차리지 못할 게 분명했다.

서둘러 끝내라 또 한 번 호통을 친 인우는 사당으로 향했다. 며칠 전부터 안팎을 쓸고 닦게 하고 집기나 휘장 따위도 모조리 최고급으로 갖추어 두었다. 북산에서 나는 향기로운 돌로 만든 조각 덕분에 사당 전체에 은은한 향이 맴돌고 있었다. 신을 모시는 자리로 부족함이 없었다.

인우는 금과 옥으로 장식한 의자에 등을 기댔다. 수백 겹의 얇고 색 고운 종이로 만든 꽃등 안에서 불이 환하게 춤추고 있었다.

그때였다. 서늘하고 차가운 바람이 부나 싶더니 주변의 빛이 일시에 사라지고 검푸른 너울이 뱀처럼 사당 전체를 감쌌다.

16
장

신이란 존재는 압도적이다 못해 파멸적이었다. 주변의 인간에게 영향을 미치지 않도록 결계를 짓고 신이 최대한으로 힘을 억누른 상태였음에도 그 강한 힘에 저절로 손이 떨렸다.

인우는 목깃을 다시 한번 잡아당겨 느슨하게 만들었다. 그래 봤자 금세 또 숨이 차면서 기침이 났다. 바람의 신 한팔이 공기의 밀도를 가볍게 만들어 주자 조금은 나아졌다. 인우는 비로소 목을 가다듬고 인사를 올렸다.

"뵙게 되어 무한한 영광입니다."

"어둠 부스러기라 확신한 이유는?"

어둠의 신 휴는 목소리마저 낮고 무거웠다. 까맣고 깊은 눈동자는 아름다우나 무감하여 차게만 느껴졌다. 인우는 꼴사납게 떨리는 손을 감추느라 애를 썼다.

"마, 마을에 남은 흔적과 목격한…… 목격한 인간들의 말과 또 증좌……."

"가져와 주겠나?"

한괄이 경직된 대화에 끼어들었다. 그의 말에 간신히 정신을 수습한 인우가 몸을 일으켰다.

"물, 물론입니다. 헌데 인간들이 사당 근처에 얼씬도 못 하여 제가 직접 본채까지 다녀와야 하므로 시간이 다소 걸릴 겁니다."

동의를 구한 인우가 빠르게 사당을 나섰다. 겹겹의 결계를 벗어나자 비로소 숨이 편해지고 낯빛도 돌아왔다. 인우는 뜰 저만치서 기다리고 있는 심복을 향해 손을 까딱였다.

그의 신호에 심복이 조용히 저택을 빠져나갔다. 그사이 다른 종복과 시비들이 옥으로 만든 쟁반을 건넸다. 값비싼 다기와 최상급의 차 그리고 검붉은 나무 상자가 놓여 있었다. 인우는 극진한 자세로 두 신 앞에 진상했다.

"차의 향이 좋군."

한괄은 예의상 그 정성을 칭찬하였으나 휴는 팔짱을 낀 채로 나무 상자만 노려보았다. 인우는 저도 모르게 긴장하며 서둘러 말했다.

"사달이 났던 마을에서 수거한 것입니다."

마을에는 저마다 신을 기리는 제단이 있고 대개 그곳은 미미하나마 신력이 있는 물품이 함께 놓여 있었다. 때문인지 온통 불타고 폐허가 된 와중에도 그런 것만은 형체를 유지했는데, 이번에 수거한 것에는 표면에 길고 날카로운 손톱자국이 나 있었다. 그리고 그 움푹 파인 자리에 검고 반짝이는 흔적이 남아 있었다.

한괄이 휴와 눈빛을 주고받았다. 휴가 딱딱하게 굳은 얼굴로 말없이 고개를 끄덕였다.

그것을 숨죽여 지켜보던 인우가 교활하게 눈을 빛냈다. 신을 속이고 있다는 두려움보다 그들을 움직이게 만드는 우월함에 도취되었다. 고결하고 절대적인 존재들과 나란히 자리한다는 것만으로 짜릿한 쾌감이 들었다.

인우는 아까와는 비교도 되지 않을 만큼 여유를 찾았다.

"신들께는 크게 위협되지 않을 부스러기라도 약하고 어리석은 저희 인간들에게는 치명적이라 여러모로 심려를 끼쳐 드리게 되었습니다. 도움이 되고자 최종 위치부터 예상 가능한 동선까지 모다 조사하라 일러두었으니…… 잠시 목을 축이시며 기다려 주시면 정리해 올리겠습니다."

공손하게 차를 권한 인우가 사당을 감싼 겹겹의 빛과 같은 결계를 바라보았다. 한괄과 휴가 사당에 친 결계는 신력에 면역 없는 인간들을 지키기 위한 것으로, 안과 밖의 공간을 분리해 힘을 완벽하게 차단하는 역할을 했다.

덕분에 아무리 그들이라도 결계 밖의 일은 알 수 없게 되는 빈틈이 생기게 된다. 그것이 신의 영역이라 해도 마찬가지였다. 두 신이 인간 세상의 결계를 유지하는 한, 그들 영역에서 일어나는 일을 알 도리가 없게 되는 것이다.

그것을 놓치지 않고 이용한 스스로의 영리함을 칭찬해 주고 싶었다. 제 몫의 잔으로 입을 가린 인우가 소리 없이 웃었다. 이제 종복이 가서 백부에게 말을 전하면 어둠 부스러기 잔이 움직일 거였다.

본래 어둠에 속했던 녀석이니 결계가 열린 틈을 타고 밖에서 안으로 역침입하는 것은 쉬웠다. 어둠의 영역에서 무언가 쏟아져 나올 것은 경계해도 인간 세상에 흘러 들어갈 무언가를 신이 걱정하지는 않았다. 그만큼 그들은 독보적으로 우월하고 강한 존재들이니까.

그 빈틈을 철저히 이용한 다음은……. 인우는 또다시 번지려는 웃음을 지우며 말했다.

"외람되지만, 신을 모시는 수호자인 제가 이토록 가까이서 두 분을 뵈오니 감개무량합니다."

신과 가장 밀접한 인간, 그것은 다른 누구도 아닌 자신이었다. 전에도 그러했고 앞으로도 그럴 것이다. 인우의 말에 반응을 보인 것은 뜻밖에 휴였다.

"불쾌해."

짤막하나 그 안에 담긴 감정은 명확했다.

"후계자는 담아 두지 말고 흘려듣게. 상황이 좋지 못하여 이 친구 마음 불편하단 소리니."

한괄이 느긋하게 끼어들어 중재를 했다.

"물론입니다."

인우는 예의 바르게 고개를 숙이며 혹 의심을 살 만한 일이 있나 되짚어 봤다. 어둠 신 앞에서는 각별히 말조심을 해야 할 것만 같았다.

그사이 자리에서 일어난 한괄이 향 나는 돌조각을 쓱쓱 문질러 냄새를 맡았다.

"재미있군. 향석인가."

"예. 귀한 것이라 줄곧 보관만 하였던 것을 모양내 보았습니다."

"그래, 부러 준비를 해 둔 거로군. 헌데 나머지 수호자들이 보이지 않는군. 분명 소환을 청하는 서찰에는 예 가문과 수 상단의 직인이 있었네만."

부드러운 음성이나 한괄의 말투는 엄격하였다. 인우는 당황하지 않고 미리 준비했던 답을 전했다.

"그렇지 않아도 도착하셨다는 기별을 넣었으나 다들 늦을 모양입니다. 어둠 부스러기가 중간 길을 끊어 놓기도 했고…… 그게 아니라도 수 상단이나 모 가문 모다 개인적으로도 평온치 못해 거듭 재촉치는 못하였습니다."

"인간."

휴의 부름에 문득 모골이 송연해진 인우는 슬쩍 시선을 회피하며 손을 모았다.

"말, 말씀하십시오."

"더는 시간 낭비 않겠다. 안내해."

"허나 아직 기록지가……."

"어디까지나 인간이 예상한 경로일 뿐이다. 움직이는 건 내 영역의 부스러기고 꽤 영악하지만 몇 가지 습이 있으니 곧 흔적을 찾게 될 거다. 식신을 보내도록 하지."

냉랭하고 무미건조한 표정의 휴가 턱을 비스듬히 쓸어내렸다.

그 모습이 고압적이면서도 몹시 선정적이었다. 인우가 잠시 멍해진 머리를 다시 굴려 할 말을 찾는데 한팔이 주의를 주었다.

"휴, 자네도 알겠지만 추적만 가능할 정도의 힘을 담아야 해. 시간이 걸리더라도 연람의 서찰 전달 식신 정도로만. 그 이상은 인간 세상에 미치는 영향이 클 테니. 번거로워도 마지막에는 지금처럼 결계를 펼쳐 해치워야 함도 잊지 말고."

"저 또한 부족한 인간들의 대표로서 부탁드립니다."

너무 강한 것이 도리어 신의 약점이다. 저는 그것을 이용하려는 것이고 말이다. 인우는 속웃음을 지으며 자못 진중한 표정을 했다.

그로부터 반 시진 후, 휴의 새까만 식신이 나뭇가지를 물고 돌아왔다. 휴가 바닥에 가지를 꽂자 땅이 갈라지며 검고 출렁이는 물길이 열렸다. 한 걸음 물러나 있던 인우가 두 신을 따라 결계 안으로 들어섰다.

먼저 들킨 곳이 어디이려나. 어디든 신을 붙잡아 두기만 한다면 상관없었다. 인우는 결계 끝이 푸르게 말려 올라가며 아가리를 탁탁 닫는 것을 경이롭게 지켜보았다. 인우는 아까보다 한층 교만한 얼굴로 부채를 매만졌다.

같은 시각, 예 가문의 문지기가 화들짝 놀라 되물었다.

"뉘, 뉘시라고요?"

"몇 번을 묻는 것인가. 이분은 수 상단의 단주시네. 어서 길을 열지 못하겠나."

조촐한 행렬이었다. 늙은 여자 하나와 젊은 호위 무사 둘이 전부라 그 수 상단이 맞나 싶을 것이다. 게다가 단주라는 사로의 모습이 예전과 달랐다.

"하오나⋯⋯."

머뭇거리는 문지기에게 무사들이 험악한 표정을 짓자, 사로가 나서서 입을 열었다.

"아버님 따라 드나들 적부터 자네를 보아 왔네. 그만큼 자네도 날 봐 왔을 터, 머리카락이나 눈동자 색은 변했으나 목소리나 생김은 그대로이니 확인한 후에 들여보내 주게."

신분의 차이가 크니 감히 정면으로 보거나 찬찬히 뜯어보는 일은 하지 못하는 게 당연했다. 그렇다고 아무 일 않고 있을 수는 없겠는지 문지기가 불편한 기색으로 사로를 건너다보았다.

잠시 후, 문지기가 떨떠름한 얼굴로 푹 고개를 숙였다.

"송구합니다."

"헌데 이 사람이."

말은 그리하면서 문지기가 비켜나지 않자 무사들이 앞으로 나갔다. 문지기가 제 아랫사람들을 불러 모으고 있었다.

"분명 단주님인 것은 확인했습니다만, 저희 가주께서 이⋯⋯ 이형은 절대 집 안으로 들이지 말라 명하셨기에⋯⋯ 이만 돌아가 주셨으면 합니다."

그의 말에 사로가 좀 더 불빛 밝은 곳으로 움직였다.

"보다시피 그래, 나는 이형이 맞네. 그러나 수 상단의 단주이며 수호 가문의 후계자임은 변치 않아. 신을 뵈러 가는 수호자를 감히 막아설 텐가."

"그것은……"

문지기가 갈등하는 사이 사로는 찬찬히 그를 지켜보기만 했다. 연한 회색빛 눈동자는 차갑고 단아했다. 마침내 그가 문을 열어 주었다. 사로는 가볍게 턱을 까딱이며 걸음을 옮겼다. 희고 긴 머리카락이 부드럽게 휘날렸다.

뜰에 이른 사로는 함께 온 유모와 무사들을 남겨 두고 홀로 사당으로 향했다. 마음을 정하고 나니 모든 것이 새롭게 보이고 새로이 들렸다. 새삼 소중한 것이 많고 고마운 것이 많았다. 하여 망설이는 것은 끝내기로 했다.

사로가 신의 결계가 넘실거리던 사당에 막 한 걸음을 디뎠을 때였다. 돌연 검푸른 너울이 걷히며 화려하고 텅 빈 사당의 내부가 펼쳐졌다.

"늦었나."

사로는 황금 장식을 한 탁자 위에서 세 개의 찻잔을 발견했다. 옥과 자수정을 뒤섞어 만든 기둥 뒤로 갈라진 바닥과 그 위에 꽂힌 나뭇가지도 보았다. 인우와 신들이 어둠 부스러기를 찾기 위해 이동한 것이다.

어둠 부스러기가 끔찍한 일을 벌이고 있는 것은 사실이었다. 상단 일을 수습하며 그에 관한 조사를 명했었다. 습격받은 마을의 피해는 이루 말할 수 없을 지경이라 부근까지 여파가 미쳤다고 했다.

그 정도라면 인우가 나서지 않았더라도 조만간 릉산과 제가 모임을 소집할 일이었다. 헌데 인우는 기다리지 못했다. 시간이 촉박했던 거다. 그는 저를 겁박해 긴급 소환문을 보내면서까지 무언가를 꾸미고 있었다.

신 곁의 이형, 명서가 목표라는 것밖에 알 수 없었다. 지금 일어나는 일과 그것을 연결 지을 고리가 없었다. 모든 것은 심증뿐이었다. 하여 더욱 불안했다. 사로는 밖으로 달려 나가 말에 올라탔다.

"유모, 비단나무가 많은 곳이 어디지?"

"문호 쪽에 많이 난다고 들었습니다. 헌데 아씨 왜 갑자기?"

사로는 답하지 않고 따라오려는 무사들을 저지하며 유모를 부탁했다. 어차피 신이 펼친 경계 안으로 들어갈 수 있는 것은 저밖에 없었다.

"부단주에게는 이미 일러두었지만 뒷일을 부탁해."

그 말을 끝으로 사로는 어둠 속을 빠른 속도로 내달렸다. 캄캄하고 농밀한 어둠에 잠긴 밤이 끝도 없이 펼쳐졌다.

흩날리는 색색의 꽃잎 사이로 휴가 보였다. 무릎을 꿇고 가슴을 부여잡은 그의 어깨가 들썩거렸다.

"스승……."

부르려는데 그의 모습 위로 묵이가 걱정스러운 눈으로 고개를 내밀었다. 허상이었던 게다.

다행이려나. 명서는 묵이를 쓰다듬어 주고 도움을 받아 자리를 털고 일어났다. 엉망이 된 꽃가지를 챙기고 주변을 정리하는데 달그림자 아래 또 스승의 모습이 고였다.

온통 검고 황폐해진 그는 서러울 만큼 아름다워서 괜스레 눈시울이 뜨거웠다. 당장에 달려가 안아 드리고 싶어 손끝이 바르르 떨렸다. 바람이 불어 우수수 나뭇잎이 날리고 허상은 또 지워져 어둠만 남았다.

명서는 두 손으로 입술을 막고 주변을 둘러보았다. 낮게 울리는 풀벌레 소리, 달을 가리우는 구름, 연리지 사이로 나부끼는 숲바람, 막 터진 달맞이꽃에서는 밤의 향이 났다.

그 모든 것에 소름이 돋을 만큼 선명한 기시감이 든다. 명서는 상처 하나 없는 어깨를 보았다. 문득 스치는 장면이 제 착각이 아니라면 곧…….

명서의 상태가 이상하다 여긴 것인지 묵이가 몸을 비비며 끙끙거렸다. 다독여 주며 다시 하늘을 올려다보는데 무언가 날아와 명서의 어깻죽지를 길게 찢어 놓았다.

새빨간 피가 뚝뚝 떨어지는데 아프기보다 안타까움이 밀려왔다.

묵이가 높이 도약해 연거푸 날아오는 검고 악한 덩어리들을 물어뜯었다. 그러나 이미 명서의 온몸에 혈흔이 꽃처럼 번졌다. 순수하고 맹렬한 살의와 적의, 검고 짙은 그것에 팔이 뒤틀리고 다리가 꺾였다.

손에 든 꽃가지를 휘둘러 보았으나 그것에 닿자 이내 파사삭 타서 재가 되어 버렸다. 바닥에 엎드린 채로 기어가는데 놈의 뜨겁고 날카로운 이빨이 허벅지를 가르고 뼈를 으스러뜨렸다. 명서는 끔찍한 고통에 몸부림치면서 한마디 신음도 내지 않았다.

울컥 피를 토해 내며 짓이겨진 몸을 굴렸다. 게걸스럽게 제 살점을 집어삼키는 그것의 혓바닥은 섬뜩하게 차가웠다. 절망감과 공포로 몸이 아니라 마음부터 산산이 부서지는 느낌이었다.

비명이 새어 나오려 하자 명서는 피가 나도록 입술을 깨물었다. 휴가 귓가에 꽂아 준 청혼의 꽃이 하늘거리고 있었다. 그래, 예서 허무하게 죽을 수는 없다. 그리 죽어지면 저보다 더 괴로울 이는 휴라서 어떻게든 살아야겠다 싶었다.

명서는 아직 움직일 수 있는 손으로 덤벼드는 그것을 떼어 내고 피 철철 흐르는 다리를 힘겹게 움직여 묵이의 등에 올라탔다. 가슴팍을 더듬으니 한괄이 준 표식이 먼저 잡혔다.

"열어 줘."

어디로 이어지는지 알 리 없었다. 다만 원래 어둠에 속했던 놈이 다른 신의 결계를 함부로 침범하지는 못하리란 생각밖에 들지 않았다. 명서의 오른쪽 허리가 찢어지는 동시에 한괄의 결계가 열렸다.

주변이 온통 피바다였다. 명서는 결계 안으로 달려가는 묵이 등에 기대 연리지를 바라보았다.

선혈이라도 닦아 두면 좋았을 것을. 스승께서 그 모습 참혹해 가슴 아파하실 터인데.

"어찌해."

어찌할까. 돌아온다는 약조 남겨 두지도 못하고, 이대로 헤어져 다시 못 볼지 모르는데…….

어찌해야 좋을까. 이리도 약하고 보잘것없는 저를 아파할 당신을.

보드랍고 따스한 바람이 온몸을 감쌌다. 한괄의 영역에 당도한 모양이다.

명서는 씩씩거리며 숨을 고르는 묵이에게 몸을 의지하며 자꾸만 감기는 눈을 부릅떴다. 묵이도 상처를 입은 모양인지 숨이며 걸음이 온전치 못했다.

"미안."

나직이 속삭이는 한마디도 버거웠다. 묵이가 알아들은 것처럼 유순한 눈으로 명서를 바라보았다. 명서의 상태가 심상치 않음을 감지한 녀석이 목에 걸린 방울로 힘을 끌어모았다.

묵이나 명서 모다 한괄의 계곡에서 다른 신의 힘을 발동하면 안개에 갇히게 되는 것을 알 리 없었다.

신력을 쓰기 무섭게 뿌연 안개가 그들을 감쌌다. 보이는 것은 끝없이 광활하며 흐릿한 한 갈래 길뿐이었다.

묵이는 명서를 업은 채로 미로를 빠져나가기 위해 무던히 노력했다. 쿵쿵 벽에 몸을 부딪치고 앞 발톱이 다 빠질 만큼 땅을 파헤쳤다. 그러나 안개는 걷히지 않았고 핏방울이 번진 자리로 몇 번이고 다시 돌아올 뿐이었다.

파헤쳐진 땅에서 작은 녹색 벌레 한 마리가 꿈틀거렸다. 벌레는 툭툭 떨어지는 명서의 따스한 피를 핥아 먹었다. 그 모습을 본 묵이가 위협하듯 으르렁거리며 달려갔다. 묵이가 단번에 그것을 죽이려 들자 명서가 만류했다. 묵이의 등에서 내린 명서는 다친 발을 감싸 주며 조용히 타일렀다.

"괜찮아. 난…… 난 괜찮아. 기다리면 스승님께서 곧 오실 거야."

달래지지 않는 것이 불안인지 아픔인지 알 길 없어 명서는 몇 번이고 묵이의 목덜미를 쓰다듬었다. 너덜너덜해져 겨우 붙어만 있는 왼팔 대신 그럭저럭 움직여 주는 오른손을 썼다. 허나 그마저도 손 감각이 무뎌지는 게 느껴졌다.

죽음의 그림자를 애써 외면했다. 어떻게든 살아야지, 그 생각만 하기로 했다. 명서는 하염없이 피가 흐르는 제 상처도 돌보기 시작했다.

"낑낑."

"울지 마. 네 잘못이 아니란다."

애처로운 소리를 내는 덩치 크고 시꺼먼 녀석의 발치에 유난히 색이 선명한 벌레가 평화로이 꼬물거렸다. 명서는 불편한 손을 대신해 이로 천을 당기며 웃어 보였다. 상처마다 힘주어 붕대를 감고 매듭을 지었다. 어느새 이마에 땀방울이 맺혔다.

"스승님도 그리 생각해 주시면 좋으련만."

어둠 부스러기가 스승이 계시지 않는 틈에 절 공격해 왔다는 건 다분히 계획된 일이란 것이다. 누가 무엇을 위해 벌인 일인지 밝혀진다고 해도 스승님은 스스로를 탓하실 게 틀림없었다. 얼마나 자책하고 또 슬퍼하실까.

하여 여기서 죽지는 말자 했다. 그 멍든 마음 어루만져 드리고 한 번 더 마주 보고 웃어 드리자 힘을 냈다. 결심은 다부져도 이미 머리가 어지러웠다. 아무래도 피를 너무 많이 흘린 모양이다.

명서는 묵이가 놀라지 않게 비스듬히 기대앉아 눈을 감았다.

생각에 생각이 이어져 휴를 만난 날이 떠올랐다. 세상천지 그리 아름답고 그리 외로워 보이는 사내는 처음 보았더랬다.

그때 만약 고개 들어 휴의 눈을 마주하지 않았다면 어찌 되었을까.

"너, 예서 죽진 않았을걸."

귀가 아닌 머리를 울리는 크고 맑은 목소리였다. 명서가 사방을 빠르게 살폈으나 보이는 것은 희뿌연 안개뿐이었다.

"어딜 봐. 여기 있어."

소리가 들리는 곳은 흙바닥. 아무리 봐도 산 것은 묵이와 저뿐이었다. 아니, 아니다. 시뻘건 핏물 위를 기어 다니는 녹색 벌레가 있다.

"설마."

"그래, 나야."

"환영? 환청? 이왕이면 스승님인 편이……."

"하하하. 재밌고 솔직한 아이로구나. 말했잖아, 지난번에. 보답하겠다고."

명서가 모르겠다는 얼굴을 하자 벌레가 또 핏물을 날름거리며 말했다.

"아, 금일 일도 보답할게. 한괄이 쳐 놓은 쓸데없는 함정 때문에 무료하고 배도 고팠거든. 네 피 맛 꽤 좋았고."

"대체 누구십니까?"

"보다시피."

"녹색 애벌레?"

"하하하하하하. 너 정말 재밌어. 마음에 든다. 대개는 의뭉스러운 장소에서 만난 기이한 존재를 신이라고 생각하지 않니? 그런데 벌레라니. 하하하."

말을 마친 벌레의 등이 갈라지더니 그 속에서 작고 앙증맞은 아이가 나타났다. 머리카락은 어둠처럼 까맣고 눈동자는 호수처럼 푸르렀으며 희고 투명한 날개에 붉은 깃털이 도드라져 있었다.

"허나 연람 님은 수면기에 드셨고 정하 님이나 한괄 님, 우리 스승님도 아니신걸요."

"맞아. 그리고 틀려. 난 그네들의 태초니까."

움직일 때마다 색이 달라지는 눈동자가 신비로웠다. 명서는 빨려 들어갈 것처럼 멍하게 보고 있다 힘차게 도리질을 쳤다. 아이가 눈을 빛내며 쿡쿡거렸다. 웃음소리가 기막히게 청량했다.

명서는 또 한 번 고개를 흔들어 정신을 차렸다.

"헌데 왜 절 구해 주시는 겁니까?"

"보답이라니까. 그리고 난 널 살려 준다고 말한 적은 없어. 확실히 네 피에는 죽음이 짙게 물들어 있었지만 그건 네 선택이었잖아. 난 그냥 보답으로 네게 다른 선택을 할 수 있는 기회를 줄 거야. 네 시간을 되돌려 줄 테니 에서 죽을 처지를 피해 봐."

"선택…… 되돌아……. 그리되면 스승님은요? 스승님은……."

"시간에는 신마저 휩쓸리지. 지금의 기억은 누구에게도 남아 있지 않을 거야. 제아무리 휴라도 어쩔 도리 없지. 왜 너 없이 사는 그 아이는 상상이 안 돼? 글쎄. 휴는 널 만나지 않은 편이 고요하고 평온했을지도 모르지. 넌 죽지 않고 휴는 평화롭고, 그런

결말도 괜찮은 선택이겠어."

태초의 눈동자가 묘하게 검붉어졌다. 공허하고 황폐한 눈이었다.

"내가 주는 기회를 헛되이 하지 마. 여기서 네가 죽으면 휴는 무너질 거야. 그 아이는 균열 그 자체가 되어 버리겠지."

처절하게 몸부림치고 통곡하는 휴의 모습이 겹쳐졌다. 명서는 입술을 꾹 깨물어 눈물을 참았다.

"그 말씀 받아들이겠습니다. 하지만 묵이는 휘말리지 않았으면 해요."

"이 못된 녀석이라면 어차피 너와 함께 거슬러 갈걸. 봐, 절대 네 곁을 떠나지 않겠다잖아."

태초의 말처럼 묵이는 명서의 치맛자락을 꽉 물고 놓지 않았다. 명서는 날개를 펄럭이며 장난질 치는 태초의 존재를 물끄러미 바라보았다.

"감사합니다."

명서의 말에 아이가 묘한 미소를 지었다. 그러면서 날개를 움직여 바람과 빛 하늘과 달을 흩날렸다. 명서와 묵이의 모습이 안개 저편으로 사라졌다.

17
장

시간이 휘감기며 상처가 나아 갔다. 동시에 하얗게 피어나는 물안개와 함께 추억이 되감겼다. 순간순간 잊지 않으려 애써 보지만 이내 툭 터진 꽃망울처럼 장면이 번지며 기억이 소멸되어 갔다.

'누구도 기억하지 못한다.'

태초의 존재가 했던 말의 의미를 알 것 같았다. 잔인한 망각은 착실히 지난날을 지워 가고 있었다. 휴의 품에서 바라보던 밤의 달빛, 연리지에 감돌던 그의 서늘한 향취, 아무리 발버둥 쳐도 빛 같던 그 시간들이 고스란히 흩날려 사라졌다.

"흐윽."

울음이 터졌다. 그저 무력하게 지켜보기에는 너무도 귀하고 절절한 추억이라 가슴이 타들어 갈 듯 아팠다.

명서는 흐르는 눈물을 손등으로 훔치고 이를 꽉 깨물었다. 다 알고도 택한 것은 자신이다. 당장의 제 죽음이 휴를 절망의 구렁텅이에 몰아넣어 그를 극악하고 몹쓸 존재가 되게 할 바에는, 심장을 한 점 한 점 저미는 고통이 제 몫이더라도 시간을 되돌려 그만은 평화롭기를 바랐다.

소멸된 기억의 조각들이 조롱하듯 명서를 맴돌았다. 명서는 의지와 상관없이 지워지는 기억 앞에서 몸을 동그랗게 말았다.

소중했던 시간들이 눈앞에서 지워지고 감정의 조각들이 허공을 배회했다. 누군가를 가슴 아리게 사랑했고 벅차도록 사랑받았던 순간들이 산산이 부수어진다. 아직 남아 있는 그의 표식을 말갛게 보던 명서가 망설임 없이 손가락을 물어뜯었다.

'제발.'

새빨간 핏방울이 무저갱 같은 공간에 소리 없이 떨어져 내렸다. 명서는 절박하게 각인을 재촉했다. 모다 잊어도 하나만은 어떻게든 기억하자.

'휴.'

무엇을 걸어도 아깝지 않을 사랑하는 그 이름.

상처 없이 그가 행복하게 웃을 수 있기를.

그 바람이 이루어진다면 자신 역시 웃을 수 있었다.

처음으로 돌아가 자신도 그도 서로를 마음에 품지 않으면 될 일이다. 단지 제물인 이형과 신으로 짧게만 마주치고…….

아니야, 정말은……

명서는 입술을 사리물었다. 손가락이 아닌 심장에서 퍼진 통증이 맹렬했다. 숨이 막힐 만큼 아픈데도 이름을 되뇌고 또 되뇌었다.

그사이 곁을 지키던 묵이의 까맣고 충직한 눈빛이 그저 삿된 것에 불과했던 시절로 돌아갔다. 명서는 달려드는 녀석에게 스스럼없이 어깨를 내주었다. 신기하게도 이를 박기 전 묵이가 몸을 부르르 떨더니 그대로 경직되었다.

천천히 묵이와 눈을 맞춘 명서가 마지막일지 모를 포옹을 했다. 부드럽고 따스하게 한참 동안 녀석을 쓰다듬어 주는데 문득 이름이 기억나지 않았다. 그대로 사라져 가는 것과 여전히 손끝에서 흐르는 피, 명서는 처연한 얼굴로 저를 덮쳐 오는 빛 덩어리를 보았다.

인우를 따라 움직였으나 소득은 없었다. 한팔이 친 경계 안은 어둠 부스러기가 움직인 흔적으로 가득했으나 막상 놈은 찾지 못했다. 연거푸 자리를 옮긴 곳도 마찬가지였다. 마치 그들의 동선을 예상한 것마냥 어둠 부스러기는 사라지고 없었다.

신들이 인간 세상에서는 볼 수 없을 신의 결계를 세 번째로 펼쳤을 때였다. 시체 가득한 마을을 쳐다보던 휴가 무심하게 고개를 돌렸다.

"인간."

"말씀하시지요."

그의 부름에 익숙해지지 못한 인우가 긴장감을 감추며 공손하게 머리를 조아렸다. 한괄이 슬쩍 눈동자를 옮겨 인우를 보았으나 휴는 개의치 않고 말을 이어 갔다.

"네 죽을 자리를 이곳으로 정한 것인가."

"예? 그 무슨……."

"수호자를 함부로 죽일 수는 없는 노릇이라 두 번은 참아 주었다. 허나 이번에도 사실을 고하지 않는다면…… 죽어도 상관없다는 뜻으로 알겠다."

음성이며 표정에 감정이라고는 담기지 않아 도리어 섬뜩하였다. 인우가 꿀꺽 마른침을 삼켰다. 지켜만 보던 한괄이 끼어들었다.

"어둠의 부스러기가 영악하다고 해도 여긴 제 세상이 아니야. 흔적만 뿌리고 마주치지 않고 사라지는 우연을 반복할 수는 없을 터, 누군가 도와주지 않는다면 말이네."

"그, 그런 누가 감히……."

인우가 정색하자 휴가 재미있다는 얼굴로 웃었다. 온기 한 점 묻어나지 않는 건조한 미소였다.

"순순히 실토하면 시시하지. 버텨 봐라, 인간."

말을 끝내기 무섭게 휴가 인우의 목줄기를 힘껏 조였다. 금세 얼굴이 새까매진 인우가 버둥거리며 손을 뜯어내려 했다. 휴는 목소리가 나올 만큼만 죄인 목을 풀어 주었다.

"컥컥. 오해십니다."

휴의 입술이 부드럽게 비틀렸다.

눈앞의 인간이 신들을 소환해 낸 것에는 다분히 개인적 목적이 있을 터였다. 처음 의심한 것은 향석에 희미하게 어둠의 냄새가 났을 때였다.

그것이야 부근에 설치고 다닌 부스러기 때문이라고 넘길 수도 있었으나 세 번째 결계에서 시신을 보았을 때 확신했다. 척추가 뽑히고 피가 낭자한 시신들에는 미미하게 신력의 냄새가 났다.

자랑하듯 늘여 놓았으나 실은 일정 구역에 갇혀 있던 어둠 부스러기의 흔적을 따라가니 묘한 진법이 보였다. 사람이 거둔 자국이었다.

"신이 되려 하였나?"

어둠의 찌꺼기라도 인간이 감당키는 어렵다. 얼마 되지 않는 신력으로 가두어 놓았다고 해도 언제 그 힘이 폭주할지 몰랐다. 그 때문에 스러져 파괴되는 것은 인간들의 세상이었다.

인우의 눈이 처음으로 진실을 담아 번뜩였다.

"아, 아닙니다. 맹세코 단 한 번도 그런 생각을 해 본 일이 없습니다. 다만 수호자의 한 사람으로서 인간 세상을 어지럽히는 부정한 존재를 없애고자 하였을 뿐입니다. 믿어 주십시오."

휴는 미동도 않고 인우를 내려다보았다.

"진을 짠 놈을 제어할 정도라면 없애는 것도 가능했을 텐데?"

"물론 노력은 했습니다. 허나 워낙에……."

"놈은 어디에 있지?"

바짝 메마른 음성이었다. 허나 단 한 마디라도 섣부르게 내뱉으면 목덜미를 잡아 뜯고 피 한 방울 남김없이 쥐어짜 주겠다는 살벌한 경고가 담겨 있었다.

"모, 모, 모릅니다. 수호 가문의 노력이 실패로 끝나고 말아서 감히 신을 청하였나이다. 부디…… 굽어살피시어 도움을……."

인우의 말이 끝나기도 전에 한괄이 번쩍 손을 들었다. 신이 친 결계를 누군가 필사적으로 두드리고 있었다. 인간의 몸으로 결계를 함부로 만지게 되면 신체가 타 버리고 만다. 그만큼 다급하고 절박한 일이란 소리였다.

"그대는……."

한괄이 피투성이가 된 주먹을 움켜쥐고 결계 안으로 뛰어드는 사로를 부축했다. 이형의 모습을 한 사로가 숨도 고르지 않고 소리쳤다.

"어서 가셔야 합니다! 대학사는 신 곁의 이형을 제거하기 위해 일을 꾸민 것입니다."

휴가 고요하게 눈동자만 굴려 사로를 보았다. 섬뜩하고 집약된 광기가 꿈틀거리고 있었다. 그의 손에서 뻗어 나온 검고 날카로운 덩굴이 사로와 인우를 각각 감싸 공중에 띄웠다.

"단주! 이 무슨 짓…… 컥컥. 아닙니다. 이형이 된 저 계집이 실성이라도 한 모양……."

휴의 손톱이 인우의 목줄기를 푸욱 파고들었다. 검고 이슥한 어둠을 일렁인 신이 인우의 목을 꿰뚫었다. 사로의 귀 뒤로도 뜨거운 피가 줄줄 흘러내렸다. 허나 사로는 단정한 모습으로 다시금 강직하게 고했다.

"저 또한 어리석은 짓을 저질렀으니 응당 벌을 받겠습니다. 허나 제발…… 지금은 가셔서 명서를 구하세요."

'명서'라는 단어에 휴의 눈동자가 폭풍처럼 흔들렸다. 한괄이 막아서지 않았다면 주변의 산 것이 일순 새까맣게 타 재가 되어 버렸을 터였다.

한괄은 그을린 어깨를 털며 말했다.

"난 여기서 이들에게 사실을 확인해 볼 테니 자네 먼저 움직이게. 어서."

휴는 제 영역으로 통하는 길을 황급히 열며 인우와 사로를 그 안에 집어 던졌다.

"아니, 데리고 따라와. 어떻게도 죽여 버릴 테지만."

말을 마친 그는 빛보다 빠른 속도로 날아갔다.

숲이 떨고 있었다. 삿된 것들조차 어둠에 숨지 못하고 빛 아래 뭉쳐 설설 기었다. 휴는 날 선 긴장감에 입술을 팽팽히 당겼다.

그의 숲 안에서 더는 명서가 느껴지지 않았다. 온기도 생기도 무엇 하나 존재하지 않았다. 감정이 치솟아 신력을 제어하기 어려웠다. 휴가 움직일 때마다 사방에서 검고 습한 기운이 뻗어 나와 초목을 태우고 빛을 사그라트렸다.

연리지를 목전에 두고 형체가 기이해진 어둠 부스러기와 맞닥뜨렸다. 그것이 조소하듯 아가리를 쩍 벌리자 피투성이가 된 꽃이 짓이겨져 나뒹구는 것이 보였다. 명서에게 주었던 청혼의 꽃이었다.

탐스러운 꽃송이를 귀에 꽂은 명서는 그 자체가 꽃이라 눈이 부셨더랬다. 두 뺨을 보기 좋게 물들이는 것이나, 이리저리 할 말을 찾아 움직이는 맑은 눈동자가 좋아서 괜스레 놀리기만 했었다.

아무리 고운 꽃도 너만큼은 아니 어여쁘다 말해 주지 못했다.

함께하는 시간보다 약속하지 못할 기다림이 더욱 긴 것을 알아도, 제 생에서 명서가 찰나처럼 짧게만 스쳐 간다고 해도, 결코 널 사랑한 일을 후회 않는다고 고백하지 못하였다.

명서 앞에서 서글플 만큼 절절해지고 안타까워지는 마음을 표현할 길 없어 그저 알아주기를 바랐다.

그래서 잃었을까.

그래서 앗아 간 것일까.

휴의 입술이 사납게 뒤틀렸다. 눈동자는 이미 까마득한 암흑이라 감정을 읽을 수 없었다. 달이 차 밝던 숲은 휴의 손끝에서 시작된 검은 너울로 온통 침묵과 어둠으로 뒤덮여 버렸다.

놈의 입가에 마르지 않은 핏방울이 흘렀다. 그 붉고 끔찍한 액체에서 명서의 향이 났다. 달고 보드라운 체향이 선명히 느껴졌다.

휴는 눈을 감았다. 지독한 통증이 독처럼 번져 견딜 수가 없었다. 가슴에서부터 쩍쩍 금이 가는 소리가 들렸다. 그는 황량한 파멸만이 남은 눈을 떠 검은 너울에 갇힌 어둠 부스러기를 쳐다보았다.

파스스스. 워낙에 압도적인 힘의 차이라 어둠 부스러기는 반항 한 번 못 하고 타들어 갔다. 발악하듯 날아오른 그것을 움직이지 도 않고 잡아챈 휴가 잔인한 미소를 지었다.

아무리 삿된 것이라도 고통을 느낀다. 공포감에 두려워도 한다. 휴는 갈기갈기 찢긴 커다란 뱀 형상의 어둠 부스러기에 힘을 불 어넣었다. 세찬 힘의 나락에 허우적거리는 어둠 부스러기는 재생 되고 찢어발겨지고를 무수히 반복했다. 각인된 두려움과 아픔에 어둠 부스러기가 바르르 떨었다.

"휴!"

뒤늦게 당도한 한괄이 다급히 결계를 쳤으나 속수무책이었다. 어둠보다 짙은 광기가 지배하는 휴의 눈동자는 냉혹하기 그지없 었다.

그는 피를 토해 내는 인우를 향해 손가락 하나를 들어 올렸다. 소멸을 애원하던 어둠의 부스러기가 단숨에 사내의 발목부터 종 아리, 허벅지까지를 씹어 삼켰다. 인우가 새된 비명을 내질렀다.

휴는 멈추지 않았다. 그는 어둠 부스러기가 타올라 가는 인우 의 몸통을 발로 짓이겼다. 피가 사방으로 튀고 살점이 으스러졌 다. 마침내 인우의 잿빛이 된 얼굴을 감싸 쥔 휴가 눈, 귀, 코, 입 을 하나하나 손톱으로 후벼 팠다.

한괄이 바람을 일으켰으나 이곳은 어둠의 땅, 휴를 거스를 순 없었다. 마지막으로 휴는 인우의 몸통에서 목을 뜯어냈다. 그리고 물길 잃은 물고기처럼 튀어 오르는 어둠 부스러기를 인우의 머리 통에 칭칭 감은 채 맨손으로 그것들을 우그러트렸다.

퍼퍽. 피와 뼈, 살과 비늘, 비명이 휴의 손아귀에서 처참히 뭉개졌다. 휴의 공허하고 황량한 눈이 한괄의 뒤편에 선 사로에게로 향했다. 그가 손을 까딱이자 한괄의 결계가 찢어지며 사로가 순식간에 주욱 끌려왔다.

명서보다 조금 짙은 은색의 머리카락과 눈동자를 본 휴가 그대로 사로를 내동댕이쳤다.

"크헉."

뼈가 부러진 것인지 사로가 신음하며 몸을 웅크렸다. 휴는 무감히 사로에게 검은 너울을 내뻗었다. 날카롭고 무성한 화살들이 정확히 사로를 겨냥해 치솟았을 때였다.

"안 돼!"

푸른빛과 붉은빛이 동시에 원을 그리며 사로를 감쌌다. 휴의 힘이 튕겨져 사방으로 날아오르자 공간이 우르르 흔들렸다. 연람이 달려가 사로를 안았고 정하와 한괄이 그 앞을 막았다.

"어리석은 놈. 정신 차려! 아무리 휴, 너라도 우리 셋을 상대할 수는 없어. 못 이긴다고. 화풀이하려거든 내게 해. 내 잘못이야. 내가 조금만 빨리 눈치를 챘어도……."

"아니, 휴. 내 탓이야. 내가 수면기에서 비정상적으로 깨어나는 바람에 불의 결계가 요동쳤고 그걸 막으려고 정하가 다급히 달려오게 됐어. 명서에게 이상이 있음을 알고 정하도 나도 가진 힘 모다 쏟아부어 추적을 펼쳤지만 이미 아무것도……. 지금 네 마음이 어떨지 감히 헤아리지도 못하겠으나 네가 균열 자체가 되어서는 안 돼. 제발 부탁이야. 휴, 힘을 거둬."

연람도 휴를 향해 애원했다.

그러나 그들의 외침이 들리지 않는 듯 휴의 신력은 더욱 가파르게 개방되었고 검은 너울은 미친 듯 춤을 추었다. 그 파장에 머리카락이 뭉텅 잘려 나간 한괄이 두 손을 앞으로 쭉 뻗어 바람의 소용돌이를 일으켰다.

"그는 이미 듣고 있지 않아. 아무래도 최악의 상황에 대비해야 할 것 같군. 만약 휴가 스스로를 포함해 보이는 모든 것을 멸망시켜 버리려고 한다면, 못 할 것도 없어. 그는 어둠과 파멸 그 자체니까."

이미 힘이 부치기 시작했다. 한괄이 뺨에 난 상처를 쓸며 말하자 연람도 수긍했다.

"맞아. 지금으로서는 그를 잠들게 하는 것이 가장 좋은 방법이지만…… 아직 난 힘이 온전치 않고 정하 역시 꽤 많은 신력을 소모했어. 그에 반해 휴는 마지막 한 방울의 신력까지 퍼부을 테니 세상이 무너지는 것은 시간문제일 테지. 가능한 오래 끄는 것밖에는 방도가 없겠어."

세 명의 신이 세운 새 결계는 일견 탄탄해 어둠이 사방을 좀먹는 것을 막고 있었다. 그러나 표면이 점차 타들어 가는 중이었다. 다시 말문을 연 것은 정하였다.

"그 아이, 어찌 알았을까?"

"무슨 소리야. 어서 거들기나 해."

한괄이 터져 버린 결계를 재구축하며 소리쳤다. 그는 퍼부어 오는 휴의 신력에 뒤로 밀려나지 않으려 안간힘을 쓰고 있었다.

"한괄, 연람. 내가…… 아니 명서가 이 비극을 막을 길을 준 것 같아."

명서라는 단어에 사로와 연람, 한괄의 눈이 커다래졌다. 작금의 사태는 명서가 죽어 일어난 일이 아니던가. 그런 반응을 예상한 듯 정하가 바로 말을 덧붙였다.

"언령. 우리와 휴, 그리고 명서가 나눈 언령 말이야."

그 말에 커다란 망치로 머리를 맞은 사람처럼 한괄이 멍한 얼굴을 했다.

"허나 어찌……."

"모르지. 단순한 걱정에서 비롯된 마음이었던 건지 아니면 정말…… 그 아이는 알고 있었는지."

정하는 결계를 공고히 하는 대신 옷자락을 털고 일어나 앞으로 향했다.

초록 벌레가 피 웅덩이 속을 힘차게 기어 다니고 있었다. 방금 어떤 말을 듣고 방향을 튼 참이었다.

"이것이 네 선택이니?"

붉은 피도 초록 껍질도 아닌 형형색색의 작은 아이가 그 속에서 나와 물었다. 명서는 놀라는 기색도 없이 말끔한 얼굴로 고개를 끄덕였다.

"예."

"제물식 전으로 시간을 되돌렸으니 넌 아예 휴와 만나지 않을 수 있었잖아. 기억은 모다 지워졌어도 중간중간 경고는 분명히 남겨 주었어. 느끼지 못했어?"

아이가 품에서 앙증맞은 공을 꺼내어 통통 튕겼다. 경쾌하게 튀어 오르던 공이 피 고인 웅덩이로 굴러 들어갔다. 아끼던 물건이었는지 아이가 빤히 보며 혀를 차고 있었다.

명서는 상처 입어 불편한 몸을 숙였다.

"아닙니다. 처음에는 희미했지만 중간부터는 어렴풋이 그리고 습격을 받아 이리로 오게 되었을 때는 확실하게 인지하였습니다."

명서는 깨끗한 천을 아이에게 건네고 피가 흥건하게 묻은 공은 주워 엉망이 된 치맛단에 부드럽게 문질렀다.

"그랬는데도 스스로를 구하지 않겠다고?"

아이의 오색찬란한 눈이 명서를 향했다. 말끔해진 공을 아이에게 건네며 명서가 생긋 웃었다.

"피해 가고 만나지 않으면 그만인데 그러고 싶지가 않았어요. 처음 마주친 그분의 눈은 너무 외롭고 쓸쓸해서 차마 외면하지 못했어요. 무서운데도 놓아 버릴 수가 없어서 계속 바라보았어요. 그저 연모하는 마음만 가득해서……. 그분을 만나고 사랑한 일을 어찌 후회할까요. 하여 제 선택은 이러합니다."

명서는 그들의 인연을 무(無)로 돌리지 않겠다는 결심을 밝히고 뒤돌았다.

잠시 동안 현실과 분리되었던 공간에는 태초의 존재만이 남았다. 태초는 물빛 공기 속으로 공을 던졌다.

"네 정인은 친절한 아이구나, 휴."

공은 부드럽게 부풀어 구름이 되었다. 태초의 존재는 거기에 사뿐히 올라타 어둠 부스러기와 싸우고 있는 명서를 물끄러미 내려다보았다.

잔이 옆구리를 물어뜯으려는 순간 명서는 급히 몸을 낮춰 바닥을 뒹굴었다. 놈의 이가 벽에 박혀 날카롭게 빛났다. 묵이는 저만치서 나뒹굴고 있었다.

놈에게 어깨 하나가 아작 날 무렵부터 기시감이 사라졌다. 전과 다른 선택이라면 바람의 계곡으로 도망쳐 죽음을 기다리지 않는 것뿐이었다.

여전히 승산 없는 싸움이었고 수반하는 고통은 전과 비교도 되지 않을 만큼 참혹했다. 그럼에도 이번에는 해야 할 일이 있었다. 명서는 감각이 사라진 주먹을 움켜쥐고 덮쳐 오는 잔을 피해 달아났다.

맹렬한 속도를 이기지 못한 놈이 복도를 따라 자란 꽃과 풀을 짓이겼다. 복도 바닥이 갈라지고 벽에는 흉물스러운 구멍이 났다. 명서의 새하얀 머리카락이 길쭉하고 시꺼먼 놈의 손톱에 걸렸다. 잔이 머리채를 잡아당기자 명서가 그대로 난간에 몸을 부딪쳤다.

잔이 명서의 종아리 하나를 으드득 씹었다. 얼굴에 실핏줄이 전부 터질 정도로 버티면서 명서는 신음 한 번 내지 않았다. 잔이 재차 아가리를 벌렸을 때, 명서는 그것의 입에 무너져 내린 나무 기둥 하나를 쑤셔 넣었다.

"캬악."

이 사이로 솟구친 기둥이 잔의 코와 귀를 뚫고 솟구쳤다. 명서는 그 틈에 사력을 다해 몸을 움직였다. 목표는 어둠의 나락, 삿된 것들이 고이는 그곳까지 가야만 했다.

태초의 존재에게 물어 듣기로 인간이 어둠 부스러기를 상대할 방도는 나락으로 밀어 넣는 것밖에는 없다 했다.

발을 다친 묵이 애처롭게 울고 있었다. 녀석이 미친 듯 방울을 울려 대는 것이 보였다. 응답은 없었다. 아마도 휴가 인간 세상에서 잠시 결계 안에 스스로를 가둔 것이리라.

부름이 닿는 순간 스승은 주저 없이 달려와 주실 것이다. 허나 그동안 얼마나 버틸 수 있을까. 명서는 피를 흩뿌리면서도 쉬지 않고 앞으로 달렸다. 푸르게 돋은 풀 위로 선혈이 쏟아져 내렸다. 눈앞이 뿌옇다가 붉었다가 캄캄해지기를 반복했다.

역시 원망하실지 모르겠다. 이리 헤어져 상처만 남길 바에는 차라리 처음부터 모른 체하여 결코 만나지지 않으면 좋았을 것이라 꾸짖으실까.

눈 한 번 깜박일 찰나라도, 숨보다 가벼운 인연이라도 당신에게 닿아 한 점 온기로 피기를 바랐다면 어리석다 하시려나.

"죄송해요, 스승님."

놓지 못했습니다. 홀로 남아 아파하실 걸 알면서도 이 짧고 벅찬 인연을 차마 끊어 내지 못하였어요. 그러니 제가 조금 더 단단해지고 강해져 당신을 지키겠습니다.

명서는 주문처럼 휴의 얼굴을 되새기며 파삭하게 마른 검은 모래의 땅 앞에 섰다.

휴의 영역이면서 삿된 것들의 무덤이자 고향인 어둠의 나락에는 풀 한 포기 자라지 않았다. 빛은 있으되 볼 수 없고 바람마저 얼어붙고 마는 죽음과 파멸의 공간, 명서는 거기 서서 천천히 몸을 돌렸다.

불벼락같이 날아오는 잔이 보였다. 놈의 뒷다리를 물고 힘껏 반격하는 묵이도 볼 수 있었다.

"묵이를 놓아줘. 그래야 그가 네게 죽은 내 마지막을 전해 들어. 그것을 바란 것 아니었어?"

명서의 목소리는 차분했고 잔은 그것에 반응했다. 시커먼 털 전체를 피로 물들인 묵이가 낮게 울어 댔다. 명서는 괜찮다는 듯 미소를 지어 보였다.

얼굴 반쪽을 관통한 나무 기둥 때문에 더욱 흉측한 몰골이 된 잔이 그런 명서를 위협하듯 다가왔다.

"넌 결코 그분을 해치고 신이 될 수 없어."

명서의 얼굴은 말갛고 그 눈빛은 고요했다. 잔의 이가 명서의 어깨뼈를 섬박하는 순간 잠시 몸이 떨렸지만 결코 눈을 돌리지 않았다. 조각조각 난 뼈마디가 온몸을 찔러 극통하였음에도 잔을 바라봄에 두려움은 없었다.

"명서야!"

뒤에서부터 부는 바람이 아득하게 깊고 어두웠다. 명서는 달

아래로 우수수 떨어져 내리는 검은 너울과 그 가운데 지독하게 아름다운 신을 보았다.

눈을 깜박이는 사이, 심장 바로 위에서 멈춘 놈의 이가 잘려 나가고 명서를 옥죄던 팔다리가 순식간에 재가 되어 사라졌다.

"스승……."

그러나 그립던 이를 눈에 담은 순간 명서의 몸이 가느다랗고 날카로운 잔의 꼬리에 휘감겼다. 다 타고 남은 반쪽의 머리와 뼈만 남은 몸으로 놈이 명서를 온통 얽어맸다.

이미 강력한 휴의 살기에 짓눌린 잔이 명서를 인질 삼아 슬금슬금 뒷걸음질 쳤다. 그사이에 명서의 살점을 뚫고 피를 쥐어짜 조금이라도 힘을 얻으려 하고 있었다.

신력으로 없애려 하면 명서까지 휘말릴 것을 안 휴가 실성하듯 소리를 질러 댔다. 그의 눈가가 붉게 번지며 피 같은 눈물을 쏟아 내고 있었다.

그리 아파하시는 것 보려고 같은 선택을 하였던 게 아니었다. 조금 더 오래 살아남아서, 어떻게든 버티고 버텨, 그에게 제대로 이별을 고할 수 있기를 바랐다.

"스승님."

명서는 숨도 쉬기 어려울 만큼 단단히 달라붙은 어둠 안에서 휴를 불렀다. 그의 사방이 온통 검게 패어 타오르고 있었다.

"명서야! 나는! 난……."

"부디 울지 마세요. 참을 수 없이 비통해 차라리 만나지 말 걸 그랬다 하시면 제가 너무 미안해서 그래요. 그래도 된다 하시면 어떻게든 다시 스승님 곁으로 올게요. 그러니 약속해 주세요."

"……."

휴의 검게 일그러진 눈동자가 명서만을 보았다. 명서가 작게 고갯짓을 해 보이자 휴도 희미하게 고개를 끄덕였다. 그의 눈에서 또 새빨간 눈물이 흘러내렸다.

명서가 제 피를 빨아 먹고 몸을 부풀리는 잔의 꼬리를 힘껏 잡아 안았다. 휴는 이것을 없애지 못한다. 공격 한 번 제대로 하지 않을 것이 뻔하였다. 잔이 무방비의 스승님을 노린다면 치명적일 터였다.

"약조, 잊지 말아 주세요."

웃으려 했는데 눈물이 길게 떨어져 입술로 번졌다. 명서가 남긴 마지막 말이 달빛과 함께 숲으로 내려앉았다.

18
장

한 폭의 그림 같았다. 검고 날카로운 것을 온몸으로 감아 막고 나락으로 떨어지는 명서는 마치 희고 보드라운 꽃 한 송이 같아서 흡사 그려진 장면 같았다.

　"제발!"

　잡을 수 없을 것을 알면서 휴는 미친 듯 내달렸다. 나락에 닿은 어둠 부스러기는 이미 산산이 부서지고 명서의 형체도 물거품처럼 사그라졌다.

　"명서야……."

　마지막 순간마저 웃어 주던 꽃 같은 제 여인.

　"으으으."

　휴는 참지 못하고 흐느꼈다. 바로 조금 전까지 우는 법조차 몰랐으나 견딜 수 없이 목이 메어 가슴을 두드리고 또 두드렸다.

어찌나 세게 두드렸던지 멍이 들고 피가 맺히더니 살점이 찢어졌다. 피가 튀어 오르고 마침내 뼈마저 으스러졌으나 그 무엇도 휴를 멈추게 하지 못했다.

피범벅이 된 신의 몸을 검은 너울이 아스라이 감쌌다. 이내 회복되어 말끔해진 가슴팍을 휴가 아련히 쳐다보았다.

"명서……."

너를 사랑함에 나는 오롯하였다. 결코 이리 아물어 흔적도 남기지 않을 사랑인 적 없다.

네 그리 만들지 않았느냐. 나를 온통 너로 채워 두고 슬퍼하지 말아 달라 청하면 이 가슴은 어찌할까.

휴의 눈물은 지독히 검붉었다. 심장에서 흐른 피처럼 뜨겁고 아팠다. 순하고 맑은 영혼의 그 아이는 나락이 탐내는 먹잇감, 끌려 들어가는 순간부터 녹아들게 된다. 끔찍한 이질감을 견디지 못해 파괴될 것이다.

"하윽."

휴가 일어서지 못하고 그대로 땅바닥을 짚었다. 땅을 우그러트리고 흙을 힘껏 거머쥔 신의 강하고 너른 어깨가 떨리고 있었다. 하염없이 흐르는 눈물이 메마른 땅을 적셨다.

감히 명서를 앗아 간 세상을, 또 지키지 못한 자신을 도무지 용서할 수가 없었다. 머릿속이 하얘지고 눈앞이 온통 시커먼 어둠의 장막으로 뒤덮였다.

온몸을 흐르는 광기와 분노를 주체할 수 없었다. 땅바닥에 쩍쩍 균열이 갔다. 검은 너울이 화살처럼 사방으로 쏟아져 날았다.

휴의 입술이 사납게 뒤틀렸다. 눈동자는 이미 까마득한 암흑이라 감정을 읽을 수 없었다. 달이 차 밝던 숲은 휴의 손끝에서 시작된 검은 너울로 온통 침묵과 어둠으로 뒤덮여 버렸다.

휴의 삭막한 눈이 어딘가를 주시했다. 한괄과 함께 온 인우와 사로가 시선 끝에 있었다. 휴는 서두르지 않고 천천히 걸었다. 그가 걸음을 옮길 때마다 주변이 파스스 모다 재가 되어 흩날렸다.

"휴, 이게 대체……."

한괄이 말을 잇지 못하였다. 휴는 아직도 핏방울 맺힌 눈으로 그를 지나쳐 갔다.

"컥."

인우가 공중에서 버둥거렸다. 휴는 손가락 하나로 그의 턱을 치켜올려 눈을 맞추었다. 섬뜩한 공포가 적막 아래로 흘렀다.

"휴!"

사태를 파악한 한괄의 목소리를 끝으로 이성은 사라졌다.

휴는 어둠이 되려 했다. 조만간 세상은 물론 스스로까지 파괴하고 불태워 버리고 말 극악한 암연. 그것을 멈추게 할 것은 단 하나. 마침내 명서의 언령을 기억한 정하가 비장한 표정으로 걸음을 옮겼다.

정하가 결계를 공고히 하던 힘을 늦추자 물길이 하늘과 숲을 가로질러 퍼졌다.

"휴."

간절히 불러 보았으나 절망과 광기에 휩싸인 검은 눈동자는 파삭하게 말라 있었다. 그가 뿜어내는 살기는 정하조차 몸이 떨릴 만큼 처참하고 맹렬해 절로 몸이 떨렸다.

정하는 물색 눈동자를 찡그리며 입을 열었다.

"휴, 지금의 네 마음을 헤아리지 못하는 바는 아니야. 하지만 나와 다른 신들에게는 이 사태를 진정케 할 책임이 있어. 언령, 기억나? 명서가…… 그 아이가 너와 우리 사이에 맺으라 했던."

가파르던 어둠 끝이 일순 뚝 떨어져 낮게 일렁였다. 정하는 이미 어둠에 잠식되어 가는 제 물빛 결계를 온전히 거두고 휴를 직시했다.

"어찌 알았는지 모르지만 명서는 짐작했던 게 아닐까. 이런 비극을 말이야. 그리고 네게 말하고 싶었겠지. 그로 인해 세상과 널 망가트리지 말라고."

"……."

"명서가 무엇을 바랄지 생각해 봐."

"…… 명서…… 슬퍼하지…… 말고…… 기다려…… 돌아와…… 반드시…… 난…… 나는 언제까지라도…… 기다……."

무극한 어둠 속에 있던 휴의 눈동자가 느리게 제 색을 찾았다. 산발적이던 어둠 자락이 하나로 뭉쳐 휴에게로 감겨들었다.

"명서…… 명서야……."

검고 탁한 기운을 모조리 흡수한 휴가 무릎을 꺾었다. 천천히 두 팔로 땅을 짚은 그가 마침내 온몸이 부서질 것처럼 통곡했다.

"명서야……."

피를 토하는 간절한 부름에 신들의 눈시울조차 붉어졌다.

"어째서 너를 잃고도 내가……."

아무것도 할 수 없게 만들어.

"어째서……."

휴는 피눈물로 범벅이 된 얼굴을 그러잡았다.

네가 복수를 바랐다면 천길만길 낭떠러지까지 시체 더미를 쌓아 줬을 거다.

네가 파멸을 원하였다면 세상을 암흑으로 뒤덮어 형체도 알아볼 수 없이 짓이겼을 거다.

그런데도 네 간절히 바란 것이라고는 고작 내 슬픔을 거두어 달라니…….

"끝내 착하고 가엾은 내 반려."

심장에 돋은 핏줄 하나하나가 터졌다가 이어지고 타들어 갔다 회복되기를 반복한다. 먹먹하고 고극한 상실의 통증이 사슬처럼 온몸을 묶었다.

이것만은 낫지 않아. 검지도 푸르지도 않은 이 감정은 칼처럼 가슴을 가르고 바늘처럼 심장을 찌르는데, 내 어찌 견디어 낼까.

휴는 얼굴을 감싼 손으로 제 눈알을 뽑아내려 했다. 정하와 한 괄이 달려들어 저지했다.

"휴, 제발 그만해. 그만……."

둘을 떨쳐 낸 휴가 다시금 눈을 쥐어뜯으려 할 때였다. 어느새 정신을 차린 묵이가 낑낑대며 곁으로 다가왔다. 평소라면 두려워 가까이 오지 않을 녀석이 애절하게 휴를 보았다.

묵이는 피투성이가 된 발로 목을 긁고 있었다. 휴는 딱딱하게 굳은 얼굴로 녀석의 목에 걸린 방울을 떼어 냈다.

식신이 보고 들은 것은 주인에게로 전해진다. 휴는 떨리는 손으로 묵이가 가진 기억의 마지막을 들여다보았다. 손톱으로 온통 파 놓은 휴의 눈에 눈물이 고여 흘렀다.

명서는 엉망이 된 모습에 어울리지 않게 온화하고 상냥한 미소를 짓고 있었다. 묵이를 통해 보고 있을 그를 향해 명서는 애틋한 얼굴로 인사를 건넸다.

'사랑해요. 돌아올게, 기다려 줘요.'

느닷없고 솔직한, 명서다운 고백을 남기고 그녀는 무참히 쫓기고 찢겨 사라졌다. 휴의 눈가가 파르르 떨렸다.

얼마나 아팠을까. 끔찍하고 두려운 고통 앞에서도 너는 또 씩씩하여 날 미치게 만든다.

사랑한다니……

나로 인해, 나를 만나 일어난 일들에 너는 후회 한 점, 원망 한 톨 하지 않고 그저 사랑하였다고 날 축복하는구나. 홀로 남아 망가질 날 일으켜 세우고야 말아.

명서야.

명서야.

내 일생의 단 하나뿐인 영원의 반려…….

그래, 난 널 잃지 않을 것이다. 언제까지고 붙잡고 매달려 애원하마.

"허니 돌아와 다오."

그거면 돼. 돌아온다는 약속, 그것이면 천 년도 만 년도 버틸 수 있다.

휴는 진득한 피가 묻은 방울에 입을 맞추었다. 그로부터 한참이 지나 휴는 세 명의 신에게로 갔다.

"기약 없는 수면기에 들 거다."

휴의 음성은 높낮이 없이 단조로웠다. 허나 거기 실린 결심은 확고하여 모두 아무 말 하지 못했다. 아무리 언령이라도 휴의 광기와 분노는 사라지지 않았다. 그러나 언령을 지키지 않으면 행여 돌아오겠다는 명서의 약속마저 위태로워질까 그저 누르고 또 누르는 것이었다. 그것을 신들 또한 잘 알고 있었다.

휴는 연리지를 바라보며 스스로 검고 두꺼운 장막을 쳤다. 망설이던 한괄과 정하가 그에 더해 결계를 펼치기 시작했다. 사로를 부축하고 있던 연람이 마지막으로 결계를 더했다.

"이곳은…… 두 사람이 돌아올 때까지 내 돌볼게. 그리고 휴…… 여러 가지로 미안해."

함축된 것이 많은 말을 끝으로 연람은 불의 결계를 세웠다. 사로는 두터워져 안이 보이지 않는 결계를 보며 입술을 막고 울고 있었다.

어둠의 신은 기약 없이 길고 깊은 잠에 들었다. 두 주인을 품은 숲이 고요하게 흐느꼈다.

인간 세상에는 큰 변화가 닥쳤다. 수호 가문 중 하나인 예 가문은 신의 노여움을 타 가주를 잃고 그간 누리던 전부를 내어놓았고, 수 상단의 가주는 이형임을 밝히며 주변으로부터 질타와 격려를 동시에 받고 있었다.

"아직?"

기다리기 지루했는지 연람이 하품을 해 보였다. 붓을 든 사로가 단정히 답했다.

"먼저 주무시지요."

"여기까지 꼭 일감을 싸 들고 다녀야겠어?"

"매일같이 부르지 않으시면 일이 밀리지도 않겠지요."

이형들의 삶을 개선해 줄 방도를 마련하는 건 결코 쉽지 않았다. 사로는 아직 채 읽지 못한 두툼한 종이 뭉치를 들어 보였다. 연람이 핏 하며 미간을 찌푸리다 살며시 사로의 허리를 휘감았다.

"부른다고 달려오는 그대는 어쩌고?"

"그러네요."

부딪쳐 오는 입술을 피하지 않은 사로가 순순히 수긍했다.

벌써 삼 년, 명서가 나락으로 떨어지고 휴가 수면기에 들고 세 번째로 맞이하는 겨울이었다. 사로는 금일도 묵이가 지키고 있을 곳을 아득히 바라보았다. 연람은 휴의 숲과 가장 가까운 곳으로 거처를 옮겨 언제든 달려가 살필 준비를 하고 있었다.

휴가 기약 없는 수면기에 들고 나서 연리지 주변은 가시덩굴이 검게 얽혀 자연 출입이 어려워졌다. 한괄과 정하, 연람이 막아 보려 했으나 연리지는 누구의 방문도 허락지 않겠다는 듯, 조용히 저물어 들었다.

"어리석은 질문을 하나 던지고 싶습니다."

사로는 연람의 어깨에 가만히 머리를 기대며 물었다. 연람이 반쯤 벗겨 낸 사로의 어깨를 부드럽게 매만지며 고개를 끄덕였다.

"얼마든지."

"훗날 이별이 와도 저를 기다려 주실 겁니까?"

연람은 답 대신 그윽하게 붉은 눈으로 사로를 보았다. 그리고 한없이 따스하고 아련한 미소를 지어 보였다.

"그럴 리 없다고 말하고 싶지만…… 그대는 내 수면기마저 깨운 여인인 것을. 기다릴게. 휴처럼, 아니 휴보다 더 미련하다고 해도 언제까지나."

사로가 그를 향해 산뜻하게 웃었다. 두 사람은 짙은 입맞춤을 나누며 등불 아래 풀썩 드러누웠다.

한괄은 정하가 내놓은 요상한 음식을 노려보았다. 요사이 정하는 부쩍 인간 세상의 음식에 관심을 나타내고 따라 만드는 취미를 붙였다. 문제는 모양새는 그럴싸해도 하나같이 한입 삼키기도 곤란할 정도로 맛이 없다는 거였다.

"정하, 음식 준비 말인데."

꿩고기를 쪄서 소로 만든 만두를 앞에 두고 한괄이 어렵사리 입을 열었다. 그러나 정하는 두말 않고 접시를 코앞까지 들이밀었다.

"일단 먹어 봐."

"연람의 처 말이야. 고집이 보통 아니라는군. 연람이 아무리 말해도 도통 듣질 않는 모양이야. 그 여인이 짧은 지난 생을 마감할 때 연람 그 녀석이 얼마나 울고불고 난리를 피웠나. 다시 태어난 여인이 겨우 기억을 찾아 재회하고는 또 얼마나 호들갑을 피워댔고. 그러니 연람은 기필코 혼인식을 치르겠다고 했었지. 정하, 자네는 혼인식에 쓸 음식을 준비하겠다고 자처했고 말이야. 헌데 여인이 갸륵하게도 명서와 휴가 돌아오기 전에는 몇 번을 환생해도 혼인식 치를 일 없다고 못 박았다지 않나. 그러니까 내 말은 이리 서둘러 음식 연습을 할 필요가 없다는 말이네."

"응."

정하는 알고 있는 걸 성가시게 왜 말하느냐는 듯 짜증스럽게 대꾸했다. 한괄은 그런 정하를 응시하며 다시 한번 힘주어 말했다.

"난, 우리가 꽤 각별한 사이라고 믿었네만."

"맞아. 그래서 먹고 평을 기대할 만한 건 한괄 너뿐이야."

"……그렇군."

한괄은 도무지 물러설 기미가 없는 정하의 예쁘장한 얼굴을 구슬프게 바라보다 만두를 집었다. 뜨거운 김이 모락모락 피어오르는 모양새는 썩 괜찮았지만 냄새가…… 지독히 매웠다.

"정하……."

"아, 진짜. 안 죽어. 한괄 넌 신이잖아. 괜찮다니까."

머뭇거리는 한괄의 입에 막무가내로 만두를 쑤셔 넣은 정하가 눈을 빛냈다. 정하는 우물거리는 입을 감추며 고개 숙인 한괄을 뚫어지게 쳐다보았다.

"맛이 어때?"

"이걸 나락이나 휴의 고치에 넣어 주면 좋겠군."

한괄이 점잖게 말하며 젓가락을 내리자 정하가 기대에 차 물었다.

"오오, 그렇게나 맛있어?"

"아니, 죽다 살아난 맛이야. 미묘하고 위험해."

명서와 휴가 잠든 지 구십 년 조금 넘은 날의 일이었다.

묵이는 하릴없이 이리저리 오가며 영역 안을 살폈다. 평소처럼 별일 없을 하루라 걱정할 것도 기대할 것도 없이 해가 저물어 가고 있었다. 습관처럼 어둠의 나락과 연리지 앞을 살핀 묵이는 우거진 숲 안에 자리를 잡았다.

명서가 사라지고, 주인이 수면기에 든 지 이백사십 년. 그사이 사로는 벌써 두 번의 환생을 거쳐 연람 곁에 다시 머물게 됐다. 수호자 가문의 후계자였던 덕분인지, 일각이 멀다 하고 필사적으로 제 표식을 각인했던 연람 때문인지, 두 번 모다 사로는 어렵지 않게 지난 기억을 되찾는 듯 보였다.

숨은 사정이야 몰라도 그게 참말 꼴사납고 부아가 치밀었다. 복잡한 것은 질색이고 잘 알지도 못하지만 묵이는 쉽게도 다시 만나 얄밉도록 꼭 붙어 다니는 두 사람이 못마땅했다.

맛난 밥 챙겨 줄 때는 조금 고맙다가도 까닭 없이 밉고 부러운 마음이 들어 부러 사로 앞에서 듣기 싫은 소리를 내며 발톱을 갈아 대곤 했다. 사로가 인간인 이상 앞으로도 죽고 태어나고를 반복해야 하고 그때마다 연람이 얼마나 속을 끓이고 괴로워하는가를 알기에 더는 드러내지 못했지만.

묵이는 빨간 열매가 한창인 숲을 향해 컹컹 짖었다. 새콤하고 달콤한 그것은 묵이가 참말 좋아하는 열매지만 명서가 사라지고 난 후로 입에도 댄 적이 없었다. 볼 때마다 침이 줄줄 흐르고 오금이 저릴 정도로 욕구가 솟구쳤지만 제게 처음 웃어 준 명서, 절 지켜 준 그녀를 향한 충성심을 고깟 식탐으로 더럽히고 싶지 않았다.

툭 떨어져 데구루루 구르는 열매를 경멸하듯 발로 차 버린 묵이가 가만히 눈을 감고 잠을 청했다. 어둠의 신이 잠들자 삿된 것들도 무력해진 상태였다. 달 없는 밤이 와도 어둠의 힘은 고요했고 나락에서 빠져나오는 것들이 있어도 묵이나 연람에게 들켜 이내 흩어져 버렸다.

숲은 신과 그의 반려와 함께 깊고 외로운 잠에 든 것 같았다. 해도 달도 닿지 않는 심연의 숲은 멈추어 쓸쓸했다.

그래도 묵이는 좌절하지 않았다. 영리하지는 않아도 믿는 법은 안다. 명서가 그리 말하였으니 기다리면 될 일이다. 주인께서 그리 이르셨으니 지키고 있으면 족할 것이다.

묵이는 가지런히 모은 앞발을 움찔거렸다. 꿈에서 오랜 만에 명서와 한바탕 뛰놀고 그녀가 주는 새빨간 열매를 한 아름 받아 먹었다. 휴가 몹시 못마땅한 기색으로 저를 노려보았지만 훌쩍 뛰어 명서 뒤로 숨으면 안심이었다.

찌르르르르. 풀벌레가 구슬프게 울었다. 묵이는 발을 바꾸며 다시금 잠에 빠졌다.

나락 위를 뒤덮었던 하얀 눈이 녹기 시작했다. 슬픔이 깃들었어도 봄은 숲을 물들여 색색의 꽃들이 저마다 향기로웠다. 메마르고 시꺼먼 나락 주변으로도 봄바람이 살랑살랑 깃들었다. 민들레마저 뿌리 내리지 못하는 척박한 땅 위로 봄 햇살이 눈부셨다.

그날은 여느 날처럼 조용한 아침이었다. 묵이는 코를 대고 봄이 묻은 땅의 냄새를 맡다가 고개를 들었다. 그러다 눈동자에 번뜩 이채가 돌고 벼락같이 익숙한 방향으로 달려가기 시작했다.

묵이의 발에 차인 잎사귀가 파르르 몸을 떨었다. 툭 치고 지나간 꽃망울이 수줍게 열려 하늘을 마주했다. 탐스럽게 열린 빨간 열매들 사이로 아침 이슬이 영롱하게 빛났다.

묵이는 그 아름다운 것들을 뒤로하고 무작정 달려 연리지 앞으로 갔다. 시꺼먼 가시덩굴 앞에 멈춘 묵이가 긴장한 눈으로 잔뜩 뭉친 어둠을 보았다.

"컹컹컹."

어둠의 숲을 뚫고 묵이의 울음소리가 들렸다. 우렁찬 그러면서 어딘가 모르게 슬픈 그런 울음이었다.

19
장

적막했다. 검고 붉고 푸르고 투명한 결계 안에서 눈을 떠 바라
본 세상은 그저 고요하기만 했다. 휴가 흘러내린 머리카락을 쓸어
넘겼다.

　길고 긴 잠에서 깼으나 여전히 명서의 기척은 느껴지지 않는
다. 그럼에도 신의 수면이 방해받은 이유를 알아내야 했다.

　휴는 고치처럼 겹겹으로 늘어진 결계를 걷고 밖으로 나갔다.
묵이가 앞에서 꼬리를 흔들어 대고 있었다.

　"수고했다."

　살갑게 쓰다듬어 주지는 않았지만 충분한 칭찬이었다. 묵이가
좋아서 마구 날뛰는 것이 크게 거슬리지는 않았다. 휴는 어둠의
나락이 있는 방향으로 고개를 돌렸다.

　그래, 정말 무엇도 성가시지 않다.

오랜 수면기를 마친 신이 땅에 발을 딛자 경배하듯 풀과 꽃이 활짝 피어났다. 겹겹으로 숨어 있던 가시덩굴이 일순 걷히고 온전한 모습이 된 연리지가 햇살에 밝게 비쳤다.

지난 시간을 가늠하지 않았다. 얼마가 흘러도 명서가 없다면 흐르지 않은 것과 진배없었다. 휴는 평화로운 숲을 지나 어둠의 나락에 당도했다.

메말라 터지고 새까만 어둠만 돋아나 있던 땅이 조금 변해 있었다. 아직 작고 볼품없어도 나무가 자라고 초목이 움트기 시작했다. 까다롭게 둥지를 택하는 산새들이 날아와 날개를 넓게 펼치는 모습도 보였다.

휴는 자신처럼 멈춰 있던 그의 숲 가장 황폐한 땅을 보았다. 신의 그늘이 담겨 있는 듯 어둡고 습한, 까닭 없이 불길한 저편이 나락이 있는 곳이었다.

그때 깡충거리며 다가온 토끼 귀의 아이가 휴를 올려 보았다.

"안녕."

경쾌한 인사에 힘이 넘쳤다. 휴는 멀겋게 서서 까불까불 주변을 맴도는 아이를 응시했다.

"휴, 얼굴이 많이 상했구나."

가만가만 그를 들여다본 아이가 활짝 웃었다. 휴는 아까와 같은 표정을 짓고 있을 뿐이었다.

"지금의 제게서 더 앗아 가실 것은 없을 텐데요."

수면기에 들어서도 실낱같은 의식은 줄곧 명서에게로 이어져 있었다. 명서가 한 말, 행동, 표정, 몸짓 모다 곱씹어 생각하고 떠올리곤 했다.

하여 명서가 청한 언령이나 저와의 약조에 의문이 들었다. 어쩌면 명서는 저 모르는 무언가를 알아서 그리한 것 아닐까 하는, 그런 지나친 생각 말이다.

만약 제 억측이 맞다 한다면 거기 엮일 인물은 태초의 존재밖에 없었다. 휴는 태초의 눈을 가만히 보았다.

인정하고 싶지 않아도 그는 신들의 부모였고 인간의 근본이었다. 태초는 순수하고 그만큼 영악했으며 진실했고 그보다 더욱 사특하였다.

"매정하기는. 맞아. 내가 명서에게 널 만나기 전으로 돌아갈 기회를 주었어. 그리고 그 아이는…… 그냥 또 널 택했고. 본인이 죽는다는 건 안중에도 없이 말이야. 처음 보는 재밌는 인간이었어."

휴의 손끝에 검고 날카로운 그늘이 돋아났다. 그러나 아이는 태연히 어깨를 으쓱했다. 주변의 생명이 모다 숨죽이는 살기에도 아랑곳 않고 아이는 꽃을 하나하나 골라 다발을 만들었다.

휴의 살(殺)이 태초의 손과 발에 탁 걸렸다가 바닥에 꽂혔다. 태초는 그 방대한 능력만큼 어디 붙들려 있는 법이 없었다. 바람 타고 떠돌며 해와 함께 비치고 물과 함께 떠돌고 어둠과 함께 고요한 세상 그 자체였다.

그런 존재라도 명서의 마지막을 떠올리면 참을 수가 없었다. 휴는 또 다른 살을 퍼부었다.

"휴."

손에 든 꽃으로 휴가 날린 살벌한 살기를 툭 꺾어 낸 아이가 인자한 미소를 띤 채 말을 이었다.

"너도 그러했을까. 난 그 아이를 보고 있자니 궁금하더구나. 처음에는 멍청한 선택이 우스웠고 다음으로는 그러면서까지 지키겠다는 게 뭘까 알고 싶고……. 무서워서 웃는 건지, 실성해서 웃는 건지 줄곧 웃으려는 그 아이가 가소롭기도 하고. 그런데 역시나 궁금해서 눈을 뗄 수 없더구나. 참혹하고 황폐한 곳, 살기보다 죽기를 바라게 되는 나락에서 그 아이는 무슨 바람을 가질까 하고 말이야."

엉망이 되었던 꽃잎이 희고 작은 구름이 되어 하늘로 떠올랐다. 그게 마음에 들었던지 아이는 작게 박수를 쳐 댔다.

"덕분에 그 축축하고 어두컴컴한 곳이 내 취향이 아닌데도 얼마간은 거기 푹 파묻혀 있었어. 이백사십 년의 여행치고는 뭐, 그럭저럭 지루하지 않았지만 말이다. 봐, 내 꽤 말이 많아졌지? 이것도 다 명서, 그 아이 때문이다. 뭘 그리 묻고 궁금해하는지, 생각하지 않던 것들까지 죄 머릿속에서 굴러가게 만들더구나. 제 목숨이 간당간당한 주제에 남 걱정은 왜 그리 많아서……."

이번엔 태초는 환하게 웃으며 귀를 쫑긋거렸다. 구부러지는 감촉이 신기한 듯 몇 번이고 반복하며 만지작거렸다.

휴는 무표정하게 그 모습을 응시했다. 그러나 일말의 기대로 거세게 뛰는 심장을 억제하느라 입술을 꽉 깨물어야 했다.

"탐을 내셔도 그 아이는 제 것입니다."

"호오."

"제게서 이백사십 년을 앗으셨다면 이미 예의를 차릴 이유는 없습니다."

"네가 이다지도 솔직하고 무례한 줄은 몰랐구나."

말과 달리 태초는 여유롭고 느긋하게 햇살 한 줌을 입에 넣어 오물거렸다. 휴는 빛이 기울어 떨어지는 그늘 아래서 갓 퍼 올린 어둠을 따라 그에게 건넸다.

"그럼에도 명서, 그 아이가 제게 돌아와 준다면 얼마든지 이 무릎을 꿇고 머리를 조아리지요."

"사양할게. 시키면 녀석이 무에 귀엽다고 발치를 구르려느냐. 게다가 내 덕이랄 수도 없는 일이야. 너처럼 스스로 어둠을 걷고 장막을 찢었으니까, 명서 말이다."

"명서…… 나락의 절벽을 기어올랐단 말씀이십니까."

살아 있어? 명서가. 살점이 파헤쳐지고 뼈가 으스러져 가루처럼 날리는 곳, 핏물이 우르르 쓸려 나가고 검고 흉측한 것이 폐부와 머릿속을 가득 채워 죽음밖에 떠오르지 않는 그 나락에서 살아남았어?

질문을 하는 휴의 눈동자가 흔들렸다. 온갖 삿된 것들이 아귀처럼 입을 벌리고 피아를 구분 않고 죽여 대는 아비규환, 그곳이라면 자신도 겪어 본 바 있었다. 그러기에 나락이 얼마나 끔찍하고 처절한지를 더욱 절감하는 것이다.

그에 태초는 휴가 건넨 잔을 시원하게 비워 냈을 뿐 다른 설명은 하지 않았다. 부러 시간을 지체하는 것이었다. 휴는 날뛰고 애끓는 마음과 달리 재촉하지 않고 가만히 다음 말을 기다렸다.

묘한 표정의 태초가 발을 둥둥 차올리며 다시 입을 열었다.

"그렇다니까. 물론 너와 달리 시간이야 좀 많이 걸렸지만 한시도 쉬지 않고 나락을 올랐어. 미끄러지고 떨어지고 잡히고 쫓기고…… 찢기고 파헤쳐지고 재가 되었다가 암흑에 집어삼켜졌다가……. 꽤나 잡다한 일이 많았지만, 명서 말로는 약조를 지켜야 해서 멈추면 아니 된다더라."

"……."

"자격이야 그 아이 스스로 얻은 것이지만, 기특하고 어여쁘니 선물을 주려고 들렀어. 다섯 번째 신은 빛이야. 어둠과는 떼려야 뗄 수도 없지. 어때? 난 이 조합이 퍽 마음에 드는데."

의미심장한 미소를 지은 태초가 가볍게 두 손을 비볐다. 나락 입구에서 희고 눈부신 빛이 새어 나오고 있었다. 빛이 시꺼멓고 메마른 땅을 적시자 초목이 돋고 하얀 꽃이 소복하게 피어났다.

"후회 없이 아껴 주거라. 이제…… 시간도 많을 테니까."

태초가 풀피리를 불며 꽃송이 하나를 꺾어 흔들자 바람의 방향이 바뀌었다. 해가 드높이 올라 비추고 청량한 물줄기가 대지를 적셨다. 온화한 불길이 번진 적막의 땅은 윤택하게 기름져 탐스러웠다.

어느새 바람결에 실려 태초의 존재는 사라지고 비옥하고 아름다운 들판에는 휴만 남겨졌다. 아스라이 스치는 햇살에도 가슴이 쓰렸다. 기쁘고 벅차고 두려운 한편 미안하고 슬프기도 해서 어떤 표정도 지을 수가 없었다.

"스승님."

마침내 하얀 꽃바람이 불었다. 은은히 향기롭고 그리운 온기를 품고 씩씩하게도 불어왔다. 휴는 태초가 남긴 꽃다발을 뒤로하고 흩날리는 꽃을 직접 한 송이 거둬들였다. 가슴이 메어서 차마 입을 열진 못했다.

역시나 먼저 다가와 웃는 것은 명서였다.

"보고 싶었어요."

"……."

"그리워 죽는 줄 알았네."

"……."

신이 된 표식으로 명서의 머리카락과 몸에서 희미한 빛이 흘렀다. 휴는 많이 여윈 명서를 조심스럽게 살폈다. 손톱 하나하나, 손가락 마디마디, 두 팔과 다리, 두 눈과 코와 입, 빠지거나 모자란 것이 없나 살피는 손길이 다급하고도 절절했다.

명서가 그런 휴의 마음을 헤아린 듯 가만히 그의 손을 잡았다.

그토록 애타게 그리던 온기가 현실로 다가오자 휴가 참지 못하고 명서를 끌어안았다. 여린 어깨에 고개를 파묻고 오래도록 그 체온과 향기를 확인하고 또 확인했다.

"명서야……."

"예."

"……명서야."

"예, 스승님."

"명서야. 나는……."

"이상하다. 절대로 안 울 자신이 있었는데."

말을 마친 명서가 그의 가슴에 눈물 젖은 얼굴을 기댔다. 휴는 동그란 이마에 살며시 입을 맞추고 애중한 보물을 매만지듯 마른 뺨과 거칠어진 입술을 더듬었다.

"고맙다. 돌아와 주어서. 정말…… 나는…… 허나 네게 너무도…… 미안하구나."

이번에는 대꾸하지 못하고 명서가 줄줄 흐르는 눈물만 문질러 댔다. 휴는 그 가녀린 손목을 붙들고 입술로 눈물 하나하나를 받아 삼켰다.

할 수만 있다면 명서가 버텨 냈을 그 고된 시간 모두를 제가 대신하고 싶었다. 고통도 상처도 모다 자신의 몫이어야 했다. 휴는 어느새 시큰해진 눈동자로 명서를 보았다.

"울지 말아요, 난 정말 괜찮아. 스승님이 간 길이라고 생각하니까 외롭지 않았어요. 나락이 아무리 까마득해도 영영 스승님을 잃는 것보단 나으니까, 주저하지도 않았어요. 잘했죠? 미안해 말고 잘했다고 칭찬해 주세요. 이렇게 약속을 지키고 그래서 더 행복해질 일만 남아 다행이라고. 응?"

말을 마친 명서가 응석 부리듯 그의 목에 두 팔을 걸었다. 사랑스럽고 강한 제 반려의 눈을 마주한 휴가 보드라운 뺨을 오래도록 보듬었다. 자디잘게 입을 맞추고 아끼듯 어루만졌다.

"다신 놓지 않으마. 헤어질 일도 아플 일도 만들지 않아. 그러니 부디 내 곁에 오래도록……."

"오래가 아니에요. 영원토록이라고요."

역시나 지지 않는 대답이라 휴는 흡족한 미소로 그 작은 귓가에 꽃송이를 꽂았다. 명서가 물기가 촉촉한 눈으로 또 생긋 웃었다.

두 사람은 한 걸음 걷다 멈춰 눈을 마주 보고, 잡은 손을 확인하고 뺨을 어루만지다 입을 맞추었다. 걸음이 더딘 것은 당연했다. 걷고자 하는 의지가 있나 싶게 그저 맞잡은 손만으로도 좋다는 표정이었다.

물갈대 숲 위에는 검고 기이한 형상의 나무가 빈 가지만 남은 채 뒤틀리고 드러누워 마치 작은 섬처럼 보였다. 군데군데 텅 빈 공간을 가진 그 검은 섬에 저물어 가는 해가 걸렸다.

물갈대가 온통 분홍빛으로 물들고 새까맣고 마른 가지는 붓의 먹처럼 하늘과 땅을 이어 풍경을 그려 냈다.

"이거 연리지의 가지예요. 아셨어요?"

명서가 반가운 얼굴이 되어 물었다. 휴는 은백의 머리카락을 부드럽게 넘겨 주며 고개를 가로저었다. 명서가 그리되고 곧장 수면기에 들었던 터라 휴로서도 알지 못했다.

"다 타 버리긴 했지만 아직 안에 꽃씨가 있어요."

그건 아마도 빛이라는 명서의 신력 일부일 테다. 휴는 명서가 손끝을 움직여 빛을 툭툭 떨어트리는 모습을 지켜보았다. 물갈대 위로 날아간 빛은 검고 앙상했던 나무 섬 군데군데 반짝이는 흰색 꽃으로 피어났다.

"검고 또 희고. 어쩐지 스승님과 저 같아요."

말 한마디 한마디가 다 어여쁘고 사랑스럽다. 휴는 명서의 말간 눈동자 위로 입맞춤을 했다. 닿은 숨결과 입술이 간지러웠는지 명서가 뺨을 붉히며 작게 웃음을 터트렸다.

"컹컹."

그때, 저만치서 묵이가 요란하게 짖어 댔다. 녀석이 달려오다 미끄러지고 뛰어오르다 나자빠지길 반복하며 명서에게 풀썩 안겼다.

"묵아."

엉덩방아를 찧을 뻔한 명서를 뒤에서 받쳐 안은 휴가 매섭게 묵이를 노려봐 주었다. 평소라면 눈치 보고 슬쩍 물러섰을 묵이지만 금일은 달랐다. 그저 좋아 명서 뺨을 핥아 대며 방정을 떠느라 바빴다.

"파수꾼 노릇을 하느라 꽤나 고생했던 모양이야. 그리고 새빨간 열매, 그도 아니 먹었다는군."

여전히 명서의 등을 꽉 끌어안은 채로 휴가 말했다. 명서와 친하게 구는 녀석이 얄밉기는 해도 묵이의 공로를 모른 척할 생각은 없었다.

거짓말처럼 묵이가 휴를 슬쩍 쳐다보았다. 웃어 줄 마음까지는 없지만 휴는 성의 없이 녀석의 머리를 쓰다듬었다.

나무 섬에 핀 하얀 꽃이 우르르 하늘로 날아올랐다. 꼭 안은 명서와 휴, 그리고 묵이 위로 석양이 번져 내렸다.

연리지에 당도하니 이미 밤이 깊었다. 그곳은 떠나기 전과 같았다. 넝쿨이 뒤덮여 있는 것을 제외하고는 먼지 한 톨 없이 관리되어 있었고 부서졌던 난간이나 복도도 말끔하게 수리된 상태였다. 모다 연람과 사로가 들러 보살핀 덕분이었다.

"함께 있어."

나란히 있는 두 개의 방 앞에서 휴가 먼저 명서의 손목을 이끌었다. 그의 손을 물끄러미 보던 명서가 제 작은 것을 힘차게 겹쳤다.

"다행입니다. 저는 또 혼자만 들떴나, 하고 걱정했지 뭡니까. 부르시지 않아도 잠시 뜨거운 탕에 몸 담그고 쳐들어갈 작정이었거든요."

"쯧쯧. 사내를 무엇으로 보고. 네 허락지 않아도 금일 내로 두 거처 사이의 벽을 허물었을 것이다. 어찌 보지 않고 견디겠느냐. 널 만지지 않고, 안지 않을 만큼의 인내가 내게는 없어."

솔직하기로는 명서만 한 이 없고, 저를 흔들기로도 이만한 여인이 없었다. 휴는 가볍게 명서의 이마에 쿵 하고 제 것을 부딪쳤다.

"막상 들으니 부끄럽습니다."

속살대는 입술이 미치도록 탐스러웠다. 휴는 반쯤 눈을 내리깔고 게걸스럽게 명서의 입술을 빨아 당겼다. 촉촉하고 매끈한 붉은 살을 가르고 들어가 진하게 그리고 음미하듯 오래도록 입을 맞추었다. 두 입술 사이에서 낮은 신음이 새어 나왔다.

"말보다 더한 것도 행동으로 할 텐데."

휴가 순식간에 명서를 안아 올리며 짓궂은 미소를 지었다.

"어쩌지요. 무섭지 않은데."

비명 대신 수줍은 웃음을 터뜨린 명서가 그의 목을 두 팔로 감아 안았다. 숨결이 닿는 거리에서 지그시 눈을 응시하고 살며시 이마를 맞대 체온을 확인하는 일이 기적만 같았다.

휴는 깊고 다양한 감정이 담긴 입맞춤을 퍼부었다. 안고 싶었다. 절대 놓고 싶지 않았고 집착으로 소유하고 싶었다. 애달아 확인하고 싶었으며 매달려 사랑받고 싶었다.

헌데 그보다 더 귀해서 어찌할 바를 모르는 이 마음을 고스란

히 전하고 싶었다. 명서로 인해 행복한 심정을 그대로 전해 그녀
역시 저만큼 아니, 저보다 더 행복하다 해 주기를 바랐다.

"알아요."

말로 하지 않은 것을 헤아린 듯 명서가 그의 뺨을 쓰다듬었다.
스치듯 겹친 입술 위로 미소가 번졌다. 휴가 아랫입술을 살짝 깨
물면 명서가 답하듯 그의 윗입술을 부드럽게 지근거렸다.

상큼하게 시작했던 입맞춤이 점차 농밀해지자 휴가 등 뒤의 문
을 소리 없이 열었다. 침상으로 향하는 짧은 거리에도 입맞춤은
멈추지 않았고 휴는 조금 거칠게 명서의 웃가지를 벗겨 냈다.

실오라기 하나 걸치지 않은 명서를 당겨 안은 휴가 느른하게 묶인
요대(腰帶)를 풀었다. 짙은 회색의 비단이 밤의 장막처럼 펄럭였다.

맨살끼리 닿는 감촉이 소름 돋게 좋았다. 매끈하고 따스한 살
갖이 온몸의 신경을 자극했다. 휴는 손바닥 안에 오롯하게 차는
명서의 가슴을 잡았다. 말랑하고 보드라운 것을 이리저리 못살게
굴다 참지 못하고 입 안에 가득 머금었다.

명서의 숨이 가빠졌다. 강한 자극에 당황한 듯 몸도 뻣뻣해졌
다. 휴는 혀로 살살 분홍 돌기를 건드리며 눈동자만 굴려 명서를
보았다. 그 상태로 가느다란 허리와 납작한 배를 지나 작고 아담
한 엉덩이까지 어루만지자 명서가 억누른 신음을 내뱉었다.

희디흰 피부에 남은 제 입술의 붉은 자국을 흡족해하던 휴는 창
을 적시는 빗방울 소리에 미간을 찌푸렸다. 작게 열린 틈으로 들이
친 물방울이 침상 어귀를 적셔 놓았던 것이다. 명서를 꽉 그러안은
채 휴가 손가락을 튕겼다. 검게 휘어진 힘이 천을 두드리자 물방울

들이 경쾌하게 튀어 올랐다. 활처럼 곱게 생겼던 아까의 검은 기운이 갑자기 아가리를 쩍 벌리고 그것들을 모조리 집어삼켰다.

금침은 그대로 파삭하게 말라 명서를 누일 때는 바스락 소리마저 났다. 휴는 뉘인 명서 위로 입술을 마구 내리찍었다. 휴가 명서의 가슴에 묻었던 얼굴을 들자 분홍 돌기에서부터 끈끈한 타액이 길게 이어졌다.

명서가 부끄러워할 틈도 주지 않고 휴는 기다란 손가락으로 꽃같은 속살을 문질렀다. 가만가만 입구만 배회하던 손이 본격적으로 야릇하게 움직이자 명서의 몸이 움찔거렸다. 휴는 한 손으로 명서의 가슴을 휘어잡고 다른 손으로는 아까의 자극을 계속했다.

살며시 젖어 가는 입구를 지난 손가락이 좀 더 깊고 은밀한 곳에 이르렀다. 그의 손길은 애태우듯 천천히 그러면서 농염하게 움직였다.

"그만⋯⋯."

뜨거운 입맞춤에 몽롱해진 눈을 한 명서가 중얼거렸다. 그 순간 휴의 손가락 하나가 축축해진 내부로 들어갔다. 바르르 떨며 신음하던 명서가 그의 얼굴을 두 손으로 감쌌다. 직시하는 눈빛이 조르는 듯 수줍으면서도 도발하는 듯 몹시 선정적이라 휴는 전율했다. 이미 부풀 대로 부푼 남성을 가져다 대자 그를 받아들일 준비를 마친 명서가 목을 힘껏 끌어안았다.

"하아."

내지른 솔직한 신음은 만족이고 갈증이었다. 휴는 좀 더 깊이, 좀 더 빠르게, 좀 더 뜨겁게 그를 밀어 넣었다. 하나처럼 이어진 두 사람 위로 색스러운 신음과 비 내리는 말간 소리가 뭉쳐 흩어졌다.

신의 그늘 아래 고인 달은 빗물에 씻기어 말갰고, 온통 어둠이라도 어딘가에서는 반드시 빛을 품는 그런 아름다운 밤이었다.

잠을 잘 수 없었다. 깨어나면 모든 것이 그저 꿈일까 두려워 눈이 감기지 않았다. 휴는 제 가슴에 안긴 명서의 동그란 이마에 몇 번이나 입을 맞추었다.

부드럽고 따뜻한 온기가 입술에 감기면 비로소 불안함이 잦아든다. 그러다 또 갑자기 송름해져 명서의 코와 입술에 손을 대고 나고 드는 숨을 확인했다.

휴의 여흑한 눈동자가 이지러졌다. 다시는 사라지지 못하게 가두어 둘까. 헤어 나올 수 없이 깊고 아득한 무저갱을 파고 거기서 영원히 함께 허우적거리면, 그것도 좋겠다.

목숨보다 중해서, 또 죽을 것처럼 고와서, 마음이 불타올라 기이한 집착이 된다. 휴는 짙은 한숨을 내쉬며 한 번 더 깊게 입을 맞추었다.

이러니 네가 있어야 한다고. 저는 그저 시꺼멓고 암울한 어둠뿐이라 멸하고 망가트리는 것밖에는 못 하니 꼭 명서 네가 곁에 있어 줘야 한다고, 그런 말을 낮게 뇌까렸다.

잠시 후, 잠들어 있던 명서가 두 팔로 그의 목을 휘감았다. 아직 눈도 뜨지 못한 채 싱긋 웃으며 고개를 끄덕거렸다.

"하아."

만족인지 갈증인지 모를 탄식을 내뱉은 휴가 온통 제 입술이 닿았던 희고 가느다란 목덜미에 얼굴을 묻었다.

"나락에서요."

그를 안고 명서가 이야기를 시작했다. 가만히 듣고 있던 휴는 맥이 뛰는 자리에 입술을 찍었다.

"이 힘들고 외롭고 무서운 곳에 스승님도 계셨다고 생각하니까 멈출 수가 없었어요. 걷고 또 걷고 걷다 보면 왜 걷고 있는지 내가 누군지도 망각할 때가 있잖아요. 그럴 때도 그랬어요. 머릿속에서 아주 날카로운데 예쁘고 깊으면서 쓸쓸한 눈동자가 잊히지 않더라고요. 그래서 꼭 가야지, 했어요. 돌아가서 힘껏 안아 주고 당신 참…… 혼자서 힘들었겠다고 외로웠겠다고 다독여 주고 싶었어."

휴는 여전히 말이 없었다. 명서는 길게 늘어진 그의 머리카락을 부드럽게 쓰다듬었다.

"이제부터는 나랑 손잡고 가요. 어디라도 그렇게. 그러니까 불안해하지 말아요. 다시는 당신 두고 어디도 안가."

목덜미를 타고 흐른 투명한 액체가 명서의 벗은 어깨를 적셨다. 명서는 말없이 크고 단단한 사내를 안아 토닥토닥 등을 도닥거렸다.

한동안은 연리지 밖으로 나갈 생각도 못 했다. 눈이 마주치면 안고 안기며 서로를 격렬하게 탐하고 소스라치듯 존재를 확인하는 시간이었다.

그렇게 닷새째 오후가 되자 각종 식신들이 창을 찾아오기 시작했다. 어둠 신이 깨어났고 빛의 신이 태어났으니 다른 신들이 모를 리 없었다.

명서는 부끄러워했고 휴는 성가셔했지만 결국 채비를 하고 그들을 만나러 밖으로 나갔다.

이제 막 봄이 지난 연리지 앞에는 정하와 한팔, 연람과 사로가 기다리고 있었다. 초목이 우거져 싱그럽고 늦게 핀 꽃들이 소복한 정원, 파란 하늘을 이고 명서와 휴가 나란히 걸어갔다.

"하여간에 고마운 줄은 모르지. 돌아왔으면 인사부터 하지 않고."

늘 그러하듯 정하가 뾰족하게 쏘아 대자 한팔이 그의 어깨를 눌러 앉히며 반겼다.

"잘됐군."

그들과 맞은편에 앉은 연람과 사로는 두 사람을 보고 좀처럼 입을 열지 못했다. 복잡한 표정으로 쳐다보다 시선을 떨구고 또 쳐다보다 외면하기를 반복하고 있었다.

결국 단정하게 머리를 자른 연람이 사로를 가만히 보듬으며 입을 열었다.

"미안해. 명서 내게는 정말 너무도 미안하구나."

사로가 인우를 도왔던 일과 이후 여러 사정을 일컫는 말이었다. 명서는 씨익 웃으며 고개를 저어 보였다. 연람은 멋쩍은 듯 마주 웃었으나 사로는 아직 시선도 맞추지 못하고 있었다.

명서는 그런 사로 앞에 섰다. 환생으로 머리카락이나 눈동자

색은 달라졌으나 그 생김은 여전하였다. 죄책감이나 후회도 그대로였다. 명서는 단정한 사로의 얼굴을 응시했다.

"그리 어려워하지 마세요. 힘들지 않았다면 거짓말이겠지만 이젠 정말 괜찮은걸요."

"허나 나 때문에……."

"어차피 제 선택은…… 스승님 곁이었을 거예요. 그건 바뀌지 않았을 테니까, 이젠 좀 더 자신의 행복을 생각해도 돼요. 다행히 우린…… 그럴 수가 있잖아요. 저는 그럴 거예요. 지금부터 스승님과 세상 가장 행복하게 살 작정이랍니다."

그 말에 사로가 천천히 고개를 들었다. 명서는 장난스럽게 말했지만 사로의 얼굴은 눈물범벅이었다. 오래도록 명서의 손을 잡고 흐느끼던 사로가 마침내 고개를 주억거렸다.

연람의 식신이 눈치 빠르게 과실주를 내어 왔다. 휴가 펼친 새까만 어둠 위로 명서가 빛을 던져 꽃을 피워 냈고, 정하가 물줄기로 가락을 짓고 한괄이 바람으로 음률을 더했다. 연람의 주홍빛 상냥한 너울이 주변을 데워 추위가 전혀 느껴지지 않았다.

술이 돌고 노래가 흐르고 이야기와 웃음이 끊이지 않았다. 잠시 일어나 묵이에게 새빨간 열매를 잔뜩 따다 주고 온 명서는 마중 나온 휴를 보고 생긋 웃었다.

"손님들만 두고 오시면 어쩝니까."

"상관없어."

"천리만리도 아니고 고작 길 건너 개울 앞에 다녀오는 것을요. 잠시 잠깐이 안타까울 만큼 제가 그리도 좋으셔요?"

"그래, 미친 것처럼."

농을 친 것이 분명한데 휴가 못 참겠다는 듯 명서의 입술을 덮쳤다. 깜짝 놀란 명서가 버둥거렸으나 이미 그에게 안겨 연리지로 향하고 있었다.

걸어가며 휴는 길고 두꺼운 어둠의 장막을 늘어트렸다. 소리도 빛도 사라진 고요 속에서 서로의 숨소리만이 들렸다. 아득하고 평화롭고 또 깊은, 영원히 함께하고 싶은 이의 고동이 심장에 그렁그렁 맺혔다.

"사랑해."

"사랑해요."

누가 먼저랄 것 없이 말하고 입을 맞추었다. 연리지 아래로 어둠이 짙어져도 전처럼 삭막치가 않았다. 빼곡한 어둠이라도 그늘 아래 한 점 빛이 맺혀 피면 이미 암흑은 사라진다.

휴는 처음 그들이 만났던 날처럼 명서의 목덜미와 손목에 표식을 남겼다. 명서가 그를 따라 휴에게 표식을 했다. 어둠이 빛에게, 빛이 어둠에게 영원히 서로의 권속이 되었음을 확인하는 징표였다. 몸을 이은 두 사람이 이마를 맞대고 가만히 웃었다.

잠시 구름에 가려졌던 달이 드러나고, 이내 달빛이 신의 숲 위에 축복처럼 흩뿌려졌다.

언제까지라도 함께이기를.

에필로그

주인이 돌아온 숲은 평화로웠다. 명서는 따로 영역을 만들지 않고 어둠의 숲 위로 힘을 겹쳤다. 휴와 명서의 힘은 완전히 반대이면서도 몹시 닮아 상충하지 않고 그대로 자리를 잡았다.

명서가 이백사십 년을 기어오른 나락과 흉흉했던 북쪽 숲은 정화의 샘과 빛의 꽃밭으로 변했다. 어둠과 빛은 나뉘기도 하고 또 화합하기도 하면서 숲 전체를 골고루 물들였다.

묵이에게는 새 동무가 생겼다. 온통 흰 털에 축 처진 눈깔을 한 그것이 마음에 들지 않는지 으르렁거리기 일쑤였으나 명서가 만든 첫 식신이라고 데리고는 다녀 주었다.

휴가 혀를 찼다. 기껏 식신 만들어 놓고도 바구니 들고 숲을 누비는 명서는 여전했던 것이다. 물론 함께 손을 잡고 다녔지만 말이다.

"성가셔."

"그러니까 이 손 좀 푸세요."

귀찮다는 얼굴을 하면서도 끝내 손깍지를 풀지 않는 휴에게 명서가 한마디 했다. 휴의 짙은 눈썹이 미세하게 움직였다. 그것을 본 명서는 웃음을 참지 못했다.

손깍지 위로 꽃팔찌도 채우고 빈 바구니를 달랑이며 장난질도 쳤다. 두 사람이 숲의 끝까지 다다랐을 때였다.

어둠과 빛의 숲을 둘러싼 결계가 손님의 방문을 알리며 차르르 울렸다. 맑고 깊은 소리가 푸르게 우거진 숲으로 퍼져 나가자 휴와 명서가 서로를 마주 보았다.

"정하 님이 분명해요."

"도망쳤군."

웃음을 참으려 이마를 맞댄 두 사람이 표정을 정갈히 하고 손을 맞이했다. 잔뜩 독이 오른 정하가 물빛 옷자락을 펄럭이며 나타났다.

"젠장."

험한 말투와 달리 오밀조밀한 정하의 생김새는 언제 봐도 어여뻤다. 요즘따라 더욱더 광채가 나고 있었다.

씩씩거리는 그를 외면하듯 섰던 휴가 심드렁하게 물었다.

"다신 걸음 하지 않겠다며?"

"시끄러! 널 보러 왔을 성싶으냐. 명서가 없었으면 시꺼먼 그림자 덩어리만 끌어안고 살았을 칙칙한 놈 따위."

"꺼지거나 죽거나, 택해 봐."

"두 분 다 앉아서 이야기할까요?"

명서가 허리를 쿡 찌르자 휴가 잠자코 잘린 나뭇가지로 엮어 만든 의자에 앉았다.

"어찌 또 혼자 오셨어요?"

"징그럽게 들러붙는 놈을 그럼 내 어찌!"

정하가 바르르 떨자 휴가 제 입술을 손등으로 막았다. 명서가 다시 눈치를 주고 차분히 말했다.

"그래도 정하 님의 사람이지 않습니까. 좀 더 상냥히 대해 주세요."

상황인즉슨 이랬다. 명서가 돌아오고 얼마지 않아 정하가 인간 하나를 거두었다. 이름은 홍진이라 했다.

기실 거두었다기보다는 홍진이 기를 쓰고 그를 따라온 것인데, 신기하게도 신의 영역 안까지 멀쩡히 들어왔더랬다.

성질 더러운 정하가 굶어 죽어 가는 홍진 입에 머루 몇 알 넣어 줬다는 것도 그랬지만 신의 결계를 무리 없이 넘는 것이 이미 파장이 맞는다는 소리였다. 거기다 이형의 특징인 백색 머리카락을 가지고 있었다. 특이하게도 눈동자만은 그들 첫 만남인 머루, 그만큼 새까맸지만 말이다.

당연 모두들 홍진이 정하의 짝이라고 여겼다. 그런 말을 들을 때마다 홍수가 질 만큼 장대비를 퍼부은 정하였으나 끝내 홍진을 내치지는 못하였다.

그렇게 시간이 흐르고 졸졸 따라다니던 홍진이 정하보다 키가 커졌다. 완력도 좋고 워낙에 씩씩했고 여간 인간 사내들과 겨뤄도 이길 만큼 무예도 출중했다. 사내 같던 외양도 제법 갸름하고 고와져 하얀 이 드러내고 웃으면 퍽 귀여웠다.

그럼에도 정하는 질색했다. 홍진이 마음 고백하던 날 매몰차게 거절한 것도 모자라 어떻게든 도망칠 궁리만 했다.

신들은 각양각색으로 그런 정하를 대했다. 한팔은 면전에서 혀를 찼고 연람은 달이면 달마다 신체 건강하고 외모 준수한 인간 남자들과 홍진의 우연한 만남을 꾸몄다. 그들 모두 정하가 홍진을 피해 찾아가면 결계를 열어 주지 않는 것은 같았다.

휴는 겉으로 무심한 척하면서도 은근히 화를 돋우었는데, 때문에 갈 곳 없어 매번 찾아오는 정하와는 늘 신경전이었다. 명서만이 정하가 다다다다 쏟아 내는 불평과 불만을 웃는 낯으로 들어주었다. 물론 솔직하고 뼈 있는 충고도 아끼지 않았다.

"한팔 님의 전례도 있으니 파장 맞는 이형이 반드시 반려가 되어야 한다는 법은 없지요. 하물며 마음이 동하지 않는다는데요. 이만 홍진을 내보내세요."

"어, 어?"

"어제 홍진이 마지막까지 아니라면 자신이 정하 님의 영역을 떠나겠다고 하더군요. 언제까지 신이 저 때문에 땅을 비우게 둘 수는 없다면서요. 그 아이는 각오가 섰으니 그리 말씀하시면 알아듣고 채비할 겁니다. 필요한 것은 제가 준비하지요."

명서는 부드럽고 온화한 표정을 짓고 있었다. 당황한 정하가 눈을 크게 치떴다.

"그건 무식하게 힘만 세지 세상 물정에는 어두워서……."

"망설이지 않고 떨쳐 내는 것도 거절의 예랍니다. 정하 님께서는 그간 거둔 정에 끌려 차마 내보내시지 못한 것이라 생각하지만 덕분에 홍진은 속앓이를 꽤나 오랫동안 퍽 아프게도 하였지요. 스스로 견디지 못해 떠나겠다고 하니 편한 마음으로 원래의 삶으로 돌아가시면 될 것이에요."

사근사근하고 차분한 말투였으나 정하가 듣기 거북한 얼굴을 했다.

"그리 보진 않았는데 독하구나, 너."

"독하지 않았다면 어찌 다시 사랑하는 이 곁으로 돌아왔을라고요. 그래서 드리는 말씀이에요. 피차 인연이 아니라면 여기서라도 그만두는 것이 맞지 않겠습니까. 더 상처 입고 입히기 전에요."

말없이 듣고만 있던 휴도 한마디 거들었다.

"계속해서 곁에 두고 괴롭히면 곧 죽어, 인간은. 마음부터 망가져 버릴 테니까."

"홍진이 그 못나고 무식한 것이 날 떠나야 산다고?"

되묻는 정하의 눈빛이 복잡했다.

"너와 함께 사는 것이 싫으면 널 떠나서라도 살게끔은 해야지."

"보내 주세요."

휴의 말에 명서가 담담히 덧붙였다.

"시끄러! 그건 원래부터 내 거였어! 죽어도 내 옆에서 죽어야 한다고! 당장에 이 모지라고 뻔뻔한 것을 찾아서……."

꽥 하고 소리 지른 정하가 자리를 박차고 일어섰다.

그가 사라지자 명서가 휴의 어깨에 머리를 기댔다.

"어찌 정하 님만 모르실까요. 홍진 일이라면 필요 이상으로 못되게 구시는 걸."

"제 앞가림은 못 하는 녀석들이니까."

"홍진이 올곧아 여태 버텨 왔지만 정말 이번이 마지막일 텐데 붙잡으실 수 있으면 좋겠어요."

"알 바 아니다."

말은 그리해도 명서의 머리카락을 쓸어 넘기던 휴가 식신을 불렀다. 연람과 한괄에게 보고를 하는 것이었다.

"한괄 님께서는 이참에 홍진을 바람의 계곡에 감춰 놓자 하세요. 거기까지는 추적이 되지 않으니 완벽히 세상에서 사라진 것으로 해 두고 정하 님 속 좀 끓게 하자고. 가장 신이 나 부추기는 건 연람 님이지만."

"재미나겠군."

검은 눈동자에 깃든 미소를 놓치지 않고 명서가 미간을 찌푸렸다.

"다들 어찌나 고약한지."

"내 이미 겪은 바고 연람도 마찬가지. 한괄이야 닥쳐도 어리석게 굴 녀석은 아니니."

휴가 명서의 미간에 입술을 내리며 솔직하게 말했다. 새빨간 입술에 맺힌 미소는 어린아이의 것처럼 순수하고도 짓궂었다.

어둠이 깔리자 비가 시작됐다. 뜨거운 욕탕에서 나온 명서가 나무 복도에 기대 하늘을 올려다보았다. 아직 마르지 않은 몸과 머리카락에서 하얀 김이 폴폴 나고 있었다.

"정하 님과 홍진은……."

"쯧. 네 걱정이나 할 것이지."

언제 나타났는지 휴가 명서만큼 큰 건포로 젖은 머리카락부터 몸 전체를 감싸 안았다. 성의 없이 북북 문질러 물기를 털어 주는 휴를 향해 명서가 싱긋 웃어 보였다. 별안간 휴가 손길을 멈추었다.

"왜……."

말이 끝나기도 전에 휴가 커다란 천에 돌돌 만 명서를 어깨에 들쳐 메고 욕탕으로 향했다. 버둥거리는 명서의 엉덩이를 툭툭 친 휴의 입술이 호선을 그리고 있었다.

"직접 아니면 내가?"

휴가 앞뒤 설명도 없이 명서를 욕탕 앞에 내려놓고 물었다. 겨우 땅바닥을 딛게 된 명서가 건포를 벗으며 눈치를 살폈다.

"스승님이나 하세요. 저는 방금……."

딱. 손가락을 튕겨 도로 건포를 돌돌 말아 버린 휴가 허리를 숙여 명서의 코앞까지 얼굴을 들이밀었다.

"허면 입고 있어."

어딘가 모르게 삐딱한 미소를 짓던 그의 입술이 명서의 앞섶을 헤치고 들어왔다. 기습적인 접촉에 놀란 명서가 휘청거리자 휴의 팔이 허리를 감아 그대로 물속으로 돌진했다.

하얗게 튀는 물보라 위로 달빛이 얹어져 동굴 안이 반짝였다. 명서는 흠뻑 젖은 자신과 휴를 번갈아 보다 너털웃음을 지었다.

다가와 맞추는 입술이 부드럽고 뜨거웠다. 명서는 착 달라붙어 전신을 휘감은 옷자락을 휘젓고 들어오는 손길에 가벼이 몸을 떨었다.

길고 긴 사랑을 나눈 후 빈틈없이 서로를 꽉 끌어안은 두 사람의 뺨이 연붉었다. 아직 옷은 입은 채였으나 여러모로 다시 입을 것은 못 되었다. 휴가 벗는 것을 도와주겠다고 하고선 귓바퀴를 지근거리자 명서가 도망쳐 밖으로 나갔다.

물을 끼얹고 웃고 안고 또 웃고, 어느새 커다란 건포 한 장으로 몸을 덮은 그들이 연리지 복도에 서서 하늘을 올려다보았다. 비는 그쳐 달이 밝고 바람이 상냥해 밤이 온화했다.

"네 곁에 있으니 밤조차 기껍구나."

달빛도 그보다 찬란하지는 않을 것이다. 명서는 드물게 보는 휴의 미소에 눈을 깜박거렸다. 귓가에 내려앉는 음성은 너무도 매혹적이라 말을 잊었다.

"태초가 정해 준 내 자리가 어둠과 그늘이라도 네가 있어 더는 적막하지 않아. 그러니 언령을 맺어 다오."

홀린 것처럼 명서가 고개를 끄덕이자 휴가 손바닥과 손바닥을 마주했다.

"언제까지나 함께."

"함께."

맹세를 나누고 나자 휴가 그대로 손을 거머쥐어 깍지를 채웠다. 그의 붉은 입술에 서린 미소가 섬뜩하게 아름다웠다.

잠자코 그를 보던 명서가 남은 손으로 휴의 입술 선을 만지작거리며 말했다.

"표식도 해야지요."

뭐라 할 새도 없이 까치발을 해서 입을 맞춘 명서가 얼굴을 붉혔다. 휴가 속닥이는 직설적이고 관능적인 말들에 몸과 마음이 터질 듯 설렌 것이다.

사랑해. 누가 먼저랄 것 없이 튀어 나온 말에 두 사람이 이마를 맞대고 웃었다.

고요한 신의 숲 위로 별 무리가 내려앉았다. 환한 빛 자락이 끝없이 이어지며 그늘마다 콕콕 박혀 빛나고 있었다.

— 종(終)

작가
후기

안녕하세요. 세계수입니다.

나무, 숲, 꽃, 바람, 달, 해, 바다…….
많은 것이 빠르게 바뀌어 가는 세상에서 제가 좋아하는 것들은
천천히 그렇지만 꾸준히 흘러가는 것들이 많아요.
그래서일까요. 언제나 비슷한 속도로 읽히는 활자와 그것으로
꾸려 나가는 이야기들은 여전히 보물 창고 같습니다.

'신의 그늘'은 균열과 완성이란 두 단어에서 시작한 글이었습
니다.
홀로 완벽하지 않아도 괜찮다고, 서로 다른 이들이 만나 틈을
채워 가며 행복해지면 좋겠다고.

너무 바쁘고 모든 걸 잘해야 한다는 압박에 시달리는 우리들에게, 또 나에게 하고 싶었던 이야기였습니다.

부족하지만 제가 써 내려간 이야기의 그늘에서 여러분이 잠시나마 쉬어 갈 수 있다면 좋겠습니다.

또 다른 날, 또 다른 계절에 만나도 언제나 건강하고 행복하시기를 진심으로 바라며, 함께해 주셔서 정말 고맙습니다.

숲처럼 저를 안아 주는 가족들과 친구들, 출간을 도와주신 뿔미디어 편집자분들께도 고개 숙여 감사 인사 드립니다.

모두들 정말 행복하세요.

세계수 드림.

www.b-books.co.kr